俳句表現 作者と風土・地《ち》貌《ぼう》を楽しむ

宮坂静生 編著

平凡社

はじめに

俳句において風土を詠《よ》むことは普遍性を持ち得るだろうか。本書での主要なテーマである。俳句表現はどんな心象詠であっても、風土と関わりなしに空中に浮遊するような俳句はあり得ない。俳句はさまざまな切り口から詠まれているが、底流に風土との関わりがある。そこから作者の死生観を知ることができる。

本書は私が出会った俳人や俳句を通して体験的に俳句とは何かを考え、俳句表現の究極は何であるかを模索したものである。すでに、『俳句必携 1000句を楽しむ』『俳句鑑賞 1200句を楽しむ』（以上、平凡社）という二冊の俳句鑑賞書を通して、俳句とは何かを考えてきた。幸い好評であった。そこで、本書は俳句を詠む時に気になりながら、手付かずにいた、広い意味で風土はどう詠まれたかを手掛かりに俳句とはと考えている。あわせて、私が提唱している俳句鑑賞学の手引きにしたいと企画したものである。叙述は簡潔に、饒舌にならないように心掛けた。

飯田龍太《りゅうた》によく知られた〈一月の川〉の句がある。

一月の川一月の谷の中　**龍太**　『春の道』

龍太が掲句を発表した時に（「俳句」昭和四四年二月号）、私の初見の印象は、表現は月並、内容は平凡と目に映った。思い出したのは、龍太が父蛇笏《だこつ》を送った三年後、昭和四〇（一九六五）年に母を亡くした折に詠んだ一句である。

生前も死後もつめたき箒の柄　龍太　『忘音』

母が庭の松の根方に立て掛けて置いた庭箒《にわぼうき》を詠んだ句で、この句は「居直って読者を無視し、自分だけでも納得する作品にするより外《ほか》あるまいと考えて」（龍太「私の俳句作法」）詠んだものという。同じように自分だけで納得した作が〈一月の川〉だと述べている。

着想は、狐川《きつねがわ》という家の裏の渓流からといい、「幼時から馴染《なじ》んだ川に対して、自分の力量をこえた何かが宿し得たように直感した」（「自作ノート」）という。私は、このことばに感動した。〈一月の川〉が〈一月の谷〉に収まる。私はそこに、龍太が「自分だけでも納得」していた父母の生死などを通じて日頃心中深く抱いていた生死への思いを感じる。龍太生前の〈一月の川〉が龍太死後も〈一月の谷〉の中を流れ、やがて自然そのものと化してゆく。生と死はつねに「自分の力量をこえた何か」である。

これぞ風土詠の最高の作と納得している。

昭和五三（一九七八）年、私は俳誌「岳《たけ》」を創刊した。その創刊の趣旨に俳句表現の風土との関わりに触れた。「俳句定型のさまざまな試みを大胆にとりあげ、つねに新鮮な問題提起をこころがけるとともに、風土に根ざした詩としての俳句の特異性をさぐりたい」と提言した。

「風土に根ざした詩」としての理解を深めるために、同時に、創刊号の巻頭言でも、日常の風土べったりではない、風土の根底に横たわる自然への関心に言及した。

「日常の自然の、もうひとつ奥によこたわるデモーニッシュな未分化の混沌たる自然。そこには、あたえられた生を漠然とやりすごす弱い生き方ではなく、生きることがのびやかなたたかいであるような大きな息のつき方があるはずだ。そんな生きる原点へ、ことばを垂直に突きさしたい」（「岳集出発」）

私が俳句表現の風土を意識したのは、俳句に夢中になり出した五年め、能村登四郎《のむらとしろう》の「合掌部落」（「俳句」昭和三〇年一〇月号）と澤木欣一《きんいち》「能登《のと》塩田」（同号）に出会ったことである。とりわけ、登四郎の岐阜県白川村詠に衝撃を受けた。御母衣《みぼろ》ダム建設のために大家族制と合掌造で名高い村を、反対を押して湖底に沈めるという山村の風土の興廃に触れた作である。

暁紅に露の藁屋根合掌す　　登四郎
鯛や悲願合掌の一郷に

山村の風土詠が即現代社会の最先端の社会詠になっていることに感銘した。「合掌部落」に詠まれた風土が抱える歴史の傷痕《きずあと》を、私は私自身の青春に遭遇した問題として受け止めるにはどうしたらよいか模索した。

二〇代半ばの私は、浅間山麓大日向《おおひなた》開拓地を彷徨し風土を詠むことに集中した。満蒙開拓移民が敗戦となり、再び帰住した辛酸をまとめ、私の初めての句集『青胡桃』（昭和三九年刊）に収録した。こんな句である。

棒杭のごと百姓黙す露のミサ　静生
白萩や妻子自害の墓碑ばかり

当時私が師事した俳誌「若葉」の加倉井秋《かくらいあき》をが長文の序文で懇篤に称賛してくれた。「青春の特権とは、傷痕の自己認識に他ならぬものだ。「大日向開拓」一連は君にとって、そういう意義をもつものであろう」といい、さらに、風土性に触れて指摘してくださった点が私の終生の課題になった。

「作品価値として地方色が個性に占める位置は、必ずしも大きいものではないということである。俳句は個性をとおしてのものであり、その個性の奥にひそむ共通の人間性が大切なのである。個性そのものにも限度があることを、今後益々考えねばなるまいと思う。風土性は、稀有なるものとして封鎖されるのではなく、日本人全体としての巾広い伝達性をもたなければ、真の価値は発揮されない」

私が、「岳」を創刊し、風土性を意識した時にも、若き日の秋をの指摘を忘れてはいない。

さらに、飯島晴子《はるこ》の風土詠への言及が身に沁《し》みた。俳誌「鷹《たか》」の誌友として親炙《しんしゃ》していた晴子は同じ「岳」の創刊号で、山梨の飯田龍太や岩手の佐藤鬼房《おにふさ》の句に触れ、風土は作者の内部に関わる「虚構《きょこう》」だと、エッセイ「創作と風土」を書き、現実の風土との癒着《ゆちゃく》を拒否する精神を持つことを注文した。

私が風土を考える時にはいつもこの晴子の厳しい注文を意識した。後に風土を掘り下げて、「地《ち》貌《ぼう》」探求を提言する際にも脳裏にあった。いつか、晴子の指摘は風土論を超えて、俳句とはなにかという本質論にまで拡げて、私の中では考えられていたのである。

戦後俳句史にあって金子兜太《とうた》は社会詠の代表俳人であった。その社会詠はつねに土の匂《にお》いを帯びていた。生き方が土の匂いそのものであった。

「いわば生《なま》の人間。率直にものを言う人たち」と平成二七（二〇一五）年に朝日賞受賞に際してのことばは、兜太が六〇歳頃からしきりに唱えた兜太流のアニミズムと土の匂いで繋《つな》がっていた。

私は兜太の句に触れて本書で、イギリスの人類学者タイラーが『原始文化』（一八七一年）で用いたことばを紹介している。

「自然界のあらゆる事物は固有の霊魂（ソウル）や精霊（スピリット）を持つと考える。人間も身体と霊魂（魂）が一体化した存在であり、言葉を用いる行為は、究極的には表現者の霊魂と対象の精霊との一体化を目指すものだと考える」と記した。

夏山の一樹一樹が吐く霧ぞ　　**兜太**

彎曲し火傷し爆心地のマラソン

おおかみに螢が一つ付いていた

俳句初学の一九三八年に詠まれた〈夏山〉の作も、後年の〈マラソン〉や〈おおかみ〉の代表作も、兜太にあっては、生まれ故郷の秩父《ちちぶ》の土の匂いで包まれる。夏山の霧も爆心地のマラソンもおおかみに付く螢も、表現者の霊魂と対象の精霊とが一つに化している状態を想像できる。ここでは生も死も渾然《こんぜん》として大きな安らぎの風景が齎《もたら》されている。

風土は生と死のあり方を生み出す原郷である。私は「地貌《ちぼう》」や「地貌季語」という深く土地に馴染んだことばを掬《すく》い上げることにつとめている。それは、従来の既成のことばを用いた風土の捉え方とは違う、風土の原郷を明らかにできるものと考えるのである。

収録させていただいた豊かな俳句作品と作者の方々に、こころからお礼を申し上げたい。

本書はかつて「NHK俳句」で二年間放送・連載した「いのちの煌めき」と近年「信濃毎日新聞」に一年近く連載した「詩歌のちから――見直される自然・風土・地貌」、さらに「地域文化」(八十二文化財団)に八年間連載した「ゆたかなる地域のことば――地貌季語を楽しむ」を柱に、日本の風土の多様性を考えた緒論を収録した。最後の講演「乱世の井月《せいげつ》」では、井月を近世の芭蕉と近代の子規とを架橋する存在とみることができないかという試論とした、軽い読み物である。目を通していただければありがたい。

本書の編集や刊行には前二書同様に平凡社編集部の三沢秀次さんに格別にお世話をいただいた。校正を助けていただいた「岳」編集長小林貴子さんともども感謝申し上げたい。

「NHK俳句」「信濃毎日新聞」「地域文化」はじめ、「一冊の本」「自然保護」「図書」「壺」「俳句」「俳壇」「伊那路」など、原稿収録にご配慮いただいた各位、編集部にお礼を申し上げます。

二〇二四年二月

宮坂静生

俳句表現　作者と風土・地貌を楽しむ◎目次

いのちの煌めき

詩歌のちから——見直される自然・風土・地貌

わが産土、わが風土——地貌へのこだわり

出典・初出

・【いのちの煌めき】二四編は「NHK俳句」（NHK Eテレ）で二〇〇七年四月〜二〇〇九年三月に放送され、テキストは「NHK俳句」（NHK出版）二〇〇七年四月〜二〇〇九年三月号に連載された。
・【詩歌のちから】一二編のうち一一編は「信濃毎日新聞」（信濃毎日新聞）二〇二〇年四月九日〜二〇二一年二月一一日に各月掲載され、「沈黙から立ち上がったことば」は「一冊の本」（朝日新聞出版）二〇一五年三月号に掲載された。
・【わが産土、わが風土】のうち、「戦後世代の地貌へのこだわり」は俳誌「岳」二〇一三年四月・三五周年記念号、「季語から知る日本風土の多様性」は「自然保護」（日本自然保護協会）二〇一〇年三月・四月号、「荒地の橋」は「図書」（岩波書店）二〇一三年三月号、「海霧の発見」は俳誌「壺」二〇〇九年三月号、「金子みすゞ忌と鯨墓」は「俳句」（角川文化振興財団）二〇一六年五月号、「気付きとしての風土」は「俳壇」（本阿弥書店）二〇二三年六月号に掲載された。
・【ゆたかなる地域のことば】三二編は「地域文化」（八十二文化財団）二〇一五年・夏号〜二〇二三年・春号に連載された。
・【講演「乱世の井月」】は二〇一五年九月六日、第二四回信州伊那井月俳句大会での講演会が「伊那路」（上伊那郷土研究会）二〇一六年一月号に掲載された。
・本書収録にあたり、加筆・修正・改題などを行った。

凡例

・本文中、俳句や句、季語、詩歌にまつわることばは〈 〉でくくり、書籍・句集名称は『 』、俳句雑誌・新聞などの名称は「 」で示し、各稿のタイトルの下に［ ］で掲載年月を示した。
・本文中の年齢、生没、所属などは掲載時のままとした。
・難読漢字・人名・地名などには、現代かなづかいでよみがなを振った（一部、旧かなづかいのよみがなもある）。

いのちの煌めき

石橋辰之助　小熊一人　江國滋　飯田龍太　前田普羅　相馬遷子
眞榮城いさを　荻原映雩　齊藤美規　飯島晴子　齋藤玄　座光寺亭人
折笠美秋　村越化石　加倉井秋を　木村蕪城　上野泰　相生垣瓜人
佐藤鬼房　平井照敏　成田千空　金子兜太　深見けん二　藤田湘子

垂直の登攀者　石橋辰之助

［二〇〇七年四月］

「山を愛する人々へ」と中扉に記された一行。このことばにひかれ、はじめて買い求めた句集が石《いし》橋《ばし》辰《たつ》之《の》助《すけ》の『山暦《さんれき》』でした。昭和二九（一九五四）年のことです。私は一六歳、松本の新制高校の一年生。俳句に興味をもち、作句をはじめて三年め、なにかお手本になる句集が欲しいと思い、旧制松本高等学校以来、馴染みの古本屋さんの、山の本が雑然と積み重ねられている中から偶然に探したものでした。

前ページの活字が透けて見える仙花紙《せんかし》に刷られた一ページ四句組、四六判、一二〇ページ、定価一八〇円という、手に取って軽い本ですが、私にはまさにバイブルでした。昭和二六年一〇月一五日に、東京・神田猿楽町の朋文堂から発行されています。

霧ふかき積石《ケルン》に触るゝさびしさよ　石橋辰之助

句集中に多い愛誦句の中でも、この句を何十回、いや数えきれないほど私は呟《つぶや》きました。積石は、山頂や登山道の傍《かたわ》らなどに小石がピラミッド形に積まれているもの。道しるべといわれていますが、私には山の魂鎮《たましず》めの塔のように思われます。後に私も辰之助に倣《なら》い、私の山の体験をこんな句に詠みました。〈霧流れ積石《ケルン》に吾も石加ふ　静生〉。ケルンにそっと小石を加えたのは、山での私を護《まも》ってくれた山霊への感謝でもあり、祈りでもありました。が、その時の気持ちの半ばは霧の中のケルンが放つ静けさに怖れを抱いたからでした。

ところが、辰之助はケルンから触発される怖れを〈さびしさ〉と捉《とら》え、受け止め、じっと堪えています。私のように石を加えるという小さな行為によって無限の怖れから遁《のが》れようとはしていない。辰之助の句を呟きながら、私はこんなことに気付きました。俳句では「かなしい」とか「さみしい」など、安易に主観語を用いてはいけないと俳句初学の頃しばしば指導されます。それは、対象を形としてしっかり描かないで、主観語を塗《まぶ》し、中途半端で独りよがりな表現にしてしまいがちなことへの戒めでした。俳句の基本は、「もの」として読み手が手応えを感じるように描きなさいといわれます。

しかし、真実さみしいときには〈さびしさ〉を詠わざるを得ません。それがぎりぎりの表現であるならば、〈さびしさ〉は主観語でありながら、〈さびしさ〉という物象感をもった「もの」として読み手の胸に迫ります。掲出句は、「垂直の散歩者」と前書がある一二句の一つです。他にこのような登攀《とうはん》の句があります。

岩灼《や》くるにほひに耐へて登山綱《ザイル》負ふ
からみゆく登山綱《ザイル》にわれに岩灼くる
岩濡らすはげしき谿《たに》をなほ攀《よ》づる

掲出句の〈さびしさ〉は、独りロッククライミングに挑み、炎天の岩壁と格闘し、おのれ自身との戦の果に触れ得た〈さびしさ〉でした。

石橋辰之助は山を風景として眺めるだけではなく、みずから登攀し、その体験を作品化した最初の山岳俳句の俳人です。先掲の句集『山暦』は、辰之助が残した句集『山行』（昭和一〇年）、『山岳畫』（昭和一二年）、『家』（昭和一五年）、『妻子』（昭和二三年）の四冊の中から生前みずからの手によって選び出された山岳に関する作品を、友人の高須茂が出版したものです。
「垂直の散歩者」は第一句集『山行』所収、昭和八年の作。当時、辰之助は二四歳。水原秋櫻子《しゅうおうし》の「馬酔木《あしび》」同人に推され、その前年、第一回馬酔木賞を受賞しています。夫人の石橋千鶴枝が「その生涯を通して最も良き幸福な時代だった」と『定本・石橋辰之助句集』（昭和四四年・俳句研究社）の「あとがき」に記しています。その頃の作品（『山行』所収）を紹介しましょう。

山桜青き夜空をちりゐたる　昭和七年
朝焼の雲海尾根を溢れ落つ
雪けむり立つ夜の星座鋭《と》く正し　前書「穂高岳」　昭和八年
夏山に母のうれひは断ちがたく　前書「山恋」　昭和九年
山恋ひて術《すべ》なく暑き夜を寝《い》ねず
月光に石落つる音吸はれゆく　前書「穂高小屋」
蒼穹《あおぞら》に雪崩《なだ》れし谿のなほひゞく　前書「穂高涸沢にて」　昭和一〇年
風鳴れば樹氷日を追ひ日をこぼす

これら日本アルプスがはじめて詠まれた青春の山岳俳句を脳裏におさめ、私も穂高岳や槍ヶ岳へ登りました。奥穂の尾根を越えて雲海が飛驒《ひだ》へ零《こぼ》れるさまを見た、その夜には、ガラガラと岩壁が剝落《はくらく》する音に脅《おび》えました。

樹氷や霧氷を信州では「木花（なご）」といいますが、風に鳴る真冬の樹氷林を詠った辰之助の句は、ケルンの句と同様にわが愛誦句でした。〈風鳴れば〉と唱えるだけで涙が零れます。

戦争の時代に入り、「馬酔木」を離れた辰之助は「京大俳句」に属し、新興俳句弾圧事件に連座します。戦後は、俳句の革新を唱え、その先頭に立ちましたが、昭和二三（一九四八）年、四〇歳の若さで忽焉《こつえん》と逝去してしまいました。辰之助こそ、いのちの煌《きら》めきをはじめて教えてくれた俳人として、私は記憶しています。

［二〇〇七年五月］

若夏のかがやき　小熊一人

昭和五二（一九七七）年、沖縄気象台に勤務していた小熊一人《おぐまかずんど》が「海漂林《かいひょうりん》」五〇句により第二三回角川俳句賞を受賞します。「俳句」一〇月号に載ったその作品と選者の選評を読んで、私は感動しました。その折の〈甘蔗刈《きびかり》〉の句はわが愛唱句となって記憶しています。

甘蔗刈つて星のこんぺいとう無数　　小熊一人

甘蔗刈をすませ、仰いだ夜空には煌《きら》めく星が無数。それを〈星のこんぺいとう〉と捉えています。

小さな芥子粒《けしつぶ》を核に、角《つの》を出した赤や黄色や白い砂糖菓子、金平糖。大好きな金平糖が星になって空いっぱいにある。沖縄ってすばらしい。これがその時の素朴な感激でした。当時私は四〇歳。いまだ沖縄へ行ったことがなく、沖縄は想像の世界でしたが、憧《あこが》れました。

「沖縄の人は沖縄の風景と生活を詠うことだ。東北の人は東北の風景と生活をうんと詠ってもらう。そしてそれがみんな集まって、積み重なって、俳句はひろがりをもっていく」（安住敦《あずみあつし》）

この選評にドキドキしました。こんなにしっかり覚えていたわけではありませんが、沖縄の人は沖縄を、東北の人は東北を詠いなさいという明快な主旨に共感したことは確かです。

私の初めての沖縄行はそれから一八年後、平成七（一九九五）年の春でした。降り立った那覇《なは》空港で、これからふるさとの波照間《はてるま》島へ甘蔗刈に行くという二〇歳くらいの女性に出会いました。見るからに働き者という感じに圧倒され、思わず書き留めた句が次の作です。沖縄の人は働き者と思っただけで胸が熱くなりました。

波照間《はてるま》島へさたうきび刈赤子負ひ　静生

波照間島が石垣島の南西六三キロにある人口六〇〇人足らずの珊瑚礁《さんごしょう》の島とは、そのとき知りました。日本最南端の有人の島です。波照間島では甘蔗のほかに、南十字星（サザンクロス）が見える。これがうれしい。春から夏にかけて、とりわけ五月下旬の夕方、水平線上に浮かぶ。この星には「はいむるぶし」という方言があります。「はい」は南、「むる」は群れる、「ぶし」は星。南に群れる星。宮沢賢治が童話『銀河鉄道の夜』に描いた南十字星の幻想は有名ですが、「はいむるぶし」も沖縄県の八重山諸島への憧れをいっそう掻き立てる生きている方言です。

潮満つる兆《きざ》しや南十字星　正木《まさき》礁湖《しょうこ》

石垣島在住の作者の作。この読みは「みなみじゅうじせい」。輝く十字の星の下に、東シナ海の潮が満ちてくる宵のしずかな緊張感。これこそ沖縄の海です。

ところで、小熊一人をふたたび、しっかりと意識したのは、私が日本各地に残る季節のことばを地貌《ちぼう》季語と呼んで集め出してからです。地貌とは地理学の用語で、本来地形の高低や起伏などの状態を指すものですが、風土という広い概念よりも地貌の呼び方には、地域に具体的に迫る親しみがあります。そこで土地の貌《かお》を季節感豊かに映し出していることばを地貌季語と称したわけです。

沖縄の地貌季語に目を向けました。そこで、小熊一人が地貌季語を集め編集した『沖縄俳句歳時記』を知ったのです。歳時記には珍しい地貌季語があげられ、例句が付けられています。中でも小熊一人の句に注目しました。

久女忌の一月那覇の花ぐもり　小熊一人

昭和二一（一九四六）年一月二一日、福岡の地で逝去した杉田久女《ひさじょ》ですが、一二歳まで、官吏であった父の任地の沖縄や台湾で過ごします。小学校へ入ったのも那覇でした。その那覇は一月、花ぐもりだという。といいましても、さくらの花は本州のような染井《そめい》吉野《よしの》ではない。沖縄では寒緋桜《かんひざくら》。桃の花よりも色が濃く、臙脂《えんじ》色の五弁の花が釣鐘《つりがね》状に下向きに咲きます。本州よりも二ヶ月早い花ぐもりです。沖縄の人が沖縄を詠むには『沖縄俳句歳時記』が必要なわけがここにあります。

若夏《わかなち》の満月を上げ椰子《やし》の闇　小熊一人

四月下旬から五月中旬までは、梅雨《つゆ》に入る前の時期。〈若夏〉は沖縄の方言で「わかなち」と読みます。稲の穂が出て、いよいよ盛夏近い頃。夏の満月と椰子の闇との鮮やかな対比に、四〇代終わりの作者の熱気さえ感じられる作です。

いつまでも咲く仏桑花《ぶつそうげ》いつも散り　小熊一人

仏桑花の漢名ではイメージが浮かびにくいのですが、ハイビスカスの名で知られる花。沖縄を代表する花で、年中、生垣に咲き続けます。「アカバナー」と素朴に呼ばれて。〈いつも散り〉がしみじみとした鋭い把握です。「沖縄の人は沖縄を、東北の人は東北を」とは、それ以外の地を詠ってはいけないという意味ではありません。なにごとにも徹しなければ、ほんとうの姿が見えてこないよ、ということです。私もこのことばを何回も反芻《はんすう》しました。血気盛んな頃が過ぎ、六〇代も後半になっていくらかわかりかけてきたように思います。

さて、残念なことに小熊一人は昭和六三（一九八八）年、五九歳で逝去します。長く琉球俳壇選者を務め、本州と沖縄との掛け橋になった功績を讃えられ、琉球俳壇賞を受賞するために沖縄訪問中のことでした。

「癌め」との闘い　江國滋

［二〇〇七年六月］

「こんにちは」「さようなら」という日常の挨拶《あいさつ》を俳句を藉《か》りて行う。そんなお洒落《しゃれ》なやりとりが挨拶句です。江國滋《えくにしげる》は当代きっての挨拶句の名人。日々出会うよろこびやかなしみに俳句を添える『慶弔《けいちょう》俳句日録』という本を三冊も世に問いました。その江國滋が癌《がん》を患い、この世を去る平成九（一九九七）年八月一〇日までの半年にわたる闘病の記録を、句集『癌め』と江國滋闘病日記『おい癌め酌みかはさうぜ秋の酒』に残されました。それはご自分のいのちが、手強《てごわ》い癌に侵されていくさまを凝視した壮絶な闘いの記録です。

　私は「いのちの煌《きら》めき」というタイトルで雑誌「ＮＨＫ俳句」の連載を考えたとき、まず江國滋のことを思いました。高齢化社会を迎え、わが国ではすでに昭和五六（一九八一）年、癌死は一六万六三九九人となり、それまでの脳卒中死を抜いて日本人の死因第一位となっていました。初期癌の発見や癌との闘いが医療現場ばかりでなく、身辺の話題になってきました。

　しかし、わが身の癌との闘いを「もっけの病気」といい、俳句を詠む好機と捉え、癌を「癌め」と手懐《てなず》けようとしたのは江國滋の独擅場《どくせんじょう》でした。刻々と死期に近づく陰々とした「蟻地獄」のような痛苦の世界を詠いながら、詠まれた俳句には読み手への心遣いがあります。読み手を楽しませるあそび心さえ感じられます。これこそ最高の俳句作法。極意《ごくい》です。

残寒《ざんかん》やこの俺がこの俺が癌　江國滋

癌に罹《かか》った者が無限におのれを問いつめるぎりぎりの不条理。〈この俺〉の反復、〈が〉を重ねて〈癌〉へぶつける絶望的な独白。ショッキングなテーマを詠っています。しかし、〈残寒〉と〈癌〉と脚韻を揃え、語呂合わせで和ませるにくい心遣いがあります。これは落ちをつける落語や小咄《こばなし》のおかしさではありません。重い話題を軽くする、読み手への気配りからです。

春疾風《はるはやて》勝つてくるぞと門を出る

国立がんセンターへの入院が軍歌の空元気《からげんき》をもじって読み手におかしみを与えてくれます。江國滋の本心がどんなにかなしいものであったか、読み手は十分に承知しながら、さびしさやかなしみをあそびのように楽しもうとする江國の配慮に感銘します。

死神にあかんべえして四月馬鹿
夏は来ぬわれは骨皮筋右衛門《ほねかわすじえもん》
河骨《こうほね》や骨まで癌に愛されて

これほどまで読み手を楽しませてくれなくともと、その気遣いに江國滋の人間としての優しさを感じます。江國滋は、初めて内視鏡検査を受けた医師から「高見順《たかみじゅん》」だと告知されます。詩集『死の淵より』と克明な日記を残して、昭和四〇（一九六五）年に亡くなった高見順は食道癌でした。

医師が病名を直接告げないで、高名な同業者の名をいったのは、それは医師の患者への心遣いでした。が、江國滋にとっては一瞬にして、帰らぬ人となった高見順の末期が偲《しの》ばれて、端的に病名を告知される以上にかえって衝撃であったと思われます。

黒板　高見順

病室の窓の／白いカーテンに／午後の陽がさして／教室のようだ
中学生の時分／私の好きだった若い英語教師が／黒板消しでチョークの字を／きれいに消して
／リーダーを小脇に／午後の陽を肩さきに受けて／じゃ諸君と教室を出て行った
ちょうどあのように／私も人生を去りたい／すべてをさっと消して／じゃ諸君と言って

『死の淵より』所収

私が大好きな詩ですが、たぶん江國滋も、正岡子規《まさおかしき》の病床日記『仰臥漫録《ぎょうがまんろく》』や石田波郷《はきょう》の句集『惜命《しゃくみょう》』を読むと同様に、いやそれ以上に詩集『死の淵より』や高見順の病床日記を熟読されたのではないかと思われます。高見順は出生の秘密に重ねて、青春時代に背負った思想的な転向者としての負い目に生涯苦しみます。それは末期の自己を徹底的に苛《さいな》む重苦しいものでした。それだけに、最期は「すべてをさっと消して」去りたい気持ちが高見順を知る者にはよくわかります。

江國滋の『癌め』と高見順の『死の淵より』とは一方は句集、他方は詩集という違いはありますが、偶然に同じ病と闘い「いのちの煌めき」を捉えた双璧でしょう。

ぐりぐりがぐりとなりたる涼しさよ
箸《はし》を持つことさへ難儀きうりもみ
あばれ梅雨起きて激痛寝て鈍痛
これ以上痩せられもせずきりぎりす
死に尊厳なぞといふものなし残暑

食道のほぼ全部を摘出し、大腸を引っ張り上げて食道の代替とする「食道結腸縫合術」という手術でした。ところが癌は転移し、右頸部《けいぶ》リンパ節にうずらの卵大のぐりぐりができ、その放射線治療に明け暮れます。その上、骨にも転移し、手術は四回に及びました。よくこれまで激痛に苦しみながら、病の自分に迫ることができたと感動します。

死の二日前に「敗北宣言」と書かれた辞世

おい癌め酌みかはさうぜ秋の酒

読み手を暗くさせない天性のユーモアが最期まで滲《にじ》みでています。

自然に懐《いだ》かれて　飯田龍太

［二〇〇七年七月］

桃の花の咲く頃いらっしゃいと、いくたびかお誘いをいただきながら、ついにお訪ねしておりませんでした。飯田《いいだ》龍太《りゅうた》は本年、平成一九（二〇〇七）年二月二五日、八六歳で逝去されました。やむにやまれないような思いからお住まいのある笛吹市境川町小黒坂《こぐろさか》の地を秘《ひそ》かに訪ねたのは、逝去後の四月の初め。まさに桃の花の頃です。

春すでに高嶺《たかね》未婚のつばくらめ　飯田龍太

龍太からはまず俳句のことばを教えられました。龍太の初めての句集『百戸の谿《たに》』の冒頭に出る句です。〈未婚〉などという初々《ういうい》しいことばが俳句に使える。目の前がぱっと明るくなった思い。これは驚きでした。

私が初めて龍太にお会いしたのは昭和三三（一九五八）年八月、二二歳の時です。龍太は三八歳。盂蘭盆《うらぼん》のさなかの町を見て、夜遅くまで信州・浅間温泉の宿で、句作りの旅の俳句談義に加えていただいたのをありありと思い起こします。「前衛俳句」論議が盛んになり出した頃で、蓼科《たてしな》に遊んだ龍太が生涯にわずかとはいえ、こんな無季の句を発表したのもこの年でした。

手の結飯《むすび》まるく定まる日の出前

〈結飯〉も俳句になるんだと新鮮な気がしました。

子の皿に塩ふる音もみどりの夜

昭和四一（一九六六）年の作。『忘音』所収。〈みどり〉が初夏の季語。緑立つは松の新芽を指す春の季語です。新樹や新緑は和歌や連歌の時代から夏の季題にありますが、みどりは新しい。調べてみますと、〈機関車の単車行くのみ野のみどり　山口誓子《せいし》『晩刻』〉として早く昭和二一（一九四六）年に使われましたが、広まったのは龍太の句からです。夕食の皿に盛られたレタスに父親が食塩を振る。ぱらぱらという音。その音も萌え始めたみどりの夜にぴったり。明るい幸せな句ですね。

どの子にも涼しく風の吹く日かな

道端に遊んでいる〈どの子にも〉のさりげない目配りに感嘆しました。同じ昭和四一年作です。『忘音』所収。龍太はすでに一〇年前の九月、六歳の次女を急性小児麻痺で一夜にして亡くしています。わが子の死はもっとも鋭く記憶されます。明るい子ども詠でありながら、どこか一抹《いちまつ》のさみしさが漂うのは、死の真実の前で生が「つかのまのいのち」を感じさせるからでしょうか。同じことは龍太の主要ないくつかの句に指摘できるようです。

紺絣《こんがすり》 春月重く出でしかな

『百戸の谿』所収。昭和二六年に詠まれた代表作です。三人の兄たちのお下がりを着せられたという少年の日の〈紺絣〉や山の端にのぼる〈春月〉からは、ゆたかな自然に包まれた鄙《ひな》の暮らしの落ち着きが想像されます。人の世の秩序や自然界の深い摂理です。しかし、みずみずしいいのちを象徴する春の月の出に用いられた〈重く〉の一語が長く私の脳裏に残りました。

ことばは本来、みんなに通じる辞書的な意味とイメージに基づいて、個の体験を人に伝達しようとするものです。季語では初めて用いられたときの意味やイメージを本意とか本情といいますが、当然作者の体験こそが季語に精気を与えるものです。考えてみますと、掲句の背景には、三人の兄たちの死が影を落としているように思われます。第二次世界大戦がもたらした命運のもとに、長兄はレイテ島で戦死、次兄は病死、三兄は外蒙古で戦病死とそれぞれ世を去っています。龍太に詠まれた〈紺絣〉や〈春月〉からは兄たちの死という真実を包含した秩序や摂理が身につまされるように感じられます。生きることは夢を描くことであり、たっぷりと虚構に基づいていています。それに対し死は一つの真実でしかありません。したがって、秩序や摂理を詠《うた》えば勢い〈重く〉なりましょう。

一月の川一月の谷の中

私は龍太の逝去後初めて、龍太とお会いしてから四八年経って、その地を訪ねました。自然の摂理を詠ってこれほど鮮やかな作品は現代俳句にも稀《まれ》です。着想は、狐川《きつねがわ》という家の裏の小さな渓流から得たものの由。「幼時から馴染《なじ》んだ川に対して、自分の力量をこえた何かが宿し得たように直感した」(「自作ノート」『現代俳句全集一』)ということばが、すべてをもの語っているようです。

小黒坂の龍太居を取りまく、川・谷・山・坂、そして空気など、すべてを包んで鄙《ひな》の自然はひとつの摂理に貫かれています。その地に佇《たたず》んでいますと、高浜虚子《きょし》の〈去年今年《こぞことし》貫く棒の如きもの〉ではありませんが、〈棒の如きもの〉を感じます。

それは、人の生死を包含した自然の摂理です。

龍太は昭和三七(一九六二)年九月、父蛇笏《だこつ》を送り、三年後の一〇月に母を亡くしています。その母が庭の松の根方に立て掛けて置いた庭箒《にわぼうき》を母の死後こんな風に詠みます。

生前も死後もつめたき箒の柄

この句は「居直って読者を無視し、自分だけでも納得する作品に」(「私の俳句作法」)と詠んだといいます。同じような「わがまま」な作が〈一月の川〉だと龍太はいいます。〈一月の川〉が〈一月の谷〉に収まる。そこに棒のような生死が鮮やかに見えてくるように思います。龍太生前の〈一月の川〉は龍太死後も〈一月の谷〉の中を流れています。生と死を「自分の力量をこえた何か」という直感のことばで捉えた、自然からの恩寵のような一句です。私は、その摂理の把握に茫然としました。

地貌の発見　前田普羅

［二〇〇七年八月］

江戸の川柳に〈いやな下女浅間額《あさまびたい》に作るなり〉（『柳多留《やなぎだる》』）があります。秀麗な富士山は美人の特徴とされる富士額《ふじびたい》（額の髪の生え際が富士山の山形に似る）なのに、浅間額は見劣りがするという、当時の形容です。浅間山は恋の苦悩に悶《もだ》える「あさましい（興ざめなこと）」山であったり、噴火することが女性の嫉妬深さの象徴のようにも見られました。

ところが、前田普羅《ふら》は浅間山を「威厳と愛憐《あいれん》の心に満ちて燃えつゞけてゐる」（『春寒《しゅんかん》浅間山』増訂版・後記）日本的女性の象徴の山だと讃《たた》えています。前田普羅は飯田蛇笏《だこつ》や原石鼎《はらせきてい》などとともに大正期を代表する「ホトトギス」俳人として出発し、昭和二九（一九五四）年七〇歳で逝去するまで活躍した俳人です。

普羅という雅号の由来が「美しいものはフラワーが第一」（「雅号由来記」）ということから名付けられたものとか。夢を追いつづけた普羅俳句を彷彿《ほうふつ》させるのですが、世間では定住の地を求めて生涯漂泊した「ふらふら」の「ふら」だとの陰口がありました。そこに普羅の境涯《きょうがい》を思わせる一抹《いちまつ》の哀しみを感じます。

春星や女性《にょしょう》浅間は夜も寝《い》ねず　　前田普羅

『春寒浅間山』所収、昭和一五年作。北軽井沢からの属目吟《しょくもくぎん》。真冬の雪を被った堂々たる浅間山に臨みますと、ときに〈冬の浅間は胸を張れよと父のごと　加藤楸邨《しゅうそん》『山脈』〉と男性、ことに父親の姿のようだとも思われます。が、山襞《やまひだ》から雪が消えたなだらかな浅間山は、女人が横たわって居るような妖しい風情があります。

前田普羅は横浜の地で大正一二（一九二三）年九月一日、関東大震災に遭い、一切を失います。金沢の俳誌「辛夷《こぶし》」の課題句選者に就《つ》き、北陸との繫《つな》がりもあり、翌年五月八日には、報知新聞富山支局長として赴任。四〇歳のときです。後に昭和二四年九月二一日、富山の地を去るまで二五年間在住したのでした。

立山のかぶさる町や水を打つ
雪山に雪の降り居る夕《ゆうべ》かな

前句は『普羅句集』所収、大正一四年作。後句は『新訂普羅句集』所収、昭和六年作。富山は、立山連峰の眺望が美しい町です。市街地の東部に聳《そび》える立山は、高峰が三〇一五メートルのいかにも雄々しい男性的な山ですから、先掲の浅間山を女性だと見たのは、前田普羅の体の中の母性への憧《あこが》れが目覚めたものかもしれません。

母性への憧れといいますと、前田普羅の母なる風土を「地貌《ちぼう》」として捉える見方が思い起こされます。普羅が地貌を説いたのは句集『春寒浅間山』（増訂版・昭和二一年刊）の序でした。そこで普羅は、「自然を愛すると謂《い》ふ以前にまづ地貌を愛すると謂はねばならなかつた」といっています。「地貌」とは本来地理学で、陸や島の形、地表面の高低・起伏・斜面などの状態を指す用語ですが、前田普羅は自然という大摑《おおづか》みなことばを嫌って、日本列島の地域の違いをいうのに、「地貌」を用いています。

前田普羅は潔癖でした。一冊の句集の中に、地域の違う風土詠を「春寒浅間山」・「飛驒紬《ひだつむぎ》」・「能《の》登《と》蒼《あお》し」と収めることに抵抗を感じ、国別三部作をそれぞれ一冊の句集として上梓《じょうし》しています。国別に分けたいわれを普羅は、昭和二一年刊の『春寒浅間山』増訂版で、「自然と称《たた》へて一塊又一塊の自然を同一視する事が出来ないのである。国々はかくて一つ一つの体系である。裏日本の雪で育てられた俳句と、表日本の明るさが与へてくれた俳句を、一枚の紙に並べて書いて見るのは、到底《とうてい》著者の堪へ得るものでは無いのであつた」と記しています。山や谷や高原などの「地貌」の差違は、地球生成以来の変動が理想的な形をつくって今に在るものだともいっています。

地貌の違いにより、「空の色も野山の花も色をたがへざるを得ない。謂《い》はんやそれらの間に抱かれたる人生には、地貌の母の性格による、独自のものを有せざるを得ないのである」と、風土を温かい目で掘り下げて見ようとしています。私が共感を抱くのもその点です。

春の天浅間の煙お蚕《こ》のごと
慈悲心鳥《じひしんちょう》おのが木魂《こだま》に隠れけり

『春寒浅間山』所収。浅間の白い噴煙の形を〈お蚕〉と見立て、養蚕地であった上州や信州の地貌が伝わります。

乗鞍のかなた春星かぎりなし
股稗《またひえ》のその身重たく飛騨に伏す

『飛騨紬《ひだつむぎ》』所収。飛騨を讃えたのが春星の作。〈股稗〉は飛騨古来の救荒作物で、団子に適した稗なのです。

えご採りの漕《こ》ぎて散らばる梅雨の海
珠洲人《すずびと》やしぶきをあげて苗投ぐる

『能登蒼《のとあお》し』所収。〈えご（おきゅうと）〉は博多から越後にかけて食用とされる昔からの海草です。珠洲の棚田の田植風景にも地域独自の親しみがありますね。

友人飯田蛇笏が前田普羅を「山岳作家」と讃え、以後普羅の代表作となったのが、「甲斐《かい》の山々」五句でした。昭和一二（一九三七）年一月一七日付東京日日新聞（現毎日新聞）に発表された作品です。

茅《かや》枯れてみづがき山は蒼天《そら》に入る
霜つよし蓮華《れんげ》とひらく八ヶ嶽
駒ヶ嶽凍《い》てゝ巖《いわお》を落しけり
茅ヶ嶽霜どけ径《みち》を糸のごと
奥白根かの世の雪をかがやかす

前年一一月に、蛇笏が住む甲斐を訪ねた折の作といわれますが、二〇年にわたる甲州探訪の体験が普羅の心に深く結晶した俳句でした。普羅の地貌を極めた傑作といえましょう。

［二〇〇七年九月］

山河いとしく　相馬遷子

いつも私のどこかに巣くうようにあり、思い出すたびに気持ちをしゃんと引き緊める俳句があります。

冬麗の微塵《みじん》となりて去らんとす　相馬遷子

相馬《そうま》遷子《せんし》は昭和五一（一九七六）年一月一九日、六七歳で逝去していますが、その前年の師走、亡くなるひと月ほど前に詠まれた句です。死にゆく自分を凝視して、これほど自らを追い詰めた句を私は他に知りません。冬の澄んだ日射しに浮かぶ一片の塵《ちり》となり間もなく消えていく。神にも仏にも縋《すが》らないで、この世からひっそりと去る。その張りつめた意思が冷静に、穏やかに表現されています。絶唱とはこのような作品をいうのでしょう。

相馬遷子は、長野県の東部にあたる佐久《さく》市に住む内科の医師でした。明治四一（一九〇八）年一〇月一五日、南佐久郡野澤町（現佐久市）生まれ。東京大学医学部を卒業し、医局時代に島薗千朶《せんだ》（順次郎）内科教授が主宰する卯月会に入り、そこで水原秋櫻子《しゅうおうし》の俳句指導を受けています。「馬酔《あし》木《び》」同人となり、石田波郷《はきょう》の「鶴」にも加わります。が、折から第二次世界大戦前夜。昭和一五（一九四〇）年には応召し、中国へ出征します。病気のため一年ほどで除隊し、昭和一八年には北海道へ渡り、市立函館病院内科医長に就《つ》きますが、終戦後は郷里の佐久へ帰り相馬医院を開業しました。その間、「馬酔木」の代表作家として活躍し、師の秋櫻子が拓いた高原詠を深め、境涯《きょうがい》性の滲《にじ》み出た独自のいのちの俳句を詠んでいます。昭和三三（一九五八）年には第五回馬酔木賞、同四四（一九六九）年度には第九回俳人協会賞、逝去する四日前の病床で「馬酔木」最高の葛飾賞を受賞します。健康には恵まれず、昭和四九（一九七四）年四月に胃切除の手術を受け、さらに翌五〇年一一月には再発し、佐久総合病院西病棟七階に入院、癌《がん》の進行にはついに克《か》てませんでした。

わが山河まだ見尽さず花辛夷《はなこぶし》

昭和四九年、入院直後の作です。先掲の〈冬麗《とうれい》〉の句とともに句集『山河』所収。同句集から同時期に詠まれた句を次に掲げます。

癌病めばもの見ゆる筈《はず》夕がすみ
無宗教者死なばいづこへさくらどき
業苦たゞ汗して堪ふる春の闇
梅に問ふ癌ならずとふ医師の言
長き日よ点滴注射さらに長く

最後の句には「術後五日残胃と十二指腸との縫合に不全発し絶食延長十五日に及ぶ」と長い前書が付いています。手術が思わしくなかったことがわかりますが、主治医は本人に「癌の疑いのある潰瘍《かいよう》」と説明し、カルテなどを要求した本人には書き改めたものを示された（矢島渚男《なぎさお》『山河』五十句抄」付記。「俳句」昭和五一年四月号に掲載）といいます。胃の異状を自覚した時には、癌は第四期にまで進行し手遅れであったようです。

〈わが山河〉の作は、佐久の山河を見つめることに生涯を賭けたともいい得る相馬遷子の代表作です。佐久は峡《さく》、迫《さこ》と同じように地形が狭まった地を指すようですが、佐久平と呼ばれ標高およそ七〇〇メートルの高原は、北に浅間山、南に蓼科《たてしな》山から八ヶ岳連峰を据え、けっこうひろびろとしています。遷子が好んで吟行をした北東部の軽井沢はおよそ九五〇から一〇〇〇メートル、南の甲斐《かい》境の野辺山高原は、ＪＲの駅では日本一高い約一三四五メートルの地にあることで知られています。戦後の昭和二四、五年頃、この佐久の高原を「馬酔木」の堀口星眠《せいみん》や大島民郎《たみろう》らに遷子を加えて吟行し、詠まれた清新な自然詠が高原俳句などと称され、そのグループは高原派と呼ばれました。

高空は疾《と》き風らしも花林檎《はなりんご》
燕去るや山々そびえ川たぎち
雪嶺の光や風をつらぬきて
雪積めりよべの熟睡《うまい》の深さほど

先の二句は句集『山国』所収、そして後の二句は句集『雪嶺《せつれい》』所収。

このような遷子の作は高原詠には違いありませんが、〇〇派との呼称から連想される一般的な特徴を超えた孤高な精神を感じさせます。「雪嶺は私にとって佐久の自然の代表である」と句集『雪嶺』の後記に著者みずから記していますが、とりわけ浅間山や八ヶ岳などの雪嶺を詠《うた》うことが遷子にとって、自然のいのちを詠うことではなかったかと思います。

私が初めて相馬遷子をお訪ねしたのは、小諸の高等学校に勤めていた頃、昭和三七年の初夏でした。伺いますと、診察着を脱ぎながら、早速、西東三鬼《さいとうさんき》の〈白馬を少女瀆《けが》れて下りにけむ〉の〈白馬〉をどうとりますかと質問されるのでした。白い馬なのか、白馬岳《しろうまだけ》なのかと咄嗟《とつさ》にいわれ、二五歳の私はどぎまぎしたことを思い出します。長身の上に、眉目秀麗、温容典雅というのが遷子を讃える枕言葉でしたが、私は穏和な中に研ぎ澄まされた剣のような鋭さを感じました。

上掲の句は、自然の秘めた鮮烈さを衝《つ》いています。が、死期を悟られてからの次の作には、身を斬《き》るような永遠の問いが発せられています。その問いに誰が答えることができるでしょうか。

痩《や》せし身の吹かれ撓《たわ》めり秋風に
暁光《ぎようこう》におのれ削《そ》ぎ立つ雪の嶺
鵙《もず》鳴いてこの世いよいよ澄みまさる
木の葉散るわれ生涯に何為《な》せし

沖縄の魂石　眞榮城いさを

［二〇〇七年一〇月］

沖縄に生まれ、沖縄で育った者は沖縄のことばで沖縄の島を詠う以外にない。宮古島の眞榮城《まえしろ》いさをは五〇年近い俳句歴の持主ですが、その一貫した生き方に私は共感しています。

黒糖《こくとう》を煮る魂石をふところに　**眞榮城いさを**

沖縄の一月はさとうきび（甘蔗《かんしょ》）の収穫期です。甘蔗は「きび」と呼ばれ、きびの製糖は冬行われます。黒糖を精製した分蜜糖は工場生産がほとんどですが、県内消費用の黒糖は個人の家内工業で細々と続けられています。きびの茎を絞った汁を大鍋で煮詰め、石灰を加えて固めると黒糖ができます。掲句は〈黒糖煮る〉が私のいう地貌《ちぼう》季語（地域で用いられている季語）です。〈魂石《たまいし》〉とは、沖縄の風習に、十字路から小石を三つ拾って、願をかけ、懐に入れていると、不思議に元気が出たり仕事が巧くいくといいます。ここでも、黒糖作りにお呪《まじな》いの石を懐にしている、沖縄人の熱い気持ちが感じられます。

不発弾処理の大穴甘蔗時雨《きびしぐれ》　**玉城一香《たましろいっこう》**

きび刈りの頃は大陸の寒気団が張り出し、沖縄は曇天が続き小雨がぱらつきます。降り方が本土の時雨に似ているところから、〈甘蔗時雨〉と呼ばれます。掲句は、沖縄戦での傷痕を象徴するような重い作ですね。不発弾処理の大きな穴がある甘蔗畑、その刈り入れ時に襲う冷たい雨。作者は那覇市在住の俳人です。氏が中心となって編まれた『沖縄俳句歳時記』からは沖縄の地貌季語をいくつか教えられました。

木精《きじむな》に会はむとすれば鷹の尿《しと》雨　眞榮城いさを

雨といえば、鷹が飛来する一〇月中旬頃に見舞う小雨を〈鷹《たか》の雨《あみ》〉あるいは〈鷹の尿《しと》雨〉（鷹の尿《しと》）〉といいます。鷹渡しと呼ぶ「新北風《ミーニシ》」に乗って本州の鷹が南方への中継地である宮古島に南下して来ます。掲句の〈木精〉は森に棲むおかっぱ頭の妖怪です。いたずら好きで、巨木から巨木へ飛びまわっているのです。木精に出会うといいことがあるようです。みちのくの座《ざ》敷童《しきわらし》に似ていますね。木精を見たいと森へ入ったら、鷹が渡る兆《きざ》しの雨に会ったというのです。〈鷹の雨〉が晩秋の沖縄の季語なのです。

ところで、宮古島まで渡って来る鷹は烏《からす》くらいの大きさの差羽《さしば》が多い。かつては、日に五万羽が飛来することもあったのですが、近年は激減しているようです。中には飛ぶ力をなくし群から落伍する〈落鷹《ウテイダカ》〉がいます。次の句は夜明けの闇の中で力のない鳴き声から、あれは落鷹だと察知したという作です。地の人の鷹への愛情が滲み出ています。

落鷹のこゑ諾《うべな》へり暁《あけ》の闇　眞榮城いさを

沖縄は第二次世界大戦における国内最大の激戦地であり、およそ二〇万の人々が命を落としたといわれています。眞榮城いさをには、沖縄本島の最南端の地とされる喜屋武《きやん》岬に立って詠った、こんな作があります。

百合《ゆり》化して蝶や自決の崖《きりぎし》に　眞榮城いさを

大戦の犠牲者に〈百合化して蝶となる〉という江戸期の幻想的な夏の季語を用いた句ですが、自決した島人と同じ沖縄人として、言霊《ことだま》を籠めて美しくあれかしと祈らずにはいられなかったのでしょう。私が胸を締め付けられるのは、ユタを詠った作です。

冥婚《めいこん》に触れたる少女ユタ涼し　眞榮城いさを

ユタは祝女《のろ》と同じ霊媒者です。祝女が集落の祭祀《さいし》を司る世襲の巫女《みこ》であるのに対して、ユタは亡くなった人を呼び寄せる口寄せです。ユタが語った〈冥婚〉とは、大戦で死んだ者同士を結婚させるというものです。これには驚きました。死者の中にはこの世でついに一緒になれなかった者が沢山いたことでしょう。それを彼岸の死の世界で結び合わすとは、なんと哀しくも深い思いやりでしょうか。沖縄の人々は、この世で十分に生き得なかった生をあの世で補完するという、強力な死生観を持っています。あるいは、これが縄文時代以来、この列島の人々が持っていた死生観かもしれません。私は感動しました。

熱砂ゆく祝女が被《かぶ》りし草の冠　　眞榮城いさを

マーニと呼ばれる草の葉で編んだ冠《かんむり》状の輪を祝女は被ります。眞榮城いさをの句集名が『草の冠《かん》』ですが、草の冠からは秘めやかな呪《まじな》いを感じます。

海風は南十字星《サザンクロス》に触れてをり　　眞榮城いさを

南天の代表的な星座の一つ南十字星は、北緯二七度より南へ行かないと見えません。十字架のように並んだ四つ星が八重山諸島の波照間《はてるま》島では、夏に海風があたる高さによく見えます。小浜島では「はいむるぶし」と呼ぶ由。「はい」は南、「むる」は群れる、「ぶし」は星。南に群れる星という素朴な方言が、宮沢賢治の童話『銀河鉄道の夜』に書かれた十字星の幻想を一層盛り上げます。

飛魚や南波照間島《ぱいはてるま》のきはやかに　　眞榮城いさを

〈南波照間島〉は日本最南端の有人島・波照間島の、さらに南にあるという想像上の小島です。波照間は「果てのウルマ（珊瑚礁《さんごしょう》）」の意。琉球王府の税金・人頭税のきびしさから、波照間島の住民が秘かにニライ・カナイの楽園の島（パイパティローマ）を目指して脱出したという。飛魚の跳躍からいまも語られる歴史の伝承を明るく語った作です。眞榮城いさをの俳句の風景には、沖縄人の心がしっかりと詠われています。

あきた季語発掘　荻原映雱

［二〇〇七年一一月］

平成一二（二〇〇〇）年三月二二日、八八歳で亡くなるまで、ひたすら秋田の「郷土季語」の発掘と蒐集《しゅうしゅう》に尽くされた俳人荻原映雱《おぎわらえいほう》の生き方に心動かされました。この方はまさしく秋田の地貌季語で俳句を詠んだ先駆けだと思います。どこが先駆けなのか、映雱の集めた秋田の「郷土季語」や例句を紹介しながら考えてみます。標準語化された季題・季語ではなく、地域の人々に愛用されてきた季節のことばを私は地貌季語と称していますが、映雱のいう「郷土季語」も同じ内容を指していますので、ここでは郷土季語の呼称を用います。

まず、秋田の冬の気象、〈霜荒《しもあ》れ〉に注目しました。通用の歳時記には霜の傍題《ぼうだい》に〈大霜《おおしも》〉、〈強《つよ》霜《しも》〉、〈深霜〉、あるいは〈霜きびし〉などと出ていますが、〈霜荒れ〉はありません。

強い霜が来た夜更けから夜明けにかけて、天候が急変して雨が降り出し、時に風雷を伴う。土地の人々は夜、青白く霜に包まれた屋根や樹木を見て、翌朝の霜荒れを予感するといいます。霜荒れは日中でも起きる。霜が解け快晴になっても、天候が急変して風雨に変わる。学校帰りの児童がずぶ濡れになって家にたどり着く。天気予報は晴れでも、古老は霜荒れが来るぞという。秋田は北緯三九～四〇度、北国の天気はままならないのです。

霜荒れが来さうな沖の鏡晴れ　荻原映雰
霜荒れの木にゐてはぐれ鴉《からす》なり　菅波《すがなみ》一路《いちろ》

先の句は快晴の沖に霜荒れの兆しを捉え、土地勘が働いた鋭い作です。後の句は霜荒れの急変の風雨に仲間からはぐれた鴉を描いています。鴉も勘が狂ったのでしょうか。このような季語を知ることで世界が拡がりますね。信州にも霜に関する朝の気象を指す〈霜折れ〉があります。〈霜折れ〉には二つの説があります。昼頃までどんよりした曇天が続き、晴れるべき天気が強霜により折れてしまったというのです。ところが、同じ地域でも冬の霜柱の立たない比較的暖かな曇り日をいうと古来の伝承をあげる人もあります。『日本国語大辞典』には『新撰六帖』の〈今日はまた山の朝げの霜をれに空かきくもり雨はふりつつ　藤原信実〉があがっています。信州でも松本から塩尻にかけては、前者の考えを伝える古老が多いです。

霜折の晴るるを待ちて藁始末《わらしまつ》　中島ふき
霜折や檜葉《ひば》ぎつしりと外流《そとなが》し　塩原傳《つたえ》

〈霜荒れ〉といい、〈霜折れ〉といい、それぞれの土地特有の気候を、そこに暮らしている者のからだ感覚で表現していますので、標準語化はむずかしいでしょうね。このような身近な季節のことばを用いて俳句に詠むのも、俳句を詠む歓びのひとつです。
俳句の季題・季語がいかに限られた狭い地域、「京都中心」ないしは「畿内中心」のものであったかについては山本健吉《けんきち》がつとに指摘しています。「京都文化と言っても、大宰府への通路であった瀬戸内海文化は早い時期に吸収されていたにちがいない。俳諧が成立した江戸時代には、それに江戸と東海道とが加わり、季の詞にはだいたい以上のほぼ同緯度（三四～五度前後）の地方の風土現象の名目が採録されたと見てよいのである。だから、中部山岳地方や裏日本や東北地方の荒々しい風土現象は、ほとんど顧みられていない」（「歳時記について」『最新俳句歳時記 新年』文藝春秋）。

秋田は男鹿《おが》半島辺りが北緯四〇度ですから、京都や畿内の気候風土とは大きく違うわけです。

明治四四（一九一一）年六月五日、秋田市に生まれた荻原映雱が一四歳で俳句に志して以来、七十余年の俳句生活の間考えたことは、なによりも秋田を詠うことでした。秋田の風土を秋田の郷土季語を用いて詠う。それには秋田の郷土季語を発掘し蒐集することが必要でした。秋田県の師範学校を出て、公立学校に勤務し、六〇歳で退職後、「季語鑑賞あきた歳時記」を新聞に連載し、出版します。さらに検討を重ね、七四歳で郷土季語集大成『あきた季語春秋』をまとめています。「後進が使える秋田の歳時記を作る。自分の句集は作らない」。この決意が信念のように貫かれました。生前手書きでまとめられた句集稿が一周忌に句集『天恵』としてお子さんの荻原都美子《とみこ》さんにより出されたのでした。そこには、先掲の〈霜荒れ〉の他、秋田の郷土季語のこんな例が出ています。

風垣《かざがき》の夜となれば風泣きにくる　　**荻原映雱**
風垣を解けばロシアへつづく空

〈風垣〉は冬囲い・雪囲いとして作られるもの。北風を防ぐために人の背丈の三倍もの高さに高簀垣《たかすがき》と呼ぶ風垣を築く。家の板壁は藁囲《わらがこ》い、墓は筵《むしろ》で包み、庭木は菰《こも》で囲う。海浜の地域では家を頑丈な板を用いた風垣で取り巻く。これを潮垣（「しょがき」と発音する）といいます。真冬の潮風を交えた飛び砂と吹雪から守るためのもの。先の句は北風が悲鳴をあげる、寒い冬のわびしさを、後の句は風垣が解かれ開放された明るさを詠っています。〈ロシアへつづく〉という雄大さが実感できる、そこに秋田の地貌が表現されています。夏の〈泥鰌筊《どじょうど》〉も懐かしい。泥鰌を捕る仕掛けです。

泥鰌筊を漬けどろどろの闇の底　荻原映雰

従来の歳時記には〈泥鰌汁〉が夏、〈泥鰌掘る〉が冬と出ますが、「泥鰌」そのものは季語としてはありません。六月頃、青田の水口がある畦沿いの流れに筊を日暮に仕掛けて早朝引き上げる。これが〈泥鰌筊漬け〉。泥鰌筊は底上げのビール瓶型の細長い竹籠《たけかご》です。掲句は、泥鰌筊を仕掛ける日暮れの闇と田川の泥の闇が〈どろどろ〉の擬音に集約されています。紛れもない郷土詠ですね。

［二〇〇七年一二月］

桜隠しは鄙ことば　齊藤美規

旧暦三月に降る雪が〈桜隠《さくらかく》し〉。『越後方言考』（小林存著）によりますと、これは新潟県東蒲原《ひがしかんばら》郡辺りの方言のようです。なんと美しいことばではないでしょうか。

旧暦三月は陽暦ではほぼ四月。まさに開花の遅い地域でも桜が咲く頃です。桜隠しとは文字通り桜の花を包んでしまう雪。北国ではしばしばそんな雪に見舞われます。「○○隠し」といういい方に、風土のいい知れぬ、人為を超えた自然の力をそれとなく暗示していますね。こんな方言を地貌季語として生かした俳句があります。

可惜夜《あたらよ》の桜かくしとなりにけり　齊藤美規

〈可惜夜〉は惜しむべき夜の意。可惜は夜を修飾する連体詞。漢文調の表現が〈桜かくし〉という春雪の呼称とひびき合い、ぼったりした春の夜の情趣を醸《かも》し出しています。花時となり、すばらしい春の夜であるのに、折から雪に見舞われ、北国日和は定めないというんですね。上記の句により、『桜かくし』は句集名にも用いられます。作者の齊藤美規《みき》は、新潟県糸魚川市在住の俳人です。私が齊藤美規に惹かれるのは、生まれ故郷の越後の風土をさまざまに深く捉えながら、俳句にとって風土がどんな意味を持つものか、生涯のテーマにして考え続けている態度に対してです。

齊藤美規は大正一二（一九二三）年一二月六日生まれ、現在八四歳（二〇〇七年）。その戦時体験として、二〇歳の昭和一九年八月、海軍飛行予備学生に志願し土浦海軍航空隊に入隊し、翌二〇年八月、石川県河北潟飛行場で終戦を迎えるまでの一年ほどの間郷里を離れますが、終戦以来、今日まで齊藤美規にとって、越後の故郷こそ風土でした。

齊藤美規が加藤楸邨《しゅうそん》の俳句に惹かれ、その主宰誌「寒雷《かんらい》」に入会したのが、昭和一七（一九四二）年七月、一八歳のときでした。旧制高岡高等商業学校二年の学生です。

一〇代から俳句に志した若者にとって、風土はすんなりと受け入れられるものではありませんでした。名所案内風に自分の風土を安易に肯定して詠《うた》うのが「風土」ではないといいます。「自分の風土に抵抗して、その向こうからひびいてくるものを詠いたい」（句集『鳥越』あとがき）と記しています。ではなにが「風土」かといいますと、長い俳句体験の果てに、こういっています。「風土とは詠う対象ではなくて、それは自分の中に探るものだということ、そして自分の俳句作品は、それを探し求める道程上の足跡に過ぎないということである」（句集『路上集』所収「素の感動」）

これは明快な風土論です。風土こそ求めるものであり、それを求めるところに生きる意味がある。したがって自分の周りにある目に見える自然風土が俳句に詠う究極の対象ではない。自分の中で骨肉化され、精神的に昇華された意味あるものとして顕《あらわ》れてくるものがあれば、それこそ求める風土だというのです。

ここにおいて風土は日常の課題でありながら、生涯求め続ける念願のようなものなのでしょう。

ちゃんまいろとは魁《さきがけ》の土地《とち》言葉《ことば》

「ちゃんまいろ」は蕗《ふき》の薹《とう》のこと。糸魚川市姫川地域の方言です。語源はわかりませんが、円《まろ》やかなひびきが愉しいですね。『日本方言辞典』（佐藤亮一監修）には全国で九四もの呼称が収録されていますから、蕗の薹は古くから親しまれている野草ですね。春先の雪解けを待ちかねて緑の花芽を持ち上げる〈魁〉です。きびしい風土を切り拓《ひら》く〈ちゃんまいろ〉のけなげさ。作者が求めている「やさしさ」が感じられます。『春の舞』所収。

うはばうと背中合はせに晴れわたり

〈うはばう〉は冬に起きる新雪表層雪崩《なだれ》をいいます。作者が居住する早川谷は快晴なのに、尾根一つ隔てた柵口《ませぐち》では、能生《のう》権現岳の新雪表層雪崩が一瞬にして一一戸一三人の命を奪う惨事を引き起こしたのです。その折の作。〈うはばう〉も作者が風土から掬《すく》いあげた貴重な地貌季語です。『海道』所収。

榛《はん》の沖よりつながつて馬肥瞽女《まごえごぜ》

田が連なる広々とした越後平野。畦《あぜ》には等間隔に榛の木が植わっています。そのかなたから春先、厩肥《まやごえ》（肥料）を撒く頃、瞽女が手を繫《つな》ぎ、つらなってやってくる。季語は〈馬肥瞽女〉（春）。〈馬肥瞽女〉は今は見られませんが、かつては米どころ越後を代表する光景でした。〈瞽女〉は御前（婦人の尊称）からきたことば。三味線を弾き、鄙《ひな》びた唄を謡《うた》う上越地域の瞽女を作者は、同じ風土に生きる者のかなしみとして捉えているのではないでしょうか。観光客の見方とは違い、いのちの深さに触れている点が多く人の共感を呼ぶところです。『海道』所収。

外浦の山鳴つてゐるあまめはぎ
木の洞を人の出て来る凍渡《しみわた》り
栃の実が海へ流れて沖の女郎《じょろ》

家族八人げん魚汁《ぎょじる》つるつるつる

〈あまめはぎ〉〈凍渡り〉〈沖の女郎〉〈げん魚〉は、齊藤美規の俳句によって地貌季語として生かされました。氏の句には、北陸の地への長年の愛情が滲み出ています。

〈あまめはぎ〉は奥能登《おくのと》の正月六日の晩、六日年取りに出る能登版「なまはげ」。秋田県男鹿《おが》地域に伝わる鬼姿の年神様《としがみさま》なまはげと同じ。囲炉裏にばかりあたっていると、足の皮膚に痣《あざ》のような、怠け者の印「あまめ」ができる。あまめを剝《は》いで廻るのは、新しい年を迎えるのに旧年の怠け者を退治するためです。〈凍渡り〉は春先の凍て返《い かえ》しにより雪の上などを歩くことができること。〈沖の女郎〉は、晩秋に日本海近海で獲れる一〇センチほどの鮮やかな体色の魚。〈げん魚〉は厳冬期に日本海で獲れるゼラチン質の深海魚です。淡泊な味が好まれます。

「二〇〇八年一月」

寒晴の走者　飯島晴子

先年、トルコのトプカプ宮殿にあるハレムを見たときのことです。国中の美女を召し上げて侍《はべ》らせた王様の居室の豪壮なことはいうまでもないのですが、愛妾方《あいしょうがた》の部屋の眩《まばゆ》いことに目を瞠《みは》りました。絨毯《じゅうたん》の艶《あで》やかさに加え、居間も浴室も寝室までも天井や壁面に宝石を鏤《ちりば》め、鏡が至る所に嵌《は》められています。ここはイスタンブール。マルマラ海の紺碧《こんぺき》の海光がふんだんに射し込みます。私はふと飯島晴子《いいじまはるこ》の句を思い浮かべました。

かの后《きさき》鏡攻めにてみまかれり　飯島晴子

昭和四九（一九七四）年、五三歳の作。第二句集『朱田』所収。〈かの后〉と周知のようないい方ですが、ある特定の后を指すのではなく、ナルシシズム（自己愛）の塊のような女性が持っている驕慢《きょうまん》さを象徴したのではないでしょうか。「鏡よ鏡、世界中で一番美しいのは誰」と鏡に向かって問いかけるのは白雪姫の継母である女王様ばかりではありません。美しくなりたいとの一心から、自己の懐の「自惚《うぬぼ》れ鏡」をいのちのように大事にしている女性がいます。至る所に鏡を置き、四六時中鏡を見続け〈鏡攻め〉が高じて死に至っても、誇り高い美貌の后は莞爾《かんじ》として薨《みまか》ったのではないでしょうか。

飯島晴子はなぜこのような句を作ったのでしょうか。

掲句は〈かの后〉と一見、三人称を主人公にしたように受け取れます。俳句では比較的少ない表現です。しかも、ふだん季語を用いる作者である晴子には珍しい無季《むき》の作です。実は、この頃が俳句初学から一五年経ち、作者の精神がもっとも昂揚したときだったのです。

一月の畳ひかりて鯉衰ふ

昭和四五年、四九歳の作。処女句集『蕨手《わらびて》』所収。格別際立った特徴のあることばを用いた句ではありませんが、私には飯島晴子が高等女学校を卒《お》えるまで過ごした京都の暮らしがしっかりと見える気がします。新年を迎えるために町家《まちや》では畳《たたみ》が新しく替えられます。なにより大事な仕来《しきた》りです。それによって家全体が輝き、活気が満ちます。が、坪庭に長年飼われている鯉はどこか精気がない。いくら屏風《びょうぶ》や畳が立派でも町家の天窓から洩れる薄日くらいでは鯉に元気が出ません。

地味な句ですが、京都の町家暮らしの核心を鋭く捉えています。ここで、飛躍したいい方をしますが、〈畳ひかりて鯉衰《おとろ》ふ〉とは町家暮らしの核心を捉えただけではなく、京都の地貌が持つプラスとマイナスを確かな複眼で捉えています。対象を複眼で見る。これは大変優れた見方です。飯島晴子がこのような複眼を持つに至ったのは、その育まれた京都の地貌と家庭環境からの影響が大きかったと思われます。

両親は京都生まれ。長年ニューヨークに在住した商社マンの父と西陣の商家育ちの母。帰国した父が京都で貿易商を営むまで、晴子は父の生家のある京都市郊外久世郡富野庄村（現城陽市）で母と暮らします。「朝オートミール、昼切干大根の日常は、私の人間形成に案外大きくひびいているのではないか」（「晴子十景」「鷹」昭和五六年八月）と自ら回想し、また「都と鄙《ひな》、西洋と日本がごたごたにまじってそれが普通の毎日であった」（同前）といっています。大正一〇（一九二一）年生まれの作者にとり、このような成育環境はかなり特異であり、ひと言でいうと、ものを相対的に見る態度を早くから身につける習慣が養われたのではないかと思われます。先に飯島晴子を「複眼」を具《そな》えた作者と称しましたが、「大らかな矛盾」とでもいいたい子どもの頃の日常から、飯島晴子の知的で鋭く批評性を持った性格が育まれたのではないでしょうか。

俳人飯島晴子の誕生は、「馬酔木《あしび》」に投句をしていた夫の代理で句会に参加したのが契機となり、昭和三四年、馬酔木俳人の能村登四郎《のむらとしろう》の指導を受けます。昭和三九年には藤田湘子《しょうし》らにより「鷹」が創刊され、同人として参加、以後平成一二（二〇〇〇）年六月六日に逝去するまで現役の最先端の俳人として活躍します。平成七年、藤田湘子から勧められ、私は「鷹」を離れ主宰誌「岳《たけ》」に専念しましたが、長い間飯島晴子の作句をすぐ脇から眺めてきた者の目に、飯島晴子の作句態度は際立っていました。それは作句のためによく歩くことでした。

なぜ歩くのか。私の独断的な推察では、歩くのが飯島晴子の直感を得る場であったのです。俳句を創るには、あれもこれもと知的にさまようのではなく、これだと一気に突き進む知性を超えた直感が必要です。

飯島晴子の苦渋に満ちた作句活動は見事に鋭い直感句を見せてくれましたが、それは歩いてからだを張って獲得したのでした。俳句が生まれる前提になる「言葉の現れるとき」を飯島晴子ほど突き詰めて説いた俳人は珍しいのですが、ことばを手掛かりに新しいことばの世界を発見するために、飯島晴子はひたすら山野を跋渉《ばっしょう》したのでした。

山脈《やまなみ》の荒々しくも天瓜粉《てんかふん》

山晴れてとうがんの尻白きこと

天網は冬の菫《すみれ》の匂かな

いずれも『朱田』所収。山国の赤ん坊の汗疹《あせも》にまぶす天瓜粉の光景、秋晴れの山畑に転がる冬瓜《とうがん》、果ては、天に張られているという網〈天網〉と冬の菫の匂《にお》いとの取り合わせなど、みんな足で歩いて捉えた直感によって得たものであったのでしょう。

寒晴やあはれ舞妓の背の高き

平成元（一九八九）年、六八歳の作。第五句集『寒晴《かんばれ》』所収。完璧な句でしょう。背の高い〈舞妓〉に哀感を寄せ、紛れもなく飯島晴子自身の哀しみが詠われていることに私は感動します。京都の音のするような寒晴を背景に、「威勢よく張りのある気分で押し通した」（「自句自解」）との気っ風のよさも痛快です。〈鏡攻め〉で甍《みまか》った誇り高い美貌の后の魂が一五年後に、背の高い京舞妓として、蘇る。勝手な私の想像ですが、美の伝承とはこのように継承されるものかと感嘆しています。

［二〇〇八年二月］

死期という霞の中で　齋藤玄

齋藤玄《げん》を「大悪人玄」と呼んだのは石川桂郎《けいろう》でした。玄の第三句集『玄』（昭和四七年刊）の序を無二の親友石川桂郎が記したのですが、その序の文中にあります。

「齋藤玄は函館財閥の家に生れ、若い頃から散々に悪事をし尽した揚句、文無しになった。東京で言えば銀座尾張町一角にも当る数千坪の大地主だったのである。大悪人玄は財産を蕩尽《とうじん》することによって、三十代で六十男の生活を知り多くの人間を見た」

齋藤玄はこんな句を作りました。

よく見ゆる雀のかほや花卯木　　齋藤玄

第五句集『雁道』所収。昭和五〇（一九七五）年、六一歳の作。いわれてみますと、これは「財産を蕩尽」し「文無しになった」果てに、いままで見たこともなかった雀の貌《かお》をしみじみ見つめ、雀はこんな貌であったのかと感嘆した句ではないでしょうか。同じ頃こんな雀の作もあります。

寒風のむすびめごとの雀かな

『雁道』所収。昭和五〇年の作。〈寒風のむすびめ〉とは玄の自注では、「結び目は風が少しばかり休息するところかもしれぬ。結び目ごとには必ず雀が居る」と記されています。

吹き荒ぶ寒風に結び目が生まれるとは深い洞察です。〈寒風のむすびめ〉とはいえ、雀は寒さに震えているのでしょうね。こんな寒雀のきびしいさまを凝視できるとはすべてを見尽くした怖ろしいほどの作者の心境が思われます。

寒雀から思い起こすのは、小児麻痺で左膊《さはく》（左腕）が不随になった四歳の長男を玄が詠った句です。私はこの句を読んだ時のなんともいい得ない哀しみが今も消えません。

麻痺《まひ》の子の行水あはれ水多し

これも玄の自注を藉《か》ります。「小児麻痺の長男に庭前で行水をつかわせた。不如意な体ではしゃぐのがあわれであった。「水多し」は痛哭《つうこく》の措辞《そじ》である」。ここまで「痛哭の措辞」を表現するとは、物事の裏の裏まで見て、いい尽くさないといられない厳しい詩人魂のなせるものでしょう。齋藤玄は昭和二二（一九四七）年、三三歳の時に「死の如し」百句（『齋藤玄全句集』には九七句収録）を詠んでいます。その中の一句にこうあります。

炎天といのちの間《かん》にもの置かず

人間の生涯を対比的に考えますと、〈炎天〉とは人生の真っ盛りの象徴のような時です。その時期に死を考える。玄自身実際に自死を思ったといいます。必ずしも死は、観念的に頭で考えられただけのものではなかったのです。

齋藤玄は大正三（一九一四）年、函館市生まれ。父は咀華《そか》と号した二科会の画家でしたが、玄四歳の時に逝去しています。祖父が呉服店を経営し、後に函館銀行・百十三銀行を創立した函館有数の実業家で、玄も早稲田大学商学部卒業後、祖父の意向に従い、北海道銀行に就職しました。大学在学中は酒と遊びに明け暮れ、神楽坂演舞場の寄席には毎週通い、耽美派の文学者、ことにボードレールやランボーなどの詩人に魅せられ耽溺したといいます。自分でも詩を書き、後年還暦記念にまとめた『齋藤玄全詩集　ムムム』の大半は大学生時代に作られたものでした。

俳句は従兄の杉村聖林子《せいりんし》に誘われ、同時期に新興俳句の牙城「京大俳句」に加わり、主として西《さい》東三鬼《とうさんき》に教わりました。玄自身も昭和一五年に北海道新興俳句運動の拠点として俳誌「壺《つぼ》」を発行しますが、翌一六年の戦時下の権力による新興俳句弾圧を契機に一転、石田波郷《はきょう》に師事しています。その主宰誌「鶴」へ初投句し、巻頭を得るという華やかなデビューにより「鶴」同人に推挙されました。戦後は唯一の師として波郷に従いながらも、昭和四四年の波郷死後は石川桂郎に親炙《しんしゃ》しています。戦前休刊していた主宰誌「壺」は戦後復刊、休刊などを経て、昭和四八年に復刊されています。

詩人肌の玄の厳しさは、微温的になりがちな俳人気質にいたたまれないところがあったのでしょうか。それは玄自身の中に巣くう俳人気質を詰問するような激しさで、身近な妻の癌《がん》による死や自分の死を詠むことに向けられました。

妻は発病後、昭和四一（一九六六）年に亡くなります。死に至るまでの容態を「クルーケンベルヒ氏腫瘍《しゅよう》と妻」と題し、一九三句に纏《まと》めます。その中から三句紹介しましょう。

冬麗の癌の頭蓋を梳《くしけず》る
明日死ぬ妻が明日の炎天嘆くなり
癌の妻風の白鷺胸に飼ふ

第一句。冬の暖かな日、病人とはいえ、女性が御髪を梳《す》くのは身だしなみです。ところが〈癌の頭蓋《ずがい》〉とズバリ表現されると、返すことばを失うほどの衝撃です。第二句。亡くなるその日まで、この世に思いを致す妻のやさしさが胸に沁みます。第三句。白鷺の声は「衰耗《すいもう》した妻の嗄《しわが》れた短い呼吸音」と玄は自注していますが、間もなくこの世を去る妻に、風に舞う白鷺の美しさを刻印したものと受け取りたいですね。三句とも情緒を拒否した峻烈な作であり、読み手は厳粛な気持ちに立たされます。

齊藤玄は非情なほど厳しい詩人の眼で対象を凝視しましたが、本心は涙脆《なみだもろ》い俳人であったと思います。再発した直腸癌が諸臓器に転移し手の施しようがない病床で、昭和五五年四月、第一四回「蛇笏賞《だこつしょう》」を受賞しました。それからひと月足らずの五月八日、六六歳で逝去しますが、絶句三句、そこに壮絶な思いが残されました。

死期といふ水と氷の霞かな
白魚をすすりそこねて死ぬことなし
死が見ゆるとはなにごとぞ花山椒《はなざんしょう》

いよいよ死が迫った時の茫漠《ぼうばく》たる直感が〈水と氷の霞〉だとは胸を打ちます。〈白魚〉の句は巧《たく》まず漏らした諧謔《かいぎゃく》でしょう。〈花山椒〉の句は自分の死そのものを叱りつけるような、残された最期の生への賛歌ではないでしょうか。山椒の白い花が輝いて見えます。

［二〇〇八年三月］

流木のこころ　座光寺亭人

信濃大町駅に降りますと、雪嶺《せつれい》がぐっと迫ってきます。爺《じい》ヶ岳《たけ》をはじめ、白馬《はくば》連峰の真冬から早春にかけてのかがやきは清冽《せいれつ》そのものです。溜息が出るほど美しい。しかし、三〇〇〇メートル級の山並が冠《かぶ》さるように四六時中聳《そび》えていますと、ときに気持ちが抑え付けられ、重荷を担っているような気分になります。ところが、俳人座光寺亭人《ざこうじていじん》はあえて「重荷」を担うために大町市郊外の爺ヶ岳の麓《ふもと》に居を構えました。

かりがねの真下の岳《たけ》の傷だらけ　座光寺亭人

昭和四〇（一九六五）年、五四歳の作。第一句集『流木』所収。晩秋に雁《かり》が渡ります。ときには月夜に鳴き声を聞きます。その真下に、冬を迎えようとしている山脈が満身に傷を負っているという句です。岳の〈傷〉とはなんでしょうか。人為的な伐採の跡や台風に荒らされた風倒木の被害なども考えられますが、ここは作者が負っているこころの痛手のような〈傷〉を岳に投影したのではないかと思われます。亭人は第二次世界大戦でジャワ、コロール、ニューギニアと南方戦線にて六年間の死闘を体験します。その帰国後をつぎのように記しています。

「天命あって復員したが、戦争は私の生活の基盤をも根こそぎ粉砕、再び波乱の生活を繰返す。二、三の事業も皆失敗、これに加えて戦傷の眼は失明状態に陥入ること三度、行商までやって、どん底から這《は》い揚る」。運送業、パルプ材の購入販売、魚の行商、雑貨店経営など、戦後においても、生きるための闘いが続きました。またこんなぎくっとする句もあります。

霙《みぞ》れをり目玉に注射して貰《もら》ふ

昭和四六（一九七一）年、六〇歳の作。『流木』所収。

〈傷〉とは戦争がもたらした計り知れない深手です。それは失明寸前の眼疾ばかりではありません。

戦争は亭人の人生観を変えてしまうほど亭人を打ちのめしました。

にんげんを食べしことなど桐咲いて

昭和五〇年、六四歳の作。第二句集『流木以後』所収。小説『ひかりごけ』(武田泰淳《たいじゅん》)には、戦場で人間の肉を食べた者の苦悩を描き、忘れることができない場面がありましたが、亭人の俳句も初夏、桐の花が咲く良い季節になるとかえって辛い体験を思い起こすというのでしょう。日常詠として淡々と回想していますが、長い間、錘《おもり》のように下げていた苦渋の思いの告白でした。

葱坊主来る日来る日が誰かの忌

昭和四〇年に詠まれた、この句も戦場で散った誰彼の顔を思い浮かべながらの体験詠でしょう。

座光寺亭人は、明治四四(一九一一)年に木曾路の入り口、旧中山道本山宿(現塩尻市本山)に生まれています。水原秋櫻子《しゅうおうし》の「馬酔木《あしび》」へ投句し、昭和一九年三月号の「馬酔木」新樹集(雑詠欄)では〈夏雲や嶺より嶺へ包囲戦〉〈杭のごと椰子《やし》焼けのこり雲の峰〉などの南方戦線からの投句で巻頭作家でした。水原秋櫻子編『聖戦俳句集』には「南方　座光寺亭人」の戦場詠が出ています。

螢火に闇の深さよ彼我《ひが》の陣
夜の雷椰子の臥処《ふしど》を明るうす
夏芭蕉切りて軍馬の日覆とす

これらの戦場詠は確かな描写力で、今日でも戦争俳句として一蹴できない体験の厚みを感じさせます。亭人は復員後も「馬酔木」の俳人として活躍し、さらに藤田湘子《しょうし》の「鷹」が昭和三九（一九六四）年に創刊されると、湘子に誘われて「鷹」の創刊同人となりました。第二回「鷹」俳句賞をもらい、飯島晴子《はるこ》と並ぶ「鷹」俳句会の代表俳人となったのでした。さらに昭和五三（一九七八）年に長野県松本市に風土を深く見つめようと「岳」俳句会が発足するやその顧問同人となり、心象を投影した山岳俳句で独自な句境を表現しました。が、昭和五六（一九八一）年八月六日、肝臓癌により七〇年の生涯を終えています。

流木を負へり末枯色《うらがれいろ》の男
火の中に笛吹く冬の流木よ

亭人は句集名を流木と名付けました。山川が上流から運び、河原に散らばる木の根や折れた太い枝などの流木を亭人は愛しました。流木こそわが生涯を象徴するものだと秘かに考えたのではないでしょうか。死の病、癌との闘いも壮絶でした。

雲の峯わがはらわたに育ちゐる
腹背にけものの気配猿茸《ましらだけ》
玉虫よ粥一匙《かゆひとさじ》が身に余り
炎天や人間所詮《しょせん》糞袋

三〇代早々の華やかであるべき日にすでに人間の修羅場を見てしまった亭人にとり、癌の日々も徹底して凝視する対象でした。『流木以後』所収。

過ぎし日を想へば木の実降るごとし

亭人昇天木の実を掌中に

この二句が絶筆です。古稀はまだ働き盛りです。しかし、もう十分に生きた。そんな思いが生涯の最期の句に詠まれました。栗や団栗《どんぐり》など山の木《こ》の実《み》がぱらぱら落ちる。なつかしい故郷の秋。わが流木の生涯もやっと落ち着きどころを得たようだというのでしょうか。

［二〇〇八年四月］

微笑が妻の慟哭　折笠美秋

からだのすべての筋肉が失われ、話すことも手足を動かすこともできない。人工呼吸器に付けたカニューレ（プラスチック製のパイプ・気管筒）により酸素を肺に送り、辛うじて命を保つ。病因不明の難病中の難病、進行性の筋萎縮性側索硬化症《きんいしゆくせいそくさくこうかしよう》（ALS）と九年間格闘し、平成二（一九九〇）年三月一七日、五五歳で亡くなった折笠美秋《おりかさびしゆう》の詠まれた俳句を思い起こすたびに厳粛な気持ちになります。

折笠美秋は、東京新聞報道部デスクとして優れたジャーナリストでした。「ロッキード疑獄法廷全記録」により第三〇回菊池寛賞を受賞した昭和五七（一九八二）年の秋には、上記の病のため歩行困難となり、新聞社を休職しています。翌年二月、北里病院に緊急入院し、気管切開をして人工呼吸器を付けます。病状が進行する中で、俳句も文章も、本人のわずかに動かせる目と唇の動きから、傍らの夫人が一語一語を読み取り、筆記するのでした。

春暁や足で涙のぬぐえざる　**折笠美秋**

昭和五八（一九八三）年、病中の作。溢れる涙を拭えない全身不随の切なさを〈足〉がよく表しています。〈春暁〉に目覚めてわが境涯を思い、どんなに泣いたことか。この夫の気持ちを読みとる夫人もいたたまれない思いであったでしょう。第一句集『虎嘯記《こしょうき》』（昭和五九年刊）収録。

抱きおこされて妻のぬくもり蘭の紅

妻こそわがいのち。一心同体を願わなければ生きられない夫の率直な気持ちが滲《にじ》み出た句。寝返りはもちろん、身動きができない夫にとって、〈抱きおこされて〉伝わる〈妻のぬくもり〉ほど妻との絆を具体的に感じるものはありません。〈蘭の紅〉は病室に置かれた花からの着想でしょうが、蘭の色香そのものが妻と思われたのでしょう。『虎嘯記』所収。

折笠美秋は、二六歳で妻・智津子さんと結婚しています。こんな句があります。

吹雪いて見えず君が十九の振り袖も
ひかり野へ君なら蝶に乗れるだろう

〈君が十九の振り袖〉とはいい方がちょっぴり古風で、かつてのはやり唄の文句めいていますが、〈吹雪いて見えず〉と吹雪《ふぶき》を背景に、一句は象徴的な情感の深い句になっています。吹雪はあの初々しかった君を見えなくする。二人の間の辛苦の歳月を暗示しているのでしょう。いや、作者は君を思えば滂沱《ぼうだ》たる涙にくれるのですが、こころでは鮮明に十九の君が見えているのです。〈蝶〉の句もすばらしい妻への讃歌。手放しにこんな恋歌を妻に捧げることができる作者の純粋さに感動します。ともに第二句集『君なら蝶に』(昭和六一年刊)所収。

折笠美秋は昭和九(一九三四)年、横須賀生まれ。早稲田大学在学中から「早大俳句」に作品を発表し、髙柳重信《じゅうしん》に師事します。東京新聞入社後も重信の俳誌「俳句評論」や、重信が編集長の総合俳句誌「俳句研究」で詩人肌の論客として活躍します。俳句は「静かな修羅」(「現代俳句は不毛か」「俳句研究」昭和四七年八月号)といい、雄弁ではない俳句形式に携わることの「屈辱」について目とこころを開いておきたいといいます。

私は三〇代半ばに折笠美秋のこの文章に触れ、秘かに共感したことを思い起こします。私は一〇代後半から俳句を作っていましたが、青年が老人趣味的な俳句に関わることに、常に「屈辱」に近い後ろめたさを感じていました。そこで、折笠美秋のいう「屈辱」と、そんな気持ちで俳句を作るこころが「静かな修羅」に共感したように思います。

餅焼くや行方不明の夢ひとつ

少年の日の夢よ、いまいずこ。年の初めに餅を焼くたび、自分に秘かに問うのは若い日の夢。

『虎嘯記』所収。折笠美秋は中島敦《あつし》の『山月記』に打たれ、処女句集名を『虎嘯記』としました。詩家として立つ志成らず、虎と化して山林に消えた隴西《ろうせい》の李徴が主人公の話なのは周知ですが、一六歳の折笠少年が自分の未来の姿をそこに強く感じたと上記句集の「献辞」に記しています。痛ましいほどの純粋さです。その純粋さが病床記として綴られたのが「北里仰臥《ぎょうが》滴々」(「俳句研究」昭和六二年二月号〜平成元年一二月号)です。そのうち、平成元年三月号までの掲載分が『死出の衣は』(平成元年六月刊)と題して上梓《じょうし》されました。

ととのえよ死出の衣は雪紡《つむ》ぎたる

死出の旅路へ発つ時の帷子《かたびら》は雪の純白で紡いだものを、というのです。これほど哀しい句はありません。しかしどこか微かに明るい。それはこの句が島崎藤村《とうそん》の別離を詠った「高樓」(『若菜集』)の一節「たびのころもをとゝのへよ」を踏まえているからでしょうか。そこにあまり哀しく読まれないようにとの、作者の読者への配慮が感じられ、私は感動します。『君なら蝶に』所収。

折笠美秋は、吹雪や深雪の光景をしばしばわが境遇に引きつけて表現しています。

微笑《ほほえみ》が妻の慟哭《どうこく》　雪しんしん

妻の〈微笑〉こそ、身悶《みもだ》えするほどの底知れない妻の哀しみの表現なのだとは、妻の心情を思いやった深い句です。妻を思い、美秋自身が慟哭したい気持ちを必死に堪えているような句です。『君なら蝶に』所収。

心眼こそ　村越化石

〔二〇〇八年五月〕

村越化石《むらこしかせき》は大正一一（一九二二）年生まれ。平成二〇（二〇〇八）年一二月一七日の誕生日がくると、八六歳を迎えます。平成一九年八月には第八句集『八十路《やそじ》』を上梓《じょうし》しました。このように事実を淡々と記しながら、私は胸が熱くなる思いです。

湯豆腐に命《いのち》儲《もう》けの涙かも　村越化石

昭和三〇（一九五五）年の作。「新薬プロミンの恩恵に浴し数年を経たれば」と前書がつき、化石の初めての句集『獨眼《どくがん》』（昭和三七年刊）に入っています。〈命儲け〉とは軽く表現されながら、哀しみの塊のようなことばです。ノルウェーのハンセンによって癩菌《らいきん》が発見されてから、およそ八〇年が経ち、治療薬「プロミン」の薬効によって、昭和二〇年代の初め頃からハンセン病は不治の病ではなくなったのです。

この一句が収録された句集から衝撃を受けた記憶が今も鮮やかに思い起こされます。私は二〇代の終わり、教師になって八年、いまだ駆け出しの頃でした。

静岡県岡部町生まれの村越化石がハンセン病と診断され、故郷を後にしたのが昭和一三（一九三八）年、旧制中学四年、満一五歳でした。特効薬がない中を、東京滝野川、草津湯之沢と病人宿を転々として、昭和一六年に群馬県草津にある国立療養所栗生《くりう》楽泉園の自由地区に独立家屋を建てて入園しています。

ハンセン病患者自らが綴った北條民雄の小説『いのちの初夜』（昭和一一年発表）から、私は病に苦しむ凄惨《せいさん》な状況とその不安や恐怖、哀しみの深さを知らされましたが、作中に登場する青年佐柄木に秘かに村越化石を重ねて共感しました。青年は片方が義眼で、残る眼も視力を失う怖れを抱きながら深夜に小説を書いています。化石もまさに同じ身体状況の哀しみを抱きながら、深夜懐中電灯を照らして俳句を記したといいます。

同病に苦しむ小説の主人公尾田に青年がこういいます。「尾田さん、僕等は不死鳥です。新しい思想、新しい眼を持つ時、全然癩者の生活を獲得する時、再び人間として生き復《かえ》るのです。」

多分化石もこのような青年のことばに勇気付けられ、何回も反復したのではないかと想像します。東京時代に俳句を知った化石が、後に俳句の師と仰いだのは大野林火《りんか》でした。林火が化石に関して描いた「松虫草」（『行雲流水——私の俳句歳時記』昭和五四年刊）は化石への愛情に満ちた名文です。大いに教えられました。化石と号したのも「自らを肉体は土中に埋もれ、すでに石と化した物体になぞらえ」たからといいます。

葱《ねぎ》抱へ土ともならで癩の身生く

昭和三二（一九五七）年の作。冬の葱ほど土と闘いながら泥にまみれず性根がしっかりした作物はありません。化石が葱の持つ強靭《きょうじん》さに共鳴していることがよくわかります。

化石と号したとはいえ、〈土ともならで〉とは実感です。多くの同病者は土に化していくのが日常でした。『獨眼』所収。

ぶだう垂るる今ひとたびの視力欲し

昭和四六（一九七一）年の作。ついに化石は昭和四五年、残された眼の視力も失っています。葡萄《ぶどう》の垂れ下がる房に手を添えながらしみじみ慨嘆した作です。〈今ひとたびの〉はやさしさと、万感が籠められた表現です。第二句集『山國抄《やまぐにしょう》』所収。

「肉眼は物を見る、心眼《しんがん》は仏を見る、俳句は心眼あるところに生ず」とは、化石が『山國抄』のあとがきに紹介していることばです。草津に来て救癩俳句活動に尽くされた俳人本田一杉《いっさん》が失明の俳人に送ったことばだといいます。失明以後の化石は、このことばを支えに、心眼を頼りに作句活動を続けることになります。

昭和三三（一九五八）年、第四回角川俳句賞受賞、先の『山國抄』により第一四回俳人協会賞受賞、さらに第三句集『端座』（昭和五七年刊）により第一七回蛇笏《だこつしょう》賞受賞と、俳句界はこの病俳人の「心眼」の深さ、懇《ねんご》ろさ、優しさに敬意を表しました。

生き抜いて来し身に南瓜《かぼちゃ》抱かせやる

平成一七（二〇〇五）年の作。南瓜を抱く。その丸い感触、重み。生きている歓びが伝わります。おかしみが滲み出ている句です。からだは病に侵されても心はゆったりと元気。よくぞ八十余年ぼろぼろになりながら〈生き抜いて〉くれた。からだよありがとう。そんな句です。『八十路』所収。

秋の声聴かむと耳に手屏風す

平成一七年の作。どことなく飄逸《ひょういつ》さが感じられますね。〈秋の声〉は秋の気配をいい、特定な音や声があるのではありません。耳に手を添えて、物音を聴く動作を〈手屏風《てびょうぶ》〉といった俳味ある表現に余裕さえ感じます。『八十路』所収。

腰掛けて石と一つや夏に入る

平成一八（二〇〇六）年の作。視力をなくした哀しみは無限ですが、それによってかえって自然のものとの一体感が生まれる。ときに宇宙的な存在に近づくのではないでしょうか。ものとの区別を意識する自我とは、意外に視覚の影響が強いのでしょう。腰掛けて、すんなりと石になる。文字通り「化石」になった愉しさが詠われています。

わが夜長森の夜長とつながれり

こんな秋の夜長の作も草津の自然と融けあったすばらしい作です。ともに『八十路』所収。

じゃがたらの花のさびしさ　加倉井秋を

［二〇〇八年六月］

俳人をときに詩人と呼びます。すべての俳人が詩人ではありませんが、詩人と捉《とら》えたい俳人がいます。加倉井秋《かくらいあき》をは、まさにそのような俳人でした。

月光に掻き鳴らすギターは出鱈目《でたらめ》　加倉井秋を

昭和一四（一九三九）年の作。句集『胡桃《くるみ》』（昭和二三年刊）所収。〈出鱈目〉なんてことばが俳句で使える。これには驚きました。作者の自註《じちゅう》によりますと、東京の洗足池畔での属目吟《しょくもくぎん》とのことですが、三〇歳のときの作品です。加倉井秋をの『胡桃』を借りて読んだのが、昭和三〇（一九五五）年、私は高校三年の春、一八歳でした。中学二年の頃から気に入った詩歌を書き写したノートを作っていましたが、そこには同句集からもう一句〈青き棗《なつめ》〉（昭和二一年作）と、石田波郷《はきょう》の〈プラタナス〉の句を並べて記してあります。愛誦句でした。

水無月や青き棗の夜も落つ　加倉井秋を
プラタナス夜もみどりなる夏は来ぬ　石田波郷

夏の夜に熟さない棗の実が落ち、屋根にぽろぽろと軽い音を立て、街灯の光のもとではプラタナスの葉が鮮やかなみどりを透かせます。はげしい昼の時間に比べて、夜はしずかに考え、もの思うときでした。
少年から青年になりかけている若者にとって、戦後の昭和二〇年代から三〇年代は、時の動きがからだにびんびんと響きました。ビキニ環礁でのアメリカの水爆実験に遭遇し、「死の灰」をあびたマグロ延縄《はえなわ》漁船第五福竜丸の事件が起こる一方で、自衛隊が発足し再軍備の議論が起こったのが、昭和二九（一九五四）年です。「太陽の季節」が「文學界」七月号に載り、世に衝撃を与えた翌八月に広島で第一回原水爆禁止世界大会が開かれたのが昭和三〇年でした。高校生の私は、山国松本の高等学校の屋上に上がり、学校の裏手にあった自衛隊演習場から聞こえてくる射撃練習の轟《とどろ》く音に時代を感じていました。間もなく演習場移転要請決議が生徒会でなされ、学校長に申し入れをしています。

ごみ箱に乗りメーデーの列を見る　加倉井秋を
食べ終へても蜜柑《みかん》箱といふいつまでも

前句は昭和二七（一九五二）年、後句は昭和二六年の作。ともに加倉井秋を句集『午後の窓』（昭和三〇年刊）所収。メーデーといえば、思い浮かぶのはこんな句です。

ガスタンクが夜の目標メーデー来る　金子兜太《とうた》
雨にまきつくメーデーの旗振りひらけ　古沢太穂《ふるさわたいほ》

これらの句と比べて秋をの句のなんと穏やかなことか。当事者にならないで、傍観する余裕にじれったい思いを持ちながら、他方どこかわかる気がしました。熱中するけれども冷めやすい人を見ていましたから、加倉井秋をの蜜柑箱の句のような日常の意外なおかしさ、しかもちょっぴりさびしいのもいいなと感じていたのです。俳句の先生藤岡筑邨《ふじおかちくそん》に勧められ、私が富安風生《とみやすふうせい》の「若葉」に入会したのが、昭和三〇年でした。その年の七月三一日、木曾寝覚《ねざめ》の吟行会で風生の温顔に接した折、私の無骨な句が木村蕪城《ぶじよう》の句とともに先生の特選に入り激励されたことを思い起こします。

裏寝覚徑とて葛の花踏まれ　　木村蕪城

墓石にリヤカーの柄かけ馬鈴薯掘る　　静生

しかし、「若葉」では、加倉井秋をの句に惹《ひ》かれていました。青年の客気《かっき》のようなものですが、それは秋をの詩人気質に惹かれたのでした。

ここは信濃昏《くち》もて霧の灯を数ふ　　加倉井秋を

昭和二六年の作。「信濃御母家《おぼけ》温泉」と前書が付いて『午後の窓』に入っています。霧の深い早朝、松本駅頭に降り立ち、街灯のおぼつかない光を数える。〈昏もて〉から戦後の、ちょっと無頼な詩人像が浮かびます。加倉井秋をに会ったのは昭和三三（一九五八）年二月でした。

雪嶺や底を求むる挽馬《ばんば》の餉《げ》

雪明り夕明り添ひて湖の波

前句は雪嶺が被《かぶ》さる町の景。電柱に繋《つな》がれた荷馬が頸《くび》から吊るされた餌袋の底をあさっているさまを詠んでいます。後句は仁科《にしな》三湖のひとつ、木崎湖での夕方の雪景色詠。句集『真名井』（昭和四三年刊）所収。このとき私は大学ノートに三〇〇句ほど書いた俳句を、秋をに見てもらった記憶があります。のちに私の第一句集『青胡桃』（昭和三九年刊）に長く、みずみずしい序文を書いていただく、切っ掛けになった日でした。

殉教の森音すべて跣足《はだし》の音

昭和四一（一九六六）年の作。隠れキリシタンの平戸・根獅子《ねしこ》集落で詠まれた句で、殉教の森があり、そこへは誰もはだしで入る。そのはだしの音が聞こえてくるという透徹したさびしい句です。『真名井』所収。

加倉井秋をは明治四二（一九〇九）年生まれ。東京美術学校（現東京芸術大学）建築科を出た建築士でした。一〇年余り、大学で日本美術工芸史を講義する学究でもありましたが、最後までバタ臭さを大事にした詩人でした。馬鈴薯《ばれいしょ》の花といわないで、〈じやがたらの花〉との呼称に執着した辞世の明るさとさびしさに共感します。

じやがたらの花がぼつぼつ梅雨入《ついり》かな

加倉井秋をは昭和六三（一九八八）年六月二日逝去、七八歳でした。

乾坤一つ　木村蕪城

［二〇〇八年七月］

一という数ほど変幻自在な数はありません。木村蕪城《ぶじょう》の俳句には「一」が多く詠《よ》まれています。生涯こだわり続けた数であったのではないでしょうか。

蠅一つ飛んで乾坤なせりけり　木村蕪城

平成一三（二〇〇一）年の作。〈乾坤《けんこん》〉は天地の意。静かであった空間に蠅《はえ》が一つ飛ぶことで、天地が生まれたというのです。いわば、天地創造を描いた作です。このような〈一つ〉は無限の拡がりを生み出す、この世の初めの一つ。作者は創造主のような大らかな立場にたっています。第六句集『神楽面』（平成一八年刊）所収。もう一つ同じ年の作を紹介します。

邯鄲《かんたん》に伏す一片の月のもと

初秋にル、ル、ル、ルと美しい音色を奏でる邯鄲に囲まれ伏している。空には細い一片の月。どこか漢詩風の描き方をしていますが、作者は病臥《びょうが》しているのでしょうか。この〈一片〉は無限のさみしさを思わせます。

木村蕪城は大正二（一九一三）年、鳥取県境町（現境港市）生まれ。一五歳で結核に罹《かか》り、療養のために昭和一四（一九三九）年、二六歳の時に、甲信境の富士見《ふじみ》高原に来て、長野県諏訪《すわ》郡富士見村（現富士見町）の民家に寄宿します。以後諏訪の地に居住し、検定によって教員資格をとり、青年学校（夜学）や中学校の教師をしながら俳人として一途な生涯を終えました。平成一六（二〇〇四）年三月三日永眠、享年九一でした。

木村蕪城の第一句集『一位』（昭和二二年刊）には高浜虚子《きよし》の長い序文があります。その初めのところに、「蕪城君がおつ母さんと一緒にほとゝぎす発行所に来て俳句の指導を頼んで行つたことがあつた。健康がよくないところから只《ただ》俳句を生きる一つの道として研究して見たいといふやうな話であつたかと記憶する。それ以来弱年でありながらその技倆《ぎりよう》は著しい進歩を見せてひとたびはほとゝぎすの雑詠《ざつえい》の巻頭に推したこともあつたやうに思ふ」という一節があって、私の記憶に残っています。病弱だからとはいえ、「只俳句を生きる一つの道として研究して見たい」とは、文字通り俳句にいのちを懸ける覚悟を話して師事したことを、師が語っています。俳句入門とはすごいことだなと私は秘かに感嘆しました。

「木村蕪城年譜」（『夏爐《なつろ》』平成一六年一二月号・木村康夫編・古田紀一補遺）を見ますと、入門は昭和九（一九三四）年、蕪城二一歳の頃です。それ以前、昭和五年には叔父から高浜虚子著『進むべき俳句の道』をもらっており、すでに一七歳の頃、句作をしていたといいます。

寒泉に一杓《いつしやく》を置き一戸あり

昭和三〇（一九五五）年の作。前書に「木曾上松にて」とあります。いのちの寒泉《かんせん》です。一戸に住む家族ばかりでなく、街道を行き来する旅人も一杓を使って、喉《のど》を潤したに違いありません。

〈一杓〉〈一戸〉と贅肉《ぜいにく》を削いだ端的な表現は〈寒泉〉の清冽《せいれつ》さをいっそう際立たせます。第二句集『寒泉』（昭和四〇年刊）所収。

雪渓を天に懸《か》けたり娶《めと》る家

昭和二九年の作。「穂高《ほたか》にて」と前書がついています。穂高は西に日本アルプスが聳える安曇野《あずみの》の地です。常念岳《じょうねんだけ》や蝶ヶ岳の雪渓が鮮やかに望まれる麓《ふもと》の家ではいま、新妻を迎えます。人生の門出を自然が祝福してくれるという明るい句です。『寒泉』所収。
雪渓は山国の夏を象徴する新鮮な季語。雪渓と同様に蕪城は、山国の自然や人事を深く見つめて詠んでいきました。そこにはつねに、おのれが生かされているという自然への敬虔《けいけん》な感謝の気持ちが滲《にじ》み出ています。

あやめ咲く野のかたむきに八《やつ》ヶ嶽《たけ》
わがために蛇焼かれゐる夏爐かな

前句は昭和一五（一九四〇）年、後句は一四年、いずれも初期の作です。八ヶ嶽は諏訪に住む者にとってこころの山。山を見てはおのれの姿を正します。〈夏爐《なつろ》〉の句では、蛇を焼いて食べる。蛇は病弱な者への格好な自然からの滋養源でした。ともに第一句集『一位』所収。

雨聴くは流離のこころ炒《い》り蝗《いなご》

昭和四八（一九七三）年の作。信州では晩秋になると、農家などでは茶請《ちゃう》け代わりに炒り蝗を作ります。捕獲した蝗を焙烙《ほうろく》に入れ、熱湯を注《さ》してしばらく蒸す。それから炒ります。味つけは味醂《みりん》に醬油《しょうゆ》。香ばしいものです。炒り蝗を抓《つま》みながら、秋も深まった雨音に耳を傾けていると、さすらいの思いに囚《とら》われると詠っています。

山陰の海浜に生まれた作者は、ゆかりのない療養先の山国で教職に就《つ》き、安住するに至ります。「よその」という表現を用いて作者は随筆を書いていますが、流離の思いは生涯こころの底に消えなかったのではないでしょうか。というよりも、〈流離のこころ〉を生きるバネに相対化して風土を見つめるバランスのよさがあるように思います。第三句集『山容』（昭和五四年刊）所収。

唄かなし天屋《てんや》小僧《こぞう》に惚れるなと

平成二（一九九〇）年の作。〈天屋小僧〉は諏訪地域の特産・寒天作りに従事する出稼ぎの人々の呼称です。この句は寒天作りの作業唄の文句を軽く一句に取り入れながら、蕪城自らの〈流離のこころ〉を天屋小僧に重ねているように読めます。おれにはふるさとも、五〇年余り住んだ信濃の地も、この世そのものが流離の地ではないか。そんな気がするというのでしょう。第五句集『金山彦』（平成一四年刊）所収。

虚空に花を見つめて　上野泰

［二〇〇八年八月］

上野泰《やすし》は「ホトトギス」きっての芸術派でした。

咳《しわぶ》きて金剛石を吐かんとす　**上野泰**

咳《せき》をして〈金剛石《こんごうせき》（ダイヤモンド）〉を吐こうとした。目から火花が出るかと思われるほどの激しい咳に悩まされたときの感覚でしょうか。咳き込む苦しさを句材に、見事な作品に彫り上げたものです。昭和三五（一九六〇）年の作。句集『一輪』（昭和四〇年刊）所収。俳句は実景を踏まえながら、現実から一尺（約三〇センチ）ほど揚がったところに虚の世界を設定して詠《うた》うもの。私は俳句の作り方をこんな風に説いています。そのときに思い浮かべるのは、上野泰の〈咳〉の句です。

太蔓《ふとづる》の金剛力も枯れにけり

こんな句もあります。なんの蔓でしょうか。私は路傍に這い出した葛《くず》の太い蔓が無惨にも枯れた初冬の景色を思い描いています。力を籠めて引いてもびくともしない蔓が持つ底力。大地の力とでもいえば相応《ふさわ》しいでしょうか。〈金剛力〉とは金剛力士が持っているような力の意です。自然が持つ無限の剛《つよ》さを信じる伸びやかさと同時に、ことばによって宇宙の秩序を明らかにしていく鋭敏さをこのような俳句から感じます。昭和三七（一九六二）年の作。『一輪』所収。

上野泰を信頼し、期待した高浜虚子《きよし》は泰の第一句集『佐介《さすけ》』（昭和二五年刊）の序文にこう記します。「新感覚派。泰の句を斯う呼《こ》んだらどんなものであらう。泰の句に接すると世の中の角度が変つて現はれて来る。世の中を一ゆりゆすつて見直したやうな感じである。泰の眼に世の中が斯く映《か》り、泰によつて世の中が斯く表現されるのである」。愛弟子を熟知した師のことばは的確です。

月光や閾《しきい》は川の如《ごと》流れ

泰の代表作として掲げられる句です。月光を捉《とら》えた宇宙感覚を感じます。〈や〉切れにより、まず闇を透かす月光の明るさに魅せられます。次に月が射し込んでいる家の中の場景が、〈川〉の比喩の効果から、川が流れる平原を彷彿《ほうふつ》とさせます。鮮やかな実景の「一ゆすり」です。昭和二二（一九四七）年の作。句集『佐介』所収。

上野泰は大正七（一九一八）年、横浜市生まれ。立教大学を卒業後、兵役に就《つ》き、満州（現中国東北部）に駐屯。結婚した虚子の六女章子が昭和一八（一九四三）年に満州に渡り、その影響から俳句を作りはじめますが、本腰を入れ出すのは、復員後、小諸《こもろ》在住の虚子の近くに住むようになってからでした。虚子は泰のために、昭和二〇年一二月二六日から翌年二月一七日まで、「稽古会《けいこ》」と称し一七回も鍛錬会を開いています。ときに日曜などは午前一〇時から午後四時まで。私が上野泰に注目したのは、『虚子の小諸』（平成七年刊）を著す折に、その稽古会の句稿を見てからでした。

先に泰俳句の宇宙感覚といいましたが、泰はしきりに〈虚空《こくう》〉を詠っています。〈虚空〉とはなんでしょうか。

春眠の虚空に体置き忘れ
橙《だいだい》をうけとめてをる虚空かな

ともに昭和二三（一九四八）年の作。『佐介』所収。前句は、春の目覚めの物憂さをからだと魂が分化するとでもいうのでしょうか。からだが虚空に浮遊しているようだといいます。後に〈魂にゆりおこされて昼寝覚め〉〈魂が身にぶつつかり昼寝覚め〉とも詠っています。後句は虚空に大粒な橙が鮮やかに稔っている光景。〈虚空〉とは何もない空をいうのですが、仏の教えでは、すべてのものの存在を包含する宇宙の原理そのものをいうようです。泰が求めた究極はそこにありました。

上野泰の家業は原油の運輸業務でしたが、泰は家業も俳句もともに本業だといいます。戦後、肋《ろく》膜《まく》を患い病臥の中で、父（虚子）と俳句と自然に慰められた。この三つは自分にとって、みんな「仏」だともいっています。「人間を引上げるもの、自らの心の中に自ら輝き出だすものを持するに至らしめるもの」（「春潮」創刊号・昭和二六年六月）が俳句だといい、俳句を作る行為にのみ「大宇宙に迫る力がある」と記しています。このような考えを泰は宇宙観といい、俳句の品格は詠み手の宇宙観の高低によるものと考えていたようです。私はここに、上野泰の大陸駐屯以来の戦争体験が昇華された、すぐれて大らかな戦後認識があるのではないかと思います。

手花火に青く燃えたる虚空かな　昭和二九年
金屏《きんびょう》の金ンを放てる虚空かな　昭和三五年

ひらきゆく蓮の吐きたる虚空かな　昭和三七年
鵙《もず》の贄《にえ》ありし虚空のひきしまり　昭和四四年

これら上野泰の〈虚空〉詠こそ、戦後俳句の一つの「花」でした。花といえば、泰の鎌倉佐介谷《さすけや》戸《と》の家には、泰の好きな紅梅が植えられています。

紅梅の天の螺鈿《らでん》のかく巧緻《こうち》　昭和四〇年
紅梅や長女の凜《りん》とそこに立つ　昭和四八年

前句は『一輪』所収。後句は遺句集『城』（昭和四九年刊）に入る、病床で作られた最後の句です。長女美子さんを詠んだ、文字どおり花の句を残して、上野泰は昭和四八（一九七三）年二月二一日逝去。五四歳でした。

［二〇〇八年九月］

日向ぼこりの賢者　相生垣瓜人

相生垣瓜人《あいおいがきかじん》の俳句を「瓜人仙境」と讃え、その隠者のような境涯《きょうがい》を世に知らしめたのは百合山羽公《ゆりやまうこう》でした。瓜人が六年長じていましたが、ともに浜松に住み、昭和六（一九三一）年に「馬酔木《あしび》」が「ホトトギス」から独立した当時からの五四年にわたる盟友でした。

相生垣瓜人は、明治三一（一八九八）年、兵庫県加古郡高砂町《かこぐんたかさごちょう》（現高砂市）生まれ、昭和六〇（一九八五）年二月七日浜松市で逝去。享年八七。

その死を羽公は瓜人への弔辞で「隠棲に徹すれば却《かえ》って瓜人像は鮮明に大きくなり、寡黙《かもく》である故に啓蒙さるる事が深い」と悼《いた》み、こんな悼句《とうく》を掲げています。

かぎりなき彼岸の暄《けん》を負ひ給へ　百合山羽公

〈暄〉は暖と同じ。暄を負うとは太陽の暖かさを背中に受けること。日向《ひなた》ぼっこのことで「負暄《ふけん》」とも呼びます。掲句は、この世で日向ぼっこが好きだったあなたであるが、あの世では思う存分に楽しんでほしいというのです。瓜人は日向ぼっこの句を数多く詠《よ》んでいます。日向ぼっこがなによりも瓜人の生きる愉しみ。日向ぼっここそ瓜人の境涯を見事に象徴した行為でしたが、人はなかなかそんな生涯をおくれるものではありません。それには世の名利から恬淡《てんたん》と生きることに人生の意味を見出す「悟り」のような気持ちを堅持できなければなりません。ところが、瓜人は日向ぼっこ好きを、「悟り」というような厳しい修行の果てに到達する境地ではなく、私は節分の豆まきに「鬼は外」の簡単な声さえ自分の口から出せない「生来の恥づかしがり屋」（『言はでもの事』昭和六一年刊）だからなのだと、謙遜《けんそん》しています。煙に巻くような韜晦《とうかい》気味ないい方に、惹かれます。

初日向初ぼこりにぞ酔ひにける　相生垣瓜人
暄負ひて志をぞ喪《うしな》ひし

老身の解け終るべき負暄かな

いずれも日向ぼっこを詠い、遺句集『負暄』（昭和六一年刊）所収。

第一句の〈初ぼこり〉は今年初めての日向ぼっこの意。日向ぼっこを日向ぼこりともいいます。屠蘇《とそ》に酔わないで、日向ぼっこのお日さまに酔ってしまったのです。第二句は、日向ぼっこを続けているうちに、人生志を立てるという、若い時の生き甲斐であった〈志〉をどこかへ無くしてしまったと述懐しています。第三句は、老いた身は日向ぼっこを重ね、そのうちに解けてなくなるのではないか。それならそれもいいというのです。

瓜人の随筆集に載る俳人岸田稚魚《ちぎょ》撮影の瓜人像（『言はでもの事』所収）は大きな頭に大きな耳、その背中の丸め具合から、さしずめ、良寛の坐像を思わせます。

良寛の忌日の故か暖かし

瓜人は良寛が好きなのです。良寛さんの亡くなった日（陰暦正月六日）のためか、正月早々で寒い時期なのに暖かいと詠《うた》います。良寛さんは耳が大きな人だったようです。そんなところからも親近感を抱いたのでしょうか。第二句集『明治草』（昭和五〇年刊）所収。

耳の日や耳大いなる仏達

いわれてみますと仏像も耳が大きく造られています。諸々の声に耳を傾けねばなりません。耳

（みみ）は三月三日、干支《えと》では、上《かみ》の巳《み》の日（上巳）は雛祭の日ですが、華やかな雛祭ではなく、瓜人は〈耳の日〉と詠います。『明治草』所収。

鼻の日は臭木《くさぎ》の臭《にお》ふ日なるべし

耳を詠ったので、鼻もというのが瓜人俳句のおかしさです。この句には自註があります。「臭木とは云っても不断の臭木はそんなに臭う様に思われない。鼻の日等と云う奇妙な日が来て、それではとやおら臭って見せるのかも知れない」（『自註・相生垣瓜人集』昭和五二年刊）。

耳、鼻を詠った句が出たので、眼と口など、からだの部位に関わる句を見てみます。

眼を瞠《みは》るまでに寒さがゆるみけり

大いなる暑さに揺られ通しなる

微細な眼の動きも外界の寒暖によります。炎暑続きの日は地震にでも遭ったようにからだが揺られ通し。名利《みようり》から離れた、静かな自得した境涯を思わせます。私も共感するところです。第一句集『微茫集』（昭和三〇年刊）所収。

口中の騒然として熟柿《じゆくし》食ふ

口中に躍る小春の飴の玉

瓜人は正岡子規《しき》のように熟柿が好きでした。静かな口中が熟柿を口に入れたばっかりに、それは騒がしくなる。またそれとは反対に身軽な飴玉は口中を喜ばすことになるので、それであいこでしょうね。『負暄』所収。昭和五一（一九七六）年に蛇笏賞《だこつしょう》受賞の句集『明治草』の後記に瓜人は「単調で又偏執な句集」と自らを省みて記しています。以下はいずれも『明治草』所収。

死に切らぬうちより蟻に運ばるる
干梅に頽廃の色濃かりけり
懐柔を事とするなる製茶かな

蝶とも蚯蚓《みみず》ともいっていませんが、この残酷な生存の姿を凝視すると、これは虫の世界だけのことではないでしょう。慄然《りつぜん》たる歴史を想起する者もいるはずです。そして〈頽廃《たいはい》〉〈懐柔《かいじゅう》〉の措辞《そじ》から拡がる連想は、したたかにこの世を見つめる賢者の眼ではないでしょうか。

［二〇〇八年一〇月］

一穂《いっすい》の麦　佐藤鬼房

わが愛する塩竈《しおがま》の俳人佐藤鬼房《おにふさ》の講演は訥弁《とつべん》で、まことにまだるっこいと評したのは金子兜太《とうた》です。私も愛情をもって、もうひと言付け加えますと、いささか饒舌《じょうぜつ》だと思います。これは、講演ばかりではなく、昭和戦前、戦中、戦後の時代に、みちのくの風土とともに生きてきた鬼房俳句の特徴の一面でもあるようです。しかし、このような評は決して鬼房を侮蔑《ぶべつ》したことにはなりません。

むしろ鬼房の人懐こさを彷彿《ほうふつ》とさせます。そこに、鬼房が愛された俳人である所以《ゆえん》があります。

永久《とわ》に未熟の草卵《くさたまご》なりわれは　　佐藤鬼房
われは草卵の雛《ひな》や寿《いのちなが》

ともに〈草卵〉を詠《よ》んだ珍しい俳句ですが、前句は平成一一（一九九九）年八〇歳の作で句集『愛痛きまで』（平成一三年刊）に、後句は一四冊目の遺句集として鬼房の長女山田美穂さんが編まれた『幻夢』（平成一六年刊）に入る平成一三（二〇〇一）年以後の作です。

〈草卵〉のいわれについて、前句には長い前書がついています。「三月ともなればやたらと産れる卵を母は草卵と言ひお前もさうだと少年を叱つた」とあります。なんと哀しい前書でしょうか。総領の鬼房は六歳のときに父を急性脳炎で亡くしています。父は二九歳でしたから、母はいかに苦労を重ねたことでしょうか。その年身籠っていた体で母は築港の労働者になったといいます。

子ども心に聞かされた母の〈草卵〉のひと言が鬼房の生涯を形づくったといってもいいのではないでしょうか。鬼房は大正八（一九一九）年生まれ、平成一四（二〇〇二）年一月一九日、八三歳で逝去しています。その一年前の作に、長生きをしたが、〈われは草卵の雛〉だと述懐しているのは象徴的です。そこに鬼房が、現代俳句協会賞や蛇笏賞《だこつしょう》などを受賞し、どんなに高名な俳人になっても、決して俳壇のエリートにはならなかった、土とともに生きる爽やかな決意のようなものが感じられます。

陰《ほと》に生《な》る麦尊けれ青山河

昭和四三（一九六八）年、四九歳の作。この句で「私はようやく何かを摑《つか》み得た」と書き、さらに「この句をもって私の俳句の命脈がたとえ尽きたとしても、悔はない」（「自作ノート」）とまでいっていますから、文字通り代表作です。『地楡』（昭和五〇年刊）所収。

高天原《たかまがはら》から追放された須佐之男命《すさのおのみこと》によって殺された食物の女神大宜都比売《おおげつひめ》の陰部から麦が化生《けしょう》したという『古事記』神話はよく知られています。同じく周知の麦の逸話が新約聖書にあります。「一粒の麦」が地に落ちて犠牲となっても、芽を出せばたくさんの実をつけ、他人の幸せを招きます。鬼房の句は〈尊けれ〉との表現から聖書の逸話も連想させながら、〈陰に生る麦〉の泥臭いエロスにこだわったのでしょう。神話の世界を超えて、自分の生き方に引きつけ想像を拡げる。鬼房俳句の独特なロマンチシズムがそこにあるのではないでしょうか。

かつて平成九（一九九七）年一二月、塩竈に鬼房をお訪ねした折、好きな人物は誰かお訊ねしたことがありました。師事した新興俳句の西東三鬼《さいとうさんき》や友人の鈴木六林男《むりお》ではなく、俳人以外で、「アテルイと光明皇后」が好きだといわれたことを思い起こします。

アテルイはわが誇なり未草《ひつじぐさ》
蝦夷《えぞ》の裔《すえ》にて木枯をふりかぶる
梟帥《たける》とはわが名なるべし実玫瑰《みはまなす》

〈アテルイ〉は悪路王ともいい、古代、大和政権の東北地域の支配に服従しなかったという伝説上の豪族です。沼の睡蓮（未草）の気高さに、アテルイの志の確かさを共感したのが第一句です。『何處へ』（昭和五九年刊）所収。第二句は、わが蝦夷宣言です。木枯《こがらし》こそみちのく人の生き甲斐の風とでもいうのでしょう。『地楡』所収。第三句の〈梟帥〉とは、勇猛な異民族の頭《かしら》を指しますから、アテルイと同じような意味です。『幻夢』所収。

光明皇后を詠んだ鬼房の句はありませんが、光明皇后について、こんなことをいわれたのが印象に鮮やかです。「藤原不比等《ふじわらのふひと》の娘でね、聖武天皇の奥方です。施薬院を建てて、ハンセン病患者の治療に当った。聖武天皇はあの人の尻に敷かれたんじゃないの。書も男性的なんだ」（「佐藤鬼房に聞く」「岳」二〇周年記念号）

みちのくの木偶《でく》の坊《ぼう》なり赤蕪《あかかぶら》

〈アテルイ〉とか〈梟帥〉などと強者の名を振《ふ》り翳《かざ》した句を紹介しましたが、掲句は素直な自己告白と受け取れます。〈赤蕪〉が寒冷の地の地肌を彷彿とさせます。『愛痛きまで』所収。

やませ来るいたちのやうにしなやかに
やませ入りこむ内陸へ内臓へ

三陸沖からの夏の北東風《やませ》がひんやりと吹き込むさまを、地に張り付いて動き廻る〈いたち〉の〈しなやか〉さで喩《たと》えたのは、地の人でないと実感できないところです。内臓をじわりと痛めつけるのも「病ませ」です。『瀬頭』（平成四年刊）所収。

帰りなん春曙の胎内へ

平成七（一九九五）年、七六歳の作。『枯峠』（平成一〇年刊）所収。少年の日にお前は〈草卯〉だといわれた母のことばを反芻《はんすう》しながら、母の〈胎内〉に帰る。ここに鬼房の最晩年の願望があったのではないでしょうか。

［二〇〇八年一一月］

裏側からの眺め　平井照敏

壁に懸けられた油絵を見て、「この額の景色の裏側には、どんな世界が秘密に隠されて居るのだらう」と、子どもの頃不思議に思い、いくたびも裏側を覗《のぞ》いてみたと、散文詩風な小説『猫町』に書いたのは萩原朔太郎《はぎわらさくたろう》でした。さらに朔太郎は夜汽車で、うたた寝からふと醒《さ》めたときに汽車の進行が反対方向へ向かっているように感じる戸惑いも『猫町』で紹介しています。

同じような思いは私にもあります。このささやかな謎や不思議さを大事にしたいと朔太郎にあやかり、平井照敏《しょうびん》は初めての句集を『猫町』（昭和四九年刊）と名付けました。このような処女句集の発想を作者は生涯持ち続けたのでした。

蜻蛉は景色の裏にまはりたり　平井照敏

蜻蛉《とんぼ》が留まり直し、くるっと廻《まわ》って向きを替えて留まる。それは、景色の表ではなく、〈景色の裏〉を見ているのではないかと気づいたのです。

景色の裏側とはどんな世界でしょうか。ちょうど同じ頃の作に、〈表うらくるりと秋の蟬《せみ》落ちぬ〉があります。木の表から裏に廻って秋の蟬のいのちが果てたというのです。深秋にはしばしば見かけます。この句からヒントを得て、想像すると、景色の裏側はまさに死の世界ではないでしょうか。

掲句は平成九（一九九七）年の作。句集『夏の雨』（平成一三年刊）所収。

死顔が満月になるまで歩く

一見すると難解な句ですね。私はお月様の朔《さく》（新月）から望《もち》（満月）までの運行を想像します。月が太陽と同じ方向にあり、すっぽり包まれると、真っ暗です。それが〈死顔〉。いわば世界の裏側を思わせます。裏から表へ、満月は表の世界の顔でしょう。昭和五四（一九七九）年の作。『枯野』（昭和五七年刊）所収。平井照敏にはこの世の景色を世界の裏側から眺めるような不思議な見方がありました。主宰誌「槇」終刊号（平成一六［二〇〇四］年一月）「平井照敏追悼」の会員の追悼文を見ると、照敏はご自分でも「死の側から生を詠《うた》う」といい、しばしば「メメント・モリ（死をわすれるな）」と話していたようです。

昭和四三（一九六八）年一二月に、散歩途中の父上を不慮の事故で亡くされるという悲惨な体験に衝撃を受けられたことを仄聞《そくぶん》しています。照敏俳句の海原に、死を詠んだ句群が海底山脈のように縦走しているのは、実に不思議な光景です。

寒暁やおらおらでしとりえぐも

〈おらおらでしとりえぐも〉は宮沢賢治の妹トシが、兄に残した最期のことば。「わたしはひとりで死んでいく」という花巻《はなまき》方言を生かしたもの。〈寒暁《かんぎょう》〉も厳粛な時刻です。昭和五一（一九七六）年の作。『天上大風』（昭和五四年刊）所収。

春眠のかたちに死なばやすからむ
われ死なばこの春の道さへも死す

こんなわが今際《いまわ》の幻想をいくたびも抱いたのでしょうか。前句は昭和五六（一九八一）年の作。『枯野』所収。後句は平成七（一九九五）年の作。『石濤《せきとう》』（平成九年刊）所収。

平井照敏は昭和六（一九三一）年生まれ。昭和二〇（一九四五）年の敗戦を一四歳で迎えた奇妙な昭和世代だと、自分の戦前・戦中・戦後のあり方を自ら分析しています。「奇妙な」とは、「空襲はおそろしい経験ではなく、異常に鮮明な夢のようなものだった」（「昭和世代の特質」「石濤雑記」27）といい、焼夷弾《しょういだん》の焔《ほのお》を美しい火と見て、空想するような青春の入り口にさしかかっていた少年であったと回想しています。そんな世代の自分には、異常な戦争も激動の戦後も自分たちのものではなかった。俳人として考えると、戦前の人間探求派のように人間性を信頼することも、戦後の社会派や芸術派の俳人のように社会的連帯とか芸術理念への信頼とかいった、なにか信条を持つこともできない、いうならば、自分の好きな言語空間に遊ぶ内向の世代、自分だけの「知的幻想」に生きるばかりだというのです。

雲雀《ひばり》落ち天に金粉残りけり

景色の裏側ばかり見てきた眼には、眩《まばゆ》いばかりの表の春景色です。雲雀の囀《さえずり》の「ピイチクピイチク」には、金粉を天に振《ふ》り撒《ま》いているような音感が感じられます。まさに琳《りん》派《ぱ》の屏《びょう》風《ぶ》絵《え》から雲雀が落ち、金粉が残る。しかも、どこかに極楽浄土を思わせるような死後の気配がします。作者の代表作です。昭和四八年の作。『猫町』所収。

春の橋風の定家とすれちがふ

藤原定家の名歌〈**春の夜の夢の浮橋とだえして峰に別るる横雲の空**〉（『新古今和歌集』巻一春）を踏まえています。〈春の橋〉とは〈春の夜の夢の浮橋〉から歌のキーワードを巧みに取り込んだ夢の中の橋でしょう。その橋を渡る時、匂うばかりの風に吹かれて定家卿とすれ違う。自ら描いた言語空間である「知的幻想」にうっとりしているような作です。平成一〇年の作。『夏の雨』所収。

気がつけば死んでゐたりき枇杷《びわ》の花

どきっとする句です。ちょうど枇杷の花の咲く頃亡くなった父上の死を詠んだ作でしょうか。いつか景色の裏側の死の世界が表の景色として詠まれています。平成一〇年の作。平井照敏はこんな句を残して、平成一五（二〇〇三）年九月一三日、句会へ出向く途中で、心不全により急逝します。七二歳でした。

津軽よありがとう　成田千空

［二〇〇八年一二月］

成田千空《せんくう》には、ふるさとへの無限の愛情がありました。津軽《つがる》の地から生涯離れないで、津軽の山河や習俗を津軽ことばで詠《うた》い続けることにいのちをかけた俳人でした。

大正一〇（一九二一）年、生まれたときに親からつけてもらった本名「力《ちから》」をもじって、俳号を「千空《ちから》」（空っぽの意）と名付けたといいます。

仰向けに冬川流れ無一物　　成田千空

私の記憶にある千空は〈無一物（空っぽ）〉の句から始まります。ひろびろとした平野を、すべてを受け入れて流れる冬の川。しかも〈無一物〉。川はさまざまなものを運びますが、川が執着して所有するものはなにもありません。冬川ですから、あるいは空からの雪を受け入れながら流れているのかもしれません。作者が居住する津軽の冬の川でしょうか。昭和四二（一九六七）年、四六歳の作ですが、一句からこんな生き方をしたいという作者の理想と意志の強さを感じます。初めての句集『地霊』（昭和五一年刊）所収。

前世も後世も空や林檎《りんご》食ふ

仏教でいう前の世も後の世も自分にはみんな空っぽ。そんな世は信じない。ひたすら津軽特産の林檎を食べるだけ。〈空《くう》〉と〈食ふ〉と語呂を合わせ、あっけらかんとした郷土愛に満ちた一句です。千空は読み手を煙に巻くような骨太なユーモアを身につけた人でした。掲句は最後の第六句集『十方吟』（平成一九年刊）所収。

俳句は十七音字という特殊な短詩型文学ですから、俳句に出会い、作り始めるにはなにか自分を見つめる切っ掛けがあるのではないでしょうか。俳句は人間社会を含めた自然を詠いますが、本来内省の文学です。親しい者の死や病の体験、あるいは暮らしの環境の急激な変化など、自己を凝視する契機が多くの場合あるようです。

千空の俳句との出会いにもそのような契機があったようです。一二人もの大家族を支えた祖父母や父の死を八歳で経験し、工業学校を卒業後、東京の航空計器会社に就職しますが、肺結核に罹《かか》り、ふるさとで療養生活を余儀なくされます。その間に郷里の俳句結社に入り作句を始めています。昭和一六（一九四一）年、二〇歳のときでした。「私は俳句をつくることで戦争と病に堪えていた」（『地霊』後記）といい、戦後、二一年に中村草田男《くさたお》の「萬緑」が創刊されると同時に参加しています。また地元の結社青森俳句会の「暖鳥」にも同人として加わり、活発な俳句活動を展開します。「戦後は、北津軽に移り住んで開墾《かいこん》の仕事をしながら、土の匂いや野山の緑を通して風土のいのちを見た。それは生きる理由に照応するものであった。一つの体制の死に対して、なお生きつづけるものがあるということ。」（『地霊』後記）と戦後の出発の思いを記していますが、ここで語られるのは社会体制よりも「風土のいのち」こそが時代の変化に堪えて生きつづけるものだという実感です。

早苗饗《さなぶり》のあいやあいやと津軽唄

藁塚《にお》幾座厠《かわや》に気張る声すなり

〈早苗饗〉は田植仕舞いの祝いです。そこで〈あいやあいや〉と津軽の地霊（田の神）に感謝する民謡を謡い合ったというのです。呪《まじな》うような恍惚《こうこつ》とした調べが津軽の野に沁《し》みる快感があります。

『天門』（平成六年刊）所収。

〈藁塚幾座〉は収穫後、田には藁塚《わらづか》がいくつも作られます。秋晴れの日を連想します。農家の外厠の戸一枚隔てた内側から、うんうん唸る〈気張る声〉が聞こえる。師の草田男は掲句を選評に取り上げ、これは「収穫の安堵《あんど》の声」だと評しました。主人公は「ああ南無あみだぶつ、ああ南無あみだぶつ」と呟《つぶや》いていたかもしれないとユーモラスに書いています。この句など下《しも》のことを詠っていますが、「悪趣味」ではありません。明るく健康な働き手を思い浮かべ、微笑ましい句です。『地霊』所収。

墓獅子の身を震はせて涕《な》きにけり

〈墓獅子《はかじし》〉は八戸市鮫《さめ》町地区に残る盆行事です。墓地で地区の神楽連中が獅子舞をし、死者と家族との交流の仲立ちをします。獅子が霊魂を呼び出すときに〈身を震はせて〉涕泣《ていきゅう》し、「南無阿弥陀仏」の「かけ歌」を家族と唱えて供養します。〈墓獅子〉は私が地貌季語と称する地域の季語ですが、千空の中には地貌季語こそ生きた季語として体に沁み込んでいました。『十方吟』所収。

一寸の光陰赤き虎杖《どぐい》の芽
藁《わら》の家田打桜《たうちざくら》は満開に

虎杖《いたどり》を「どぐい」と呼ぶのは津軽から北海道にかけての方言です。方言が「風土のいのち」なのです。『忘年』(平成一二年刊)所収。〈田打桜〉はみちのくでの辛夷《こぶし》の呼称です。辛夷が咲くと田起こしが始まる。春の農作業を開始する合図の花です。『十方吟』所収。

鴇《とき》いろの寒の夜明けよありがたう

鴇の羽根のような美しい淡紅色が一読して拡がる寒の夜明けの清冽な句です。太宰治《だざいおさむ》と同じ津軽に生き、太宰を尊敬した千空ですが、〈ありがたう〉は大地への感謝のことばです。しかもどこか「さようなら」とも受け取れるところに、おかしみを愛した作者の面影が偲ばれます。

寒夕焼に焼き亡ぼさん癌《がん》の身は

平成一九年一一月一七日、八六歳で逝去。病床での最後の句は自分を生み育んでくれた風土への絶唱です。

けものみちの先達　金子兜太

［二〇〇九年一月］

人間の思想に変化はありますが、人間が深化（進化ではない）することはあるでしょうか。日頃私が抱いている大きな疑問でした。ところが、金子兜太《とうた》の一文を読んで、不思議な感動に見舞われました。兜太主宰の「海程《かいてい》」平成二〇（二〇〇八）年度の全国大会が五月、高野山で開かれました。その時兜太は挨拶で、ご自身の病気の治療体験を踏まえ、合理的には割り切れない非合理なものが人間の体にも、また人間の営為としての文学の存在にも深く繋《つな》がるのだという考えに辿《たど》りついたことを披露《ひろう》します。それは俳句の季語や季節感に関して、日本人が美意識として体に沁み込ませ、恩《おん》寵《ちょう》を受けてきたものであり、それらは「もっと深刻に考えていいテーマ」であり、「もっと大切に扱っていくことがこれからはむしろ必要なのではないか」と説かれています。私が知ったのは「海程」（二〇〇八年一〇月号）に載る大会記録からですが、その場にいて謦咳《けいがい》に接しなくても十分に感動的です。

子馬が街を走つていたよ夜明けのこと　　金子兜太

平成一九（二〇〇七）年六月号「海程」所収。幻想的であり、しかも実《じつ》があります。土のにおいに優しく包まれた牧歌的で大らかな句。馬に関する美意識が体に沁み込んでいないとこんなに軽々と詠《よ》むことはできません。春駒《はるこま》は平安以来の歌語ですが、歌語の伝統がおのずから春の馬にも投影されて、十分に美しい。春の馬から子馬へ連想が拡がったものでしょう。春の夜明けの牧《まき》近い山の街が浮かんできます。あるいは、かつて軍馬を送り出したみちのくの街であったかもしれません。

暁闇《ぎょうあん》を猪《しし》やおおかみが通る

同じ夜明け詠。いまだ明けきらない暁《あかつき》の暗がりを猪や狼が跳梁《ちょうりょう》するという山村幻想です。所載句集『東国抄』(平成一三年刊)のあとがきによりますと、著者の産土《うぶすな》である秩父《ちちぶ》の山村では、ある日、絶滅したといわれていた狼(ニホンオオカミ)が出たといいます。秩父と同様な山国である信州では狼が出て村人を食い、廃村になった村があります。夜中に家の周りを狼が群をなして、ぐるぐる駆け廻る足音で眠れなかったと祖母から聞いた話は、私の鮮明な記憶となって自分が体験したかのように、体に沁《し》みついています。

おおかみを龍神《りゅうかみ》と呼ぶ山の民
山鳴りに唸《うな》りを合わせ狼生く
おおかみに螢が一つ付いていた

猪や熊や鹿など縄文時代やそれ以前から、祖先に土産を齎《もたら》したけものの中でも、狼は格別にひとの暮らしに食い込んできた生き物です。いわば、けものみちの先達です。私は狼を思うと金子兜太がしばしばいう「純動物」なることばを思い起こします。動物の中の動物です。それは兜太が生まれると同時に体に住みつき、いつかじんわりと兜太の感性の質を高め、「原郷という想念につながるもの」の発信源になっているのです。

霧の村石を投《ほう》らば父母散らん

兜太の臍《へそ》の緒《お》のような代表句です。金子兜太は大正八（一九一九）年、埼玉県秩父生まれ。〈霧の村〉にはこれが日本といってもいい象徴的な拡がりがありますが、作者は秩父の産土を踏まえて生み出したものでしょう。句集『蜿蜿《えんえん》』（昭和四三年刊）所収。

「秋蚕《あきご》仕舞うて麦蒔《ま》き終えて／秩父夜祭待つばかり／そうともそうともそうだんべい」、父伊昔紅《いせきこう》が創ったという秩父音頭が盛んに謡われる霧の村を限りなく愛する。掲句は、その哀切な思いを自虐的に表現し、そこに父母の存在を鮮やかに描いています。「石をもて追はるるごとくふるさとを出でしかなしみ」と詠《うた》ったのは石川啄木《たくぼく》ですが、石ほど愛憎が絡んだ無機物はありません。水に石を放ると深い静謐《せいひつ》な水面が毀《こわ》れます。しかしまた直ぐ繋がります。因習といい、鈍重といい、愚昧《ぐまい》といっても産土のしがらみは払い切れません。

夏の山国母いてわれを与太《よた》と言う

長命の母が顔をみると、兜太といわないで、「与太がきた」と冗談口をいっていたという。愚者をいう与太郎からの転ともいいますが、〈与太〉ほど愛情が滲《にじ》んだ呼称はありません。句集『皆之《みなの》』（昭和六一年刊）所収。わが愛唱句です。そこで私は、こんな駄洒落を付けて兜太の句が持っている

秩父の夏山の大きさを懐かしみます。〈兜太与太われはごたごた吾亦紅《われもこう》　静生〉

つぎに、みちのく詠の一句を掲げます。これも地貌への愛情が「精神《エスプリ》の緊張度」をもち叙情化された作です。

人体冷えて東北白い花盛り

東北津軽での旅吟です。人体・身体・肉体と体を表現するにも違いがあります。身体には整った高貴さがあり、肉体はなまなましく迫る感じ。ところが人体は石膏《せっこう》像のような漂白されたイメージが浮かびます。そこに連なることばが、〈冷えて〉・〈東北〉・〈白い花盛り〉。晩春の東北の光景です。辛夷《こぶし》も桜も林檎《りんご》も梨も白い花がいっせいに咲く。その中に旅人も住む人もみんな冷えて透明になっている。「青空が自分の体内の細胞一つ一つに冷たくしみ込んでいる」（『蜿蜿』後記）とありますが、「冷える」は東北の地貌をズバリ捉《とら》えたキーワード。秩父を〈霧の村〉と捉えた身体感覚があって、おれのところと同じだといった感じです。句集『蜿蜿』所収。

終わりに戦後を代表する兜太の社会詠を掲げます。

銀行員等朝より螢光す烏賊《いか》のごとく
彎曲《わんきょく》し火傷し爆心地のマラソン

句集『金子兜太句集』（昭和三六年刊）所収。土とは関わりが薄い銀行や原爆を詠んでいますが、どこか兜太の把握に土のにおいがあります。そこに惹《ひ》かれます。

青春の稽古会　深見けん二

［二〇〇九年二月］

若い日に出会い、忘れられない一句に深見《ふかみ》けん二《じ》のこんな句があります。

鴨流れゐるや湖流るるや　　深見けん二

昭和三〇（一九五五）年の秋、「夏草」二五〇号記念に木村蕪城《ぶじょう》が諏訪《すわ》の地に山口青邨《せいそん》一行を招いた折の句会に出された句であったと記憶しています。第一句集『父子唱和』（昭和三一年刊）所収。誘われて松本から参加した私は一八歳、新制高等学校の三年でした。

干柿の金殿玉楼といふべけれ　　山口青邨

島木赤彦《しまきあかひこ》旧居に近い、諏訪湖岸の地を高浜といい、句会場はガラス戸一枚隔てて湖でした。どの家も吊し柿を鎧《よろい》のように干し連ねていましたから、それを見事に詠《よ》んだ青邨の干柿の句に点が入りました。

鴨の陣座敷より見ゆ諏訪の宿　　山口青邨
ただひとつただよふ手負鴨《ておいがも》あはれ

こんな鴨の句も出されましたが、上述の深見けん二の〈鴨流れゐるや湖流るるや〉の句に私は惹《ひ》きつけられ、俳句表現の秘密に初めて触れた驚きを今日まで抱いています。

鴨が流れている。ところが、それは湖が流れているのであろうか。こんな句意でしょうが、〈湖流るるや〉とは気づかない。たとえ目に触れても、表現にまで至らないのではないかと思います。

鴨の存在が背後の湖との関わりによって生かされている。ものはなにか背後にあるものによって、その存在が確かなものになる。背後にあるのは、ときには目に見えない空間であったり、時間であったりするだろう。そんなことをこの句から考えました。その時に咄嗟《とっさ》にそんなことを考えたのではありませんが、長い間、この句が私の作句の秘かなお手本でした。

深見けん二は大正一一（一九二二）年生まれ。昭和一六（一九四一）年に高浜虚子《きょし》、翌一七年に山口青邨に師事しています。戦後二二（一九四七）年には上野泰《やすし》、清崎敏郎《きよさきとしお》、湯浅桃邑《とうゆう》、真下《ました》ますじらとホトトギス新人会を結成して、虚子の指導を受けています。さらに二九年から虚子の亡くなる三四年まで「玉藻《たまも》」に連載する研究座談会を上記の上野、清崎、湯浅、藤松遊子《ふじまつゆうし》と行い、虚子晩年の俳句観の面授を受けています。したがって、虚子が説く俳句の本質は花鳥諷詠であり、本質を究める方法が客観写生だという虚子俳句の最良の理解者であり、伝授者でもあるわけです。

戦後俳句が「第二芸術——現代俳句について」（桑原武夫「世界」昭和二一年一一月号）への反論として、ものの根源や新たな人間性や戦後の社会性、抽象性などの探究に積極的であったことは周知ですが、二七歳の深見けん二がはじめての講演「写生を中心として」（「ホトトギス」昭和二四年三月号）の中で、「俳句が自然に向つた時ふるへる心の感動を詠ひ出す詩であること」をいい、「私は心を出来る丈出さうとすればする程客観写生に努力することが俳句として力強い表現を与へるものであることを信ずるのであります」と述べている率直で素朴ないい方に私は気付いていました。

しかし、一九六〇年代、激動の時代に翻弄されながら俳句表現を考えていた私には、自分の俳句が「自然に向つた時ふるへる心の感動を詠ひ出す詩」なのだと納得するには、それからかなりの歳月が必要でした。

椿寿忌《ちんじゆき》やわが青春の稽古会　　深見けん二

茶道や華道の稽古《けいこ》事と同じように作句には〈稽古〉が必要なのだとはなんとも古風で、そこに魅力があります。そんな驚きの句です。『花鳥来』（平成三年刊）所収。

稽古会小諸に発す虚子忌かな

こんな句（『星辰』所収）もあるように、戦時中、小諸《こもろ》に疎開していた虚子が復員してきた虚子の六女の夫・上野泰のために、虚子のもとに訪ねてくる俳人を加え、虚子指導の句会を作ったのが稽《けい》古《こ》会の始まりでした。稽古会の試みは小諸から虚子の鎌倉移住後も行われ、虚子の若手を指導する句会となり、後に鍛錬会夏行《げぎよう》として山中湖の虚子山盧《さんろ》や千葉県の鹿野山《かのう》で続けられました。

虚子は昭和三四（一九五九）年四月八日に八六歳で逝去しますが、命日に虚子を偲ぶと、おのずから虚子を囲んだ稽古会こそわが青春であったと回想するとけん二はいうのです。

人はみななにかにはげみ初桜

この句も、〈わが青春の稽古会〉を念頭に置き詠まれたのかもしれません。『花鳥来』所収。一途であることは、初々しく魅力的。しかし、そんな濃密な時間は長く続かないこともひとは体験の中で感じています。〈初桜〉は一途な美しさと儚《はかな》さを巧みにいい留めた季題として置かれています。

青林檎《あおりんご》小諸も虚子もはるかなる

『余光』（平成一一年刊）所収。虚子の生涯で句作が最も昂揚した三年余りの小諸疎開時代。稽古会の開始もこの時でした。早生の青林檎は小諸の虚子庵での属目《しょくもく》であると同時に、束の間の時間をそれとなく感じさせます。一途なものや昂揚した時間はたちまち過ぎ去るものよ。

寒牡丹《かんぼたん》落花一片かく遥か

『日月』（平成一七年刊）所収。寒牡丹が開花するに至るまでのはかり知れない緊張と開花の時の充実した美しさ。ところが、盛りの花冠から離れた一片の花弁はたちまち〈遥か〉な遠い存在となります。究極の客観描写はそこに作者自身を描くことになるとの虚子のことばは至言です。深見けん二が見ている〈遥か〉なるものが何であるか、思いが熱くなるばかりです。

宴の果て　藤田湘子

［二〇〇九年三月］

春の草孤独がわれを鍛へしよ　　藤田湘子

最終第一一句集『てんてん』（平成一八年）所収。

私は藤田湘子《しょうし》に二七年間ひたすら師事し、振り返るとその間一日一日が煌《きら》めくような充実した思いでした。私にとっては懐かしくすばらしい先生であったと思います。しかし、師弟関係はいかに親密でも、そこに愛憎が伴う人間関係であることから免れることはできません。一切の人間関係とは別に、先生の内心には誰も踏み込めない寂《じゃく》とした深奥があったと思います。

愛されずして沖遠く泳ぐなり

これが先生の周知の代表作です。第一句集『途上』（昭和三〇年）所収。平成一七（二〇〇五）年四月一五日、七九歳で逝去されるまで、才気煥発、たくさんの秀句を詠《よ》まれ、華やかな宴がお好きな先生でした。その生涯を省みて、代表作はいかにもさみしい。

〈愛されず〉とは若い日の恋愛関係ばかりではなく、もっと深く師弟の交わりや先輩との人間関係まで含めて自分はどうも人に愛されないのだと、自虐的に自己を追い込んでいくような作です。それが若さなんでしょう。が、明敏な作者は若い日にすでに自分の生涯を暗示的にあるいは自縛的に見てしまった。そんなかなしみを私は感じ、胸を熱くします。

あてどなく急げる蝶に似たらずや

湘子二九歳で上梓した『途上』は煌めく句集でした。序文は水原秋櫻子《しゅうおうし》、跋文《ばつぶん》は石田波郷《はきょう》。湘子は波郷の後を襲い三一歳で「馬酔木《あしび》」編集長になりますが、その波郷が「藤田君の句は、やはり甘美といってよく、独自の手法も持たず、形象力も弱いものだったが、それにも関らず若々しい詩情は、充分に戦後の荒廃と窮乏の中にある人の心に、明るく触れるものであった」と記しています。

掲句は、作者二三歳、昭和二四年の作。初期の代表作です。生まれ出たばかりの羽化の蝶を詠《うた》いながら、戦後の俳句界に向かわんとする自分の姿勢を詠っています。〈あてどなく急げる蝶〉は藤田湘子がいち早く描いた自画像でもあったのです。前年馬酔木賞をもらい、「馬酔木」同人になった年です。波郷のいう自句に「形象力」をいかに付けるかに湘子は腐心しますが、作句姿勢の本質には、形象化を受け付けないような叙情に身を任せる浮遊感がありました。「形象化」への努力と体質的な「浮遊感」を失いたくないという相反するジレンマに苦しむ。私は藤田湘子の生涯の課題をそこに見ています。

青霧にわが眼ともして何待つや

昭和四三（一九六八）年六月、白馬山麓の親の原高原での作です。高原に立ち籠める梅雨《つゆ》の青霧をじっと見つめて何かを待っている作者の心理詠が新鮮でした。湘子は四二歳、私は三一歳、初めて先生と出会い感激していましたが、先生はこの時、失意のどん底におられたのでした。昭和三九（一九六四）年に創刊した俳誌「鷹」のあり方が師の秋櫻子から十分に理解されないで、「馬酔木」とは別の道を進まざるを得ない決裂の直後でした。強気の先生が裸になり安曇野《あずみの》に癒やしを求める。この時から安曇野通いが頻繁になります。『白面』（昭和四四年）所収。

口笛ひゆうとゴッホ死にたるは夏か

ゴッホの死に共感を持つ。男性的な骨太な句ですが、〈青霧〉と同じ頃の煩悶の渦中の句でした。

枯山に鳥突きあたる夢の後

昭和四四（一九六九）年の作。この句の〈夢〉とは鳥の夢なのか、作者自身の夢なのか解釈が分かれる句です。私はこの句が出詠された日の句会におりましたが、冬の山麓の実景であると同時に作者にとり象徴的な句であったと考えます。作者自身には師弟間の争いを一睡の〈夢〉なんだとケリをつけ、新たな地平に立とうとの決意の句であったと思われます。『狩人』（昭和五一年）所収。以後、句は明るくなり、話題作が詠まれています。

揚羽より速し吉野の女学生

うすらひは深山へかへる花の如

ともに『春祭』（昭和五七年）所収。前句は揚羽蝶よりも速く、山伏のように健脚な女学生を描き、〈あてどなく急げる蝶〉の浮遊感とは違う吉野の地貌《ちぼう》をしっかりと捉えた句です。後句の〈うすらひ〉は春の薄氷。それは深山へ宙を舞う飛花の美しさだというのです。

叙情的な体質から溢れ出る浮遊感をいかに物象化するかに苦心した湘子は〈うすらひ〉の句のような美しいもの、澄んだもの、カッコいいものを詠うのではなく、もっと素朴な日常の些事《さじ》を「愚昧《ぐまい》」と称して心掛けようと、昭和五三年には「愚昧論ノート」を書いています。また最晩年には、年をとったら滑稽《こっけい》が大事、といい、「破顔一笑」の句を作りたいともいっていたようです。しかし、省みますと、私は湘子俳句のピークは句集『春祭』までの前半にあったのではないかと考えます。愚昧や滑稽は目指すものではなく、自然に備わるものではないでしょうか。殊に晩年、宴好きな先生は心底さみしかったのではないかと、詠まれる句の「愚昧」から私は胸痛む思いでした。

あめんぼと雨とあめんぼと雨と
さへづりや納豆の粒みな可愛
ゆくゆくはわが名も消えて春の暮
竹は皮脱ぎたり俺は何為るか
死ぬ朝は野にあかがねの鐘鳴らむ　　前書「無季」

詩歌のちから——見直される自然・風土・地貌

残された者の哀しみを癒やす　俳人飯田龍太 生誕一〇〇年
藤田湘子の安曇野　金子兜太のさすらい　上原良司の死地沖縄
「義」のない戦争を悼む　「もののあはれ」の行方
この世で生きることの希薄さ　「世界の変貌」望み自死した三島
追悼・中村哲　東日本大震災一〇年を前に
沈黙から立ち上がったことば

残された者の哀しみを癒やす——草花が他界との橋渡し ［二〇二〇年四月］

「奈保、今、どこにいるか、純白な大山蓮華の蕾がひとつ」（二〇一二年五月三〇日）

岡谷市在住の画家二木六徳《ふたつぎむつのり》さんが、亡き妻への追悼集『柔軟に空に拡《ひろ》がる音符たち』を八年がかりでまとめられた。菊判、三六八ページの厚さ。妻の奈保さんが自宅近くの県道で車にはねられ、二〇一二年五月に七六歳の生涯を終えられる。その供養に奈保さんをめぐる多くの人の回想記が寄せられているが、中でも六徳さんの奈保さん探しの「気まま絵」に心打たれた。故人が好きであった身近な草花を、手元にある段ボールの切れ端や小さなルーズリーフ一枚にスケッチしたものばかり。いずれも大津絵風だ。

突然、家族や親しい者がいなくなる。残された者の哀しみをいかに癒やすか。かねて、素朴な、しかし永遠の難問が気になっていた。

奈保さんは高校の先輩だ。私が松本の高等学校一年の時、二学年上の奈保さんの歌にいたく痺《しび》れた。

いくたびか働き蜂の行き来して百日紅《ひゃくじつこう》の震へ激しき　奈保

さるすべりに行き来する働き蜂。平凡な斬新さに惹《ひ》かれた。このように生きていくんだと、将来の夢を与えられた気がした。戦後の激動が自然を鮮烈に感じさせた。

その頃、朝鮮戦争の休戦協定が調印されたが、学校裏手の丘の先にある演習地では警察予備隊（のちの自衛隊）の訓練が続いていた。射撃音が騒がしいと生徒たちが学校長に抗議するなど、緊張感のある時代だった。

奈保さんは奈良女子大に進み、数学者・岡潔の下で学び、高校の数学の先生になる。併せて短歌を近藤芳美、のちに田井安曇に師事した。

二木さんとの結婚の挨拶状には、〈柔軟に空に拡がる音符たちあしたは雪となりて還れよ　奈保〉の歌に、二木さんの常念岳の素描を合わせた木版画が配られた。知的な感性が快い。二人の歓びを豊年の自然讃歌へ拡げた巧みさがあった。

苦しみて死にゆく個々の人見えず被爆の町の長崎を見き

歌集『羽化』（不識書院・一九八八年）が送られてきた。「はずみで思ってもみなかった歌集を作ってしまいました」と添え書きがあった。長崎を詠んだ歌にも気取りや迎合のない素直な人だ。家庭を持ったことで、社会的関心は次第に民衆の生活風土の懐へ移る。土の匂いが立ってくる。

まな板を叩くごと明けに鳴くヨタカ嫁起しなる別名のあり

新聞投稿のこの作品には、「旧日本の家族制度を彫りあげたような作品だが、宮澤賢治を好きな作者は、ヨタカの無実の罪を庇《かば》っているかもしれない」と田井安曇さんの寸評が付いている。夜鷹を嫁起しと呼ぶのは安曇の方言か。

奈保さんは梓川村（現松本市）の実家から父を引き取り、一三年間介護した。父は教育者で、自宅に釈迢空《しゃくちょうくう》を招き歓待。師も著書を呈上し、報いた。その父を葬送する枕頭《ちんとう》で迢空の『死者の書』を経のように音読したという。


追悼集に出てくる二木さんの言葉。

「奈保よ、こんなに草ボーボーでもアネモネが咲いたよ」

「今年もキツネノカミソリが二ケ所に咲いたよ、いい色だ！」

「ウグイスカグラの赤い実だよ。ヒヨにたべられてしまったと思っていたがこんなにあったよ」

「今日はこの秋一番の冷え込み。こんな中で今年もまた咲いた。奈保が逝って五年も経つのに。土にさし込んだ名札の文字はほとんど風化。だが私には読めるホウオウシャジンだと」

「奈保よ見えるか、この陶器のようなつややかな色、淡い青と紫の星の数ほどの実が今、秋の陽を受けている」

「奈保よ、今年もヤマユリがマンサクの根もとに咲いたよ。ヤマユリは一本の茎にせいぜい二つがいいとチャコちゃんは言う。私もそう思う。か弱い茎によくぞこれだけ大がかりな花がついたものだ。わずかな風にもゆらぐ、その動き、白い花片の真ん中には黄の帯と茶色の点々。これにまさる百合なし」

絵描きと歌詠み。偶然のコンビは連れ合いが住む世界を替えて、いよいよ必然の二人となっていく。草花が仲を取り持つ。世に園芸好きは多いが、スケッチをし、相手が好きだった山百合やアネモネや鳳凰シャジンに語りかけ、その立ち籠める草花の気を逃がさないように他界の相手に送る。こんなふうに身辺の自然が一つ一つ亡き人との橋渡しになることに感動する。

東日本大震災から九年経つ。死者は、いまだわからない人も震災関連死者も入れて二万二千人余り。いかなる死も突然であり、理不尽だ。世界を切り裂く。唯一自然だけが二つの界を繋《つな》いでいるのであろう。

俳人飯田龍太 生誕一〇〇年——生と「親しみて狎れず」［二〇二〇年五月］

「親しみて狎《な》れず」（一九八四年七月）

ことし（二〇二〇年）は飯田龍太の生誕一〇〇年だという。俳句総合誌「兜太 Tota 四号」（編集主幹・黒田杏子）では、昨年百年祭を迎えた金子兜太と龍太を対比させて特集を組んだ。龍太は没後一三年。生誕一〇〇年と言われるのは、死後も問題を提起し続ける、まれな俳人だからこそである。では、どんな問題を提起したのか。冒頭から難しい言い方になるが、龍太は「生きながら死を介して自然、すなわち生の真相に迫った俳人」ではないか。

龍太は一九二〇（大正九）年、山梨県東八代郡境川村小黒坂（現笛吹市境川町小黒坂）に父飯田武治

（俳人蛇笏《だこつ》）、母菊乃の四男として生まれた。飯田家は江戸時代に名字帯刀を許された大地主、旧家だった。長兄がフィリピン・レイテ島で戦死、次兄は戦時中に病死、三兄も外蒙古で戦病死。四男の龍太が、残された長兄の兄嫁を娶《めと》り、家を継いだ。

龍太が、主宰誌「雲母」に三二年間書き続けた欄「秀作について」で、私の句が推奨されたことがある。この欄は俳句界の注目作を選び鑑賞する欄で、一九八八年六月号であった。

存分に鶯鳴いて縊死《いし》の地よ　静生

有島武郎の死地、軽井沢の三笠の森に佇《たたず》んだ折の作である。「軽井沢・有島武郎を思ひ」と前書を付けた。私の武郎への関心は私事にわたる。祖母の弟、宮坂栄一が武郎の心酔者で、二一歳の時、雑誌「白樺」の発行元である仏蘭西《ふらんす》書院の経営のため、信州稲荷山（現千曲市稲荷山）の実家の屋敷や田畑を売却し、上京した。栄一は、関東大震災で廃刊になるまで半年ほど、「白樺」の編纂《へんさん》人兼発行人を務めた。武郎の死の三、四日前には、武郎に「すぐれた編集者は書き手にまさる」と励まされたという。

私は、龍太に選ばれたうれしさ以上に、驚いた。なぜこのような句が推奨されたのか、龍太の真意を測りかね、それだけ凄《すご》みを感じた。龍太への親近感を抱いたのである。

龍太は鑑賞文に、武郎が一九二三年六月九日、女性記者の波多野秋子と軽井沢の別荘、浄月庵で四五年間の生涯を自ら閉じたことを記した。その上で、武郎が白樺派の中でも「特別蒸溜《じょうりゅう》度の高い」大正の浪漫《ろまん》を代表する作家だと共感し、縊死に至る理由を二点挙げた。親譲りの財産に罪悪感を抱き、広大な所有農地を解放したこと。『惜しみなく愛は奪ふ』など世に知られた諸作を持ち、「霊肉の葛藤」に苦しんだこと。そのため、その自裁（自決）はなにか心を刺すものをおぼえる、と書いた。龍太が武郎について触れた趣旨は的確で、心が籠《こも》っていた。そして、私の句の〈存分に鶯鳴いて〉に、霊を慰撫する鎮魂の思いを指摘した。そのさりげなさに、私は龍太自身の生き方を直感し、その心中を思いやることになった。

家を出て枯れ蟷螂のごとく居る　龍太

一九八七年の作で、最後の句集『遅速』に入っている句。当時六七歳の龍太は、枯《か》れ蟷螂《とうろう》に紛れもない己の姿を見ている。句中の〈家を出て〉には、家に関わる龍太の意識がいっそう浮かび上がる。それは肉親が次々と亡くなり、死にがんじがらめにされた家といった意識だった。

露の土踏んで脚透くおもひあり　龍太

この句には痛ましい背景がある。「九月十日急性小児麻痺のため病臥一夜にして六歳になる次女純子を失ふ」とある。石和《いさわ》（現笛吹市石和町）の遊園地に行った一週間後、純子は頭痛がすると言い入院。みるみるうちに悪化し、龍太の輸血をしているうちにこと切れたという。

あまり触れたくないが致し方ない、という龍太の自註《じちゅう》がある。〈脚透くおもひ〉とは、戦時の兄たちの死に加え、六歳のわが子の死に、この世の地に足が着かない、居ながら幽鬼と化した、との告白である。自分は死んだ。以後は死後の世界をこの世で生きるようなものだ――。これほど心の底に届いた思考を私は知らない。

龍太は自然、すなわち生を見直した。「親しみて狎れず」と厳しく自戒しながら。常に一回一回の出会いこそ愛《いと》しく鮮烈だという。私は、五月の句を挙げる。

子の皿に塩ふる音もみどりの夜　龍太

〈みどり〉は龍太によって初めていのちが吹き込まれた季節のことば。季語に〈新緑〉はあったが、〈みどり〉はなかった。夕食の皿に盛られたレタスに父親が食塩を振る。そのぱらぱらという音に、萌《も》え始めたみどりの夜にふさわしい安らぎがある。

［二〇二〇年六月］

藤田湘子の安曇野――「こだま」返らぬ哀しみ

枯山へわが大声の行つたきり　湘子　二〇〇三年

一九六八（昭和四三）年、わが三一歳の夏、はじめて旧師、藤田湘子と会った。いわゆる六〇年安保騒動を体験した学生時代から八年ほど経っていた。安保を詠むことは前衛の社会的課題に挑む格好よさがあったが、安保で高揚した時代はとうに過ぎていた。型通りの社会詠はできても、そこに気持ちが籠《こも》らない。新たな眼で自然を捉え転機を摑みたい。焦りを抱き、不安だった。梅雨滂沱《ぼうだ》たる白馬山麓の親の原の山荘で、湘子と出会った。その頃、大町市にいた俳人、座光寺亭人が設営した数人の句会に私は誘われた。そこで、湘子の次の句を知り、私の自然を見直す作句の大きな転機になった。

青霧にわが眼ともして何待つや　湘子

雨の牧場に立つ夏霧を〈青霧〉とは新鮮だ。しかし、それ以上に、どうしたらいいか暗く沈んだ気持ちを詠まれる格好よさに魅了された。

顧みれば、その頃が湘子の生涯でもどん底だったのではないか。俳誌「馬酔木」の編集長として新人育成を主眼に始めた子雑誌「鷹」が、師である水原秋櫻子の忌諱《きい》に触れた。編集長を辞め、「馬酔木」を去る。湘子は孤立無援の状態に陥っていた。〈青霧〉の句の暗さはそこにあった。

すでにその二年前から、上高地を手始めに安曇野通いが始まっていた。湘子もそれまでの〈愛されずして沖遠く泳ぐなり　湘子〉に代表される「馬酔木」調の甘美な人事詠から、斬新な自然詠に転じたい思いを持っていた。

国鉄本社広報部勤務の湘子は、そのつてで大町郊外の針の木山荘をベースに、蓮華岳、爺ヶ岳、白馬岳の山麓、木崎、中綱、青木の仁科三湖を巡った。時に諏訪や松本へも足を延ばした。私は高校時代から一三年間所属していた「ホトトギス」系の俳誌をやめ、創刊四年目の俳誌「鷹」に早速入会し、湘子に師事した。
湘子が一九六八、六九年に一〇回余にわたり信州を訪れた際、作句の〝呼吸〟を知りたいと、私はぴたりと付いて学んだ。「馬酔木」高原派俳人の堀口星眠《せいみん》や相馬遷子《せんし》らが基盤とする瀟洒《しょうしゃ》な軽井沢の風光ではなく、素朴な、時に土臭い安曇野の「地貌」、その山川草木を介して自然から呼びかけられるものを摑みたい、との目論見も、師らしい鋭さだと思った。
私の梓川での嘱目を湘子が添削してくれた。〈濁りこそ川のちからや白絣　静生〉
原句の「川のいのち」を〈川のちから〉の方がいいと添削し、主観を具象化する手際の良さ。指導は懇篤《こんとく》、明快で、話術も巧みであった。

一九六九年一一月九日、針の木山荘での句会詠。張り詰めた会だった。

枯山に鳥突きあたる夢の後　湘子

私ははっと驚き、胸を熱くした。夢から覚めた直後のぼおっとしていた朝、突然、枯山に鳥が一羽当たる衝撃を捉えている。〈青霧〉の句の紗《しゃ》がかかった朦朧《もうろう》体とは違う。詠んだことのない湘子の激しい作品だと直感した。湘子も自註《じちゅう》で「数年求めつづけてきたものが、この一句によって充たされたという思いが、やがて拡がってきた」という。直に安曇野の冬枯れの骨組みに迫っている。四三歳の湘子の、〈鳥〉に象徴される実質的な青春の飛翔《ひしょう》が終わったことを予感させた。
一〇年後には「鷹」の子雑誌「岳」を創刊するよう勧められた。湘子自ら巻頭随筆を七四回書き、私も一九八〇年以来一〇年間「鷹」同人会長を務めた。その蜜月もやがて終幕を迎える。二八年間在籍した「鷹」を、湘子の要請で一九九五年に退会した。思えば師の踏んだ轍《てつ》を歩まされた気がしながらも、巡り合いの縁に私は感謝した。

今にして思えば、後年、一九九七年、北信の山田牧場での私の旅吟、**〈はらわたの熱きを恃み鳥渡る　静生〉**にも意識のどこかに〈枯山〉の鳥の句があったかもしれない。

湘子は剛毅《ごうき》な戦後を代表する俳人であった。

湯豆腐や死後に褒められようと思ふ　湘子

こんな飄逸《ひょういつ》な句も残して二〇〇五（平成一七）年、七九歳で他界した。早いものでことし（二〇二〇年）で死後一五年を迎える。ところが本人が気にしたほど褒める人が現れない。なぜなのか。

世の褒貶《ほうへん》は「愚昧《ぐまい》」なことである。ところが師は「愚昧論ノート」（「俳句」一九七八年）を書き、愚昧が俳句の本質と自ら求め、世に喧伝《けんでん》した。本来、名誉心など愚昧なことは剛毅な者ほど求めるものではない。生きる途上に免れ難い愚昧なことである人間の欲をいかに昇華するかに、芸術家は腐心するものだ。安曇野の枯山にぶつかる鳥に象徴された志の高い句を、以後詠まれることはなかった。愚昧に拘泥する限り、冒頭に掲げた〈枯山〉へ放った〈大声〉のこだまは返って来ないのではないか。愚昧な弟子として哀しい。

ゆくゆくはわが名も消えて春の暮　湘子

金子兜太のさすらい――矛盾を抱え続けた「存在者」

［二〇二〇年七月］

「いわば生《なま》の人間。率直にものを言う人たち」（二〇一六年）

金子兜太《とうた》は一九一九（大正八）年生まれ。二〇一八（平成三〇）年二月二〇日に九八歳で他界し、二年が経つ。その間、兜太はどこへ行ったのか、ふと気付くと、兜太の生き方を考えている。自分の終末を意識し、最後にこんな句を残している。

河より掛け声さすらいの終《おわ》るその日　**兜太**

心中で何回も唱え、私は泣いた。兜太を思えば、おのずから産土《うぶすな》の地、埼玉・秩父が目に浮かぶ。しかし、ここも流浪の果ての仮の地に過ぎないのか。〈さすらい〉の語の余響は切ない。秩父を流れる荒川から洟《はな》垂れ与太小僧たちの兜太への野次が飛ぶ。「やったー、やったー」と。なにを「やったー」なのか私にもよくわからない。が、兜太の生涯がなにはともあれ、終わる。よくやったと地の声が聞こえるようだ。私の幻想では、兜太が魂を籠《こ》めた一句から魂が静かに離れ、その後に流浪が終わる自由、大きな安堵感が生まれる。そして俳句はその風景に融けてゆく――。これが兜太の希《こいねが》った「アニミズム」の句境であろう。

秩父詠を二句掲げる。

夏山の一樹一樹が吐く霧ぞ　兜太
おおかみに螢が一つ付いていた

〈夏山〉は初学一九三八年の作。〈おおかみ〉は代表作。秩父から出て、秩父に還《かえ》る。秩父が兜太の全てを包含したようだ。

実は、兜太が六〇歳の頃からしきりに唱えていたアニミズムを私は内心危ぶんでいた。それは一茶の「荒凡夫《あらぼんぷ》」（煩悩のまま気軽に振舞う人間＝兜太『一茶事典』）の生き方に共感することで、例えば、〈やれ打な蠅が手をすり足をする　一茶〉にある一茶と蠅との情の交流。この情が兜太のアニミズムで、これからの自句の目指すところだという。

本来のアニミズムは、一九世紀にイギリスの人類学者タイラーが『原始文化』（一八七一年）で用いたことばだ。自然界のあらゆる事物は固有の霊魂（ソウル）や精霊（スピリット）を持つと考える。人間も身体と霊魂（魂）が一体化した存在であり、ことばを用いる行為は、究極的には表現者の霊魂と対象の精霊との一体化を目指すものだと考える。

兜太は周知のように、戦後の俳句運動の旗手であった。二年半にわたる自身の西太平洋トラック島での戦場体験をぶつけた。

当然、俳句界でも社会をいかに捉えるか、論議が盛んになった。六〇年安保時代のメルクマール（指標）は、見て感じたことを詠む「花鳥諷詠」から「社会性」に変わった。そして、主体性を立てて「創る」意識を明快にした兜太の「造型俳句」論に至った。

そんな俳句運動の中でも、先頭を切る旗手から遠い〝風の戦《そよ》ぎ〟のようなものだったアニミズムは、兜太の中に変わらずあった。

兜太は一九七〇（昭和四五）年以降、俳句界が保守化していく中で、放浪俳人の山頭火や土俗の一茶の生き方に共感する。秩父に近い熊谷に居住し、日常を「定住漂泊」と称した。土の意識がよみがえる。〈**渾沌が二つに分れ天となり土となるその土がたわれは**　子規〉の〈土がた〉（土の鋳型）を、自己の終生の「自然」とみるようになる。

井月《せいげつ》の村きさらぎの蟬の殻　**静生**

「宮坂静生の句集『春の鹿』を読んでいて、この句に出あってから井上井月のことといえば、かならず思い出す」（兜太「出あいの風景」）。一九九四年、兜太七五歳。二度生きると称し、風土意識が高じていると私は感じた。

三日月がめそめそといる米の飯　**兜太**
冬眠の蝮のほかは寝息なし

二〇一五年、兜太は朝日賞を受賞する。「存在者」を銘記した挨拶に、私は感動した。「存在者とは『そのまま』で生きている人間。いわば生《なま》の人間。率直にものを言う人たち。存在者として魅力

のない者はダメだ――。これが人間観の基本です」（「朝日新聞」二〇一六年一月三〇日付）

私もその場にいて身が震えた。そのままで生きる、率直にものをいうことから、遠いところまで来てしまっていたと痛感した。戦後の社会性の論議以来、兜太がごつごつと説いてきたことがわかり、胸の閊《つか》えが下りた気がしたものだ。

その二年後、兜太九八歳。長い間会長を務めた現代俳句協会の七〇周年記念式典・祝賀会で「秩父音頭」を歌い、その三ヶ月後に他界した。

アニミズムは兜太の永遠の思慕だった。生《なま》の人間、存在者が抱え続けた、終生の矛盾であったのではないか。

［二〇二〇年八月］

上原良司の死地沖縄――わだつみのこえ 今なお

沖縄忌幼子に海しかと見せ　静生　二〇〇六年

沖縄では入道雲を立雲《たちぐも》と呼ぶ。青海原に立ち上がる夏雲に魅せられたのは、薩摩半島の知覧《ちらん》を訪ねた折であった。

私は、明治の正岡子規門の俊英俳人、松本出身の上原三川《さんせん》を研究していた。そんな関わりから、三川の孫にあたる上原良司の最期の地を確かめたいと、一九七四（昭和四九）年に知覧へ行った。

良司は一九四五（昭和二〇）年五月一一日、特攻基地の知覧を発ち、沖縄嘉手納《かでな》湾のアメリカ海軍機動部隊に突入し、いわゆる陸軍特攻隊員として鮮烈に散っていった。二二歳である。

知覧では、のちに一九八五（昭和六〇）年に陸軍航空隊の資料を展示した知覧特攻平和会館が開館するが、その当時は何もなかった。私は、雲の彼方に去った良司を思い、無性に死地沖縄の入道雲が見たくなったのである。

戦没学生の手記『きけ　わだつみのこえ』（一九八二年版、岩波文庫）には七五人、八一編が収められている。その冒頭に出るのが、南安曇郡穂高町（現安曇野市）大字有明出身、慶応義塾大学経済学部学生、上原良司の遺書である。他に「所感」が収録されているが、いわば『わだつみのこえ』の真意を代表する形だ。

遺書の文中「人間の本性に合った自然な主義を持った国の勝戦《かちいくさ》は、火を見るより明らかである」とは、自由主義国家米英の勝戦をさしているものと読める。明白な信念に基づき、情理を尽くし、全体主義国家日本の敗北を予見したような遺書に私は感銘を覚えてきた。同書の編者も同様の気持ちから冒頭に掲げたものと想像したのである。

ところが、のちに私は上原家に残る遺書の原文を見せてもらい驚いた。『わだつみのこえ』の遺書は細部を含め五ヶ所が削除されている。中でも問題になる一ヶ所は、先掲の勝戦のくだりに続き「驕れる者久しからずの例え通り、もしこの戦に米英が勝ったとしても、彼等は必ず敗れる日が来る事を知るでしょう」などがカットされている。

全体主義の日本と対比し、米英を合理的な自由主義を持った国だと認めた上で、しかし、米英も勝利の暁には、権力国家となって驕《おご》りたかぶり、敗北するに違いないという。後の世の私たちは、朝鮮やベトナムでのアメリカ、フォークランド紛争でのイギリスの姿を思いうかべることができるが、良司は自己の信念を吐露したものと思われる。

私は、上記の手記の編者による改竄《かいざん》を「戦没学徒上原良司の手記」と題し、「信濃毎日新聞」の一九八二（昭和五七）年八月一三、一四日付文化面で指摘した。そこでは、戦後占領下の連合軍への配慮があったにしても、社会情勢が変わった今日、遺書は正確な形で公刊するのが、非業の死をとげた戦没者への、生きている者の責任ではないかと記した。反響は大きかった。

戦後五〇年を機に『新版きけ　わだつみのこえ』（一九九五年版、岩波文庫）は厳密なテキスト・クリティークがなされ、冒頭には良司の遺書に代わり「所感」が掲げられ刊行されている。

ところで、ことし（二〇二〇年）は良司の死から七五年たつ。大方、第二次世界大戦の記憶も薄れつつある中で、那覇在住の俳人、渡嘉敷皓駄《とかしきこうた》が六月に出した句集『二月風廻り《ニンガチカジマーイ》』から鮮烈な敗戦記憶が蘇った。ここに沖縄人の立雲の句がある。

立雲は大和・武蔵の卒塔婆《ストゥーパ》よ　　皓駄

大胆な構図の句だ。沖縄の紺碧《こんぺき》な沖合に立つ入道雲が沈没した戦艦の卒塔婆とは、ぎりぎりの思いをぶつけている。大袈裟であるが、哀しみが深い。父を南太平洋ブーゲンビル島で亡くしている作者には大海原が墓地であろう。

戦争末期、海軍が総力を挙げ建造した一番戦艦大和はアメリカ軍機動部隊の猛攻撃により一九四五年四月七日、沖縄戦突入特攻作戦に向かったまま九州坊ノ岬沖で撃沈された。上原良司が飛び発つほぼ一ヶ月前である。二番戦艦武蔵はフィリピン中部のシブヤン海の海底に眠る。

私はしばしば盛夏の沖縄を訪ね、そのたびに雲を仰いだ。皓駄の立雲詠に出会い、その背後に、今なお海原に、あるいは空中に浮遊する、わだつみのこえが在ることを感じた。

冒頭句は、沖縄戦への思いを馳せ、海好きな子どもたちが、いつかそんな海の感触を知る日を願って掲げたのである。

［二〇二〇年九月］

「義」のない戦争を悼む──被害と加害の痛み重ね

硐山《ずりやま》に佇《た》ち夕焼のわれも硐　静生　二〇二〇年

ことし（二〇二〇年）で戦後七五年たつ。私の戦後とは何であったかを考えると、戦争が残した歴史の傷痕への見方が変わってきたことに気付く。文芸評論家の加藤典洋が『敗戦後論』で提示した『「義」のない戦争」（侵略戦争）による「死」をいかに弔い、あるいは「負の遺産」（戦争の残したもの）をいかに護持、継承するかという問題である。

いわゆる六〇年安保闘争の二年後の一九六二(昭和三七)年、浅間山麓の大日向《おおひなた》開拓地を詠んだことが、俳人としての私の出発点であった。戦後の国のあり方を問う社会運動の高揚期に学生時代を過ごし、新条約成立後の社会の保守化に戸惑った。世は社会的関心が急速に冷め、高度経済成長期、レジャーブームの時代へ変貌する。私は暗鬱《あんうつ》な気分を表現する対象を、切株が残る開拓地に求めていた。

『長野県満州開拓史』総編などによると戦前、長野県は満州開拓移民数三万一二六四人と全国でも飛び抜けて多い地域であった。中でも南佐久郡大日向村(現佐久穂町大日向)は、村のほぼ半数の二一六戸、七九六人が満州(現中国東北部)の吉林省舒蘭《じょらん》県四家房《しかぼう》に分村移民した。悲劇は一九四五年八月九日にソ連が参戦して以後、満州からの逃避行で起きた。村人の半数の三七四人が死去。帰還し、浅間山麓の新たな開拓にいのちを繋いだ入植者は六五戸、一六五人であった。

白萩や妻子自害の墓碑ばかり　　静生

「満州よりの帰途、妻子足手まといとなりて、自害さす」と前書を付す。集落の外れの墓地へ行った。入植から一五年たっても墓地は簡素で、萩が咲き満ちていた。さすがに「自害」との墓碑銘はなかったが、私の中では〈自害(自決)〉の二字が揺るがせにできないことばになっていた。俳句の出発がこの墓標詠からとは、われながら重く、暗い気持ちであった。

アジア・太平洋戦争の戦没者は日本だけで三一〇万人、うち民間人は八〇万人といわれている

（吉田裕『日本軍兵士』中公新書）。その「『義』のない戦争」の無名の犠牲者を悼《いた》む手だてはどこにあろうか。しばし私は墓碑の前に佇《たたず》み、追いつめられ自らいのちを絶った〈妻子〉のことを深く心に刻んだのである。

同じ思いはことしの夏も痛感した。私ははじめて松代大本営地下壕（長野市松代町）に入った。第二次大戦末期、一九四四（昭和一九）年一一月一一日から翌四五年の終戦の日まで、九ヶ月間に軍部が極秘裏に掘らせた、全長一〇キロ余の巨大な防戦シェルターである。

この地に日本の中枢部・大本営、政府各省庁、日本放送協会、中央電話局などを移す計画。何よりも国体護持のために天皇御座所《おましどころ》および三種の神器を収める賢所の造営が立案され、およそ七五パーセントが終戦までに完成していたという。

これは「『義』のない戦争」の「負の遺産」の最たるものだ。かねて同地下壕を俳句に詠むことで「ねじれにねじれた」歴史の傷痕を考えたいと思っていた。

日本の第二次大戦、アジア・太平洋戦争が侵略戦争であれば、同地下壕の突貫工事に従事させられた六〇〇〇人とも七〇〇〇人ともいわれる朝鮮人労働者の心情は、加担したくもない侵略へ加担させられた「ねじれ」の気持ちであろう。

狭い象山《ぞうざん》口から入り、地下壕の五〇〇メートルのコースを歩いた。長野市が管理し公開している地下壕の一部である。照明はあるが暗い。岩盤は堅い灰白色の玢岩《ひんがん》層に削岩機で穴を開け、ダイナマイトで爆破した。茶色のもろい砂岩や凝灰岩などは鶴嘴《つるはし》で掘った。岩盤に触れる。冷たい。瞬間に亡きがらへの触感がひらめく。壕壁に「大邱《テグ》」と落書きがある。強制連行された労働者が敗戦を知り、歓喜から、故郷韓国の都市名をカンテラからの油煙で書いたものかと聞く。胸が詰まる。天井は高くて二・七メートル、幅が四メートル。ときどき滴りが落ちる。躓《つまず》く。「𥓙《ずり》」と呼ぶ砕石片が転がる。おびただしい量の𥓙はトロッコで運搬し、畚《もっこ》で担ぎ出した。かつては象山の麓に巨大な丘状の𥓙山が連なり、戦後各地の道路舗装に使われた。𥓙こそ、従事させられた労働者の血肉の塊のように私には思われた。私自身も𥓙だと自戒する気になる。

冒頭句〈𥓙山に佇ち夕焼のわれも𥓙〉は𥓙山に私を佇たせた独白である。飛躍した私の思いは、大日向開拓地に松代の地下壕を重ねていた。戦争の悲劇を被害者として悼むことは同時に、加害者としての痛みを意識することではじめて共感されるのだと気付いたのである。

［二〇二〇年一〇月］

「もののあはれ」の行方――表現主体は人から自然へ

若葉には若葉のものゝあはれかな　小林貴子　二〇一四年

深秋になると、元禄の頃、芭蕉を畏敬していた京都の俳人三上和及《みかみわぎゅう》の句が思い浮かぶ。

けふの暮《くれ》や梢の秋のとんぼさき　和及　『敝箒《やぶれほうき》』

「九月晦日《みそか》」とある。旧暦では九月晦日は秋の終わり。季節の秋を名残惜しむ気持ちが詠《うた》われる。〈とんぼさき〉がそれ。梢《こずえ》に止まったとんぼが翅《はね》を沈め、尾を上げて秋をたたえ、惜しんでいる。このような季節の哀歓、とりわけ秋の終わりを惜しむ心が「もののあはれ」と言われたことは周知である。中でも本居宣長は『源氏物語』の核心に「もののあはれ」を指摘し、日本人の知的感性の結晶だと考えた。

大野晋《すすむ》によると、源氏物語では「ものあはれ」と言った。「もの」とは、人に関してはままならない運命ぐらいの意。光源氏がわが子でない薫を抱きながら、わが子と思わざるを得ない哀《あわ》れ。季節に関しては、秋から冬への推移を捉え、心底の寂しさ、悲しさを託した重いことばである。つまり「もののあはれ」は、漠然とした季節の哀歓を言ったものではないという。宣長の真意もそこにあったと思われる。中世の兼好法師が『徒然草』で時に冗漫につづった季節感の拡散への抵抗があった。満開の花ばかりでなく落花を、満月以上に無月をたたえる兼好の隠者風な美意識を「さかしら（利口ぶり）」と宣長は批判した。

第八回星野立子賞を受賞した小林貴子句集『黄金分割』（朔出版）に、松阪の宣長居での冒頭句〈若葉には若葉のもののあはれかな〉がある。夏の若葉の輝きに大胆にも若葉の秘めた哀《かな》しみを感じ、〈もののあはれ〉を捉えた点が斬新だ。兼好法師流の「灌仏の比、祭の頃、若葉の梢涼しげに茂りゆく程こそ、世のあはれも、人の恋しさもまされ」（『徒然草』第一九段）という汎《はん》「もののあはれ」ではない。宣長流の源氏物語の本意を踏まえた知的感受性が光る。

若葉のような季節のことばを俳諧俳句では季題という。「季題の根は京都にある」（『春秋譜』）と俳人西村和子は言っている。季題にいのちを託し、風景を描く。風景は作者の身代わりのようであり、それを象徴と呼んだ。俳句は人間主体に描く象徴表現から、人や鳥、蝶、螢、花など、自然の一つ一つの存在を意識的に捉える表現に変わってきた。これは兼好法師流を継承した花鳥諷詠ではない。

京都を中心に関西圏を背景とした大石悦子の第六句集『百囀《ひやくてん》』（ふらんす堂）、西村和子の第八句集『わが桜』（角川書店）が出た。ともに花鳥を句集名に選んでいるが、俳句とは何かを追究した、最先端の試みがうかがえるのがうれしい。

画眉鳥《がびちょう》を加へ百囀とゝのひぬ　　悦子

中国南部原産で千鳥くらいの大きさという画眉鳥を私は知らないが、諸鳥《もろどり》の囀《さえずり》を光（感動）と捉えた作者の喜びが伝わる。

蝶道や蝶に噎ぶがごとく行く　　悦子

乱舞する蝶に噎《むせ》び、息がつけないほど執着する作者。

花便り待つや京にも我が桜　　和子

京都の金戒光明寺は夫の菩提寺という。寺を満たす桜は亡き人の化身、〈我が桜〉だ。

思ふままこの世かの世へ螢飛ぶ　和子

螢に陶然とする。彼此《ひし》の世の境なく螢になりきっている。表現とは常にことばとの一回の出会いである。詩人はことばとの出会いに立ち会う喜びがすべてであればこそ、何を表現するか以前に、ことば自身に光が「もの」として託されていなければならない。

現代俳句協会賞の有力候補になった堤保徳《つつみやすのり》の第二句集『姥百合《うばゆり》の実』（現代俳句協会）は、地貌季語詠のパイオニアとして令和の俳句史に画期的な道を拓《ひら》いた。地貌季語とは、京都中心の季題に象徴される季題季語体系とは異なる地域の季節のことばである。

もの思ふ木より始まる根明《ねあ》きかな　保徳

木は賢い。頭を使っている。雪解けは、橅《ぶな》や樅《もみ》などの木の根元から始まる。いち早く春が来た喜びを伝える。

稲滓火《いなしび》や未だに無頼派の尻尾　保徳

稲刈り後の田仕舞《たじま》いの火が稲滓火。船乗りになりたい、アフガニスタンで亡くなった医師・中村哲《てっ》さんの身代わりになりたい……。人生の晩秋に無頼の夢に生きるとは。

信州は〈根明き〉や〈稲滓火〉など地貌季語の宝庫である。東北も北海道も沖縄も、暮らしを支えるものの中に地貌季語がある。目覚めた俳人にとり、新たなことばとの出会いは大きな喜びに違いない。

この世で生きることの希薄さ――崩れる心とのバランスを

［二〇二〇年一一月］

宙に闇あり蟋蟀の貌出す孔　**五味真穂《ごみまほ》**　二〇〇五年

二〇二〇年九月に句集『草魂』(角川文化振興財団)を出した。私の第一三句集である。「俳句を続けてほぼ七十年、出会いがすべてであった」とあとがきに記した。傘寿ともなると、すべて一回の出会いを大事にしたい気持ちが強くなる。

二〇一八年三月、就学前の五歳の女の子が男親の虐待で死去した事件があった。真冬に火の気のない部屋に入れられ、朝四時から平仮名を覚えさせられる。怠けると食事は与えられず、風呂場で水責めに遭ったり、殴《ぶ》たれたりした。「あしたはできるようにするから」と哀願する日記が死後公表され、胸が張り裂ける思いで読んだ。

これこそ、心底からの出会いと突き動かされ、死を哀《かな》しむ回想五句を詠んだ。

真冬日の結愛《ゆあ》ゆるしてくださいゆるしてください　静生

雪んこの結愛ちゃんたれが赦すのか
ゆるしてと親を恨まず雪解星
結愛ちゃんの憶えたる字にあたたまる
結愛ちゃんの餓死草螢舞ひ立てず

母親が再婚し、父親は結愛ちゃんの実の父ではない。だが〈ゆるしてください〉と繰り返し哀願する子の純真さにはみじんの偽りもない。鬼のような親でも恨むことを知らない子の、真からの叫びを聞く耳を持たない者に代わり、誰が赦《ゆる》しを与えるのか。

結愛ちゃんの「無理強《むりじ》いの死」とでも言いたい事件により、この世を支えていた人間としてのぎりぎりのモラルが踏みにじられる。ひいては人間不信から社会不安を瀰漫《びまん》させることになる。一番こたえたのは、自分の中にも結愛ちゃんを虐待した父親のような「残酷さ」があるという気付きだった。それは、この世で生きることの希薄さに繋がる、薄ら寒い感じだ。

結愛ちゃんが覚えた字で必死に謝るノートを見て、私は無限の哀しみにくれた。私の俳句は、結愛ちゃんの哀切な叫びほどに読み手の心に届くものは一句もない。これが私の偽りのない告白である。

口語表現を自在に用い、自分の在り場所をさぐる俳人池田澄子の第七句集『此処』（朔出版）にこんな句がある。

こころ此処に在りて涼しや此処は何処　澄子

此処《ここ》は涼しく気持ちがいいが、一体私は何処《どこ》にいるのか。「儚《はかな》さ」を感じる。池田は八歳の時に父を戦争で亡くした。子ども心にその衝撃は大きく、以後この世の出会いに「儚さ」を忘れることができなくなったという。出会いは偶然であるが、必然であるはずの死も偶然と感じる空虚な思いになる。師の三橋敏雄が逝き、育ての父が死に、母や夫とも死別する。

初蝶やうっかり孵ってしまったか　澄子
茶の花垣逝きし人らの棲むような
次の世は雑木山にて芽吹きたし
猫の子の抱き方プルトニウムの捨て方

死後にやさしい木の芽へ転生することを連想しても、次の世は他にあるのではない。茶の花垣のある辺りにひっそりとあるのではないか。

六月に八八歳で逝去した俳人鍵和田《かぎわだ》秞子《ゆうこ》は、防空壕で『方丈記』を読み、この世の無常を生涯の詩想とした。鍵和田より四歳若い池田にはそれほどの頑固さはない。「儚さ」は無常とは違い、諦観が淡いだけに、不安いっぱいの感じ。それだけに鋭く、この世の曖昧さを突いている。猫の子の抱き方と放射性物質プルトニウムの廃棄の仕方が同時に気になる。ここでも結愛ちゃんの死が提示した生きることの希薄さ、薄ら寒さを思わせる。

生きる不安は社会不安ばかりではない。当たり前の自然の在り方が不安に感じられる。八ヶ岳の中腹、富士見町乙事《おっこと》に住む六〇代の俳人五味真穂が一〇月に出した句集『湛《たた》ふるもの』（朔出版）からは、自然が不安を癒やすものではないという体感としての自然の把握がある。しかも不安な自然がかえって、崩れる心とのバランスをとる上で肯定できるという熟慮が新鮮である。

早春の岩に囲まれゐる不安　　真穂
霜折や獣のにほひ不意に吾に

標高約一〇〇〇メートルの居住地辺りで芽吹きや囀《さえず》りの時季に、ものを言わない大岩に取り囲まれた閉塞《へいそく》感を不安と捉えた。

〈霜折〉とは、霜柱が立たない冬の朝をいうとも、霜の寒気のため陽気が折れてしまったともいわれる。ここは後者か。そんな日はわが身が獣臭《くさ》いという。

冒頭に掲げた句〈宙に闇あり蟋蟀の貌出す孔　真穂〉は、宙に闇が満ちる夜中に部屋の隅《すみ》辺りの孔《あな》から蟋蟀《こおろぎ》が貌《かお》を出す。不安と言わないが不安な感じがする。蟋蟀も住人も秋の夜に同化していながら、〈宙に闇あり〉は不安が日常化している。そこに現代の自然がある。

「世界の変貌」望み自死した三島――「空虚な思い」今も荒野に

［二〇二〇年一二月］

黄落《こうらく》や自死の三島が通せんぼ　静生　二〇二〇年

新型コロナウイルスが蔓延《まんえん》し、収束しそうもない。その閉塞《へいそく》感の中で迎えた二〇二〇年一一月二五日が、三島由紀夫没後五〇年であった。

一九五一（昭和二六）年、新制中学二年のときに初めて読んだ三島の小説が「煙草」（一九四六年）だった。教師に隠れ、上級生に勧められて無理して喫《の》んだ煙草《たばこ》に咽《む》せかえる描写がある。そこには、大人になる不安を自ら求める気持ちと、終戦直後の落ち着かない少年の心理をナイーブに描いた感動があった。その後、何回か同じ短編を紐解《ひもと》きながら、三島のそれ以後の作品の萌芽《ほうが》が「煙草」にある気がしていた。喫煙後の少年が抱く「漠然と醜く感じてゐたものが、忽ち美しさへと変身する」との幻覚は、三島の代表作『金閣寺』（一九五六年）のテーマではないかと思っている。

近刊の浜崎洋介著『三島由紀夫』（NHK出版）からは次のことを教えられた。「煙草」に描かれた喫煙後の眠れない夜、少年が窓外に「火の粉が優雅に舞上る遠い火事」を眺めるところがある。そこには少年の「世界の変貌」を望む思いがあったはずだというのである。

三島が死の二年前に回想した一文には、少年時代に夢見た「世界の変貌という観念こそ、少年の私には、眠りや三度三度の食事同様の必需品であり、この観念を母胎にして、私は想像力を養っていたのである」（『太陽と鉄』一九六八年）とある。大人になり切れない少年の日への拘《こだわ》りが、三島にはあったのではないか。

「世界の変貌」はならなかった。三島の敗戦の挫折感は深かった。

三島は、六〇年安保以後の対米依存による戦後の繁栄を「魂の荒廃」と批判し、「小説中央公論」に「憂国」（一九六〇年）を発表する。以後、晩年は若い同志と「楯《たて》の会」を結成するなど、世俗の直接行動を重視する。その中で、自らの戦後二五年を「空虚」（「サンケイ新聞」一九七〇年七月七日付）といい、私はほとんど「生きた」とは言えないと振り返る。その後の行動は周知である。一九七〇（昭和四五）年一一月二五日の陸上自衛隊市ヶ谷駐屯地での割腹自殺に至る一連の行動を三島流に図式化すれば、「世界の変貌」への念願を実行に移したものではないか。

私は、三島文学のいい読者ではなかった。しかし、戦後にあって三島を避けて文学は語れない。三島の死に行く手を通せんぼされた。俳句も考えられないほどには三島を意識していた。これが死の直後の実感であった。冒頭に掲げた自句〈黄落や自死の三島が通せんぼ〉は、死後五〇年たって黄落の中で、改めて三島の死を振り返った感慨である。

三島の「空虚」な思いは、最後の大作『豊饒の海』四部作（『春の雪』『奔馬』『暁の寺』『天人五衰』）に集結する。神道の一霊四魂説を敷衍《ふえん》した王朝風の恋愛小説を構想した。主人公の華族の子息松枝《まつがえ》清顕《きよあき》が、各巻でテロリストやシャムの王女にと輪廻《りんね》転生し、エンターティナーの魅力を振りまく。

ところが、アクシデントは最後の『天人五衰』の結末で起きた。三部までの順調な展開がめちゃめちゃになる。清顕の介添役、本多《ほんだ》繁邦《しげくに》が、清顕の消息を老尼に訊《たず》ねる場面である。老尼の口から「それも心々《こころごころ》ですさかい」（それも人の心の中のことですから）と呪文のように唱えられる。老尼自身、人違いであり、そんな人物は知らないという。

清顕が存在しなければ、それまでの輪廻転生の登場人物はすべて存在しなくなる。どんでん返しにより、この大作も無意味、作者三島由紀夫もいなかったことにされる。本書の結末を出版社に渡したのが、割腹自殺の朝であったという。

一一月五日に高橋睦郎から詩集『深きより——二十七の聲』（思潮社）を恵贈された。稗田阿礼《ひえだのあれ》から河竹黙阿弥《かわたけもくあみ》まで、二七人を冥界から喚《よ》び出し、身の上を語らせる。それを受け、詩人がいわば巫祝《ふしゆく》となり読者に口伝する長編詩編である。あとがきには詩人が五〇年ぶりに三島を冥界から喚び出し、いまどこで何をしているか訊ねる戦《せん》慄《りつ》のページが付く。

詩人こそ三島の死まで六年余り近しい関係にあった。ことに最晩年はかなり頻繁に会っていた。三島は「荒野」にいるという。しかし、荒野も詩人の拵《こしら》えた幻影、いうならば「心ごころ」。『豊饒の海』の老尼と同じセリフを返し、三島の幻影はすべてを「無」といって消えていくのであった。

追悼・中村哲——死者との共存の世界を捉える

［二〇二一年一月］

中村《カカ》の《・》をぢ《ムラ》さん《ド》わつさわつさと大根葉　**静生**　二〇一九年

カカ・ムラドの愛称で親しまれた中村哲《てつ》が二〇一九年一二月四日、アフガニスタンで凶弾に仆《たお》れた。同地在住三十余年、七三歳であった。

人の役に立ちたいという少年の日の決意が、「一隅を照らす（どこにいても最善を尽くす）」生涯の実践となった。戦火の地で、ハンセン病患者の治療を主体に次々と山岳無医地区に診療所を開設する。その中で大旱魃《かんばつ》に襲われると、飢餓の農民を救うためにと一六〇〇本の井戸を掘削し、地下水路（カレーズ）を復旧。さらに二七キロの灌漑《かんがい》用水路を建設し、六五万人の命を支えた。故郷である筑後川流域の山田堰の造り方と、護岸に蛇籠《じゃかご》を積む知恵が生かされた。砂漠を麦や大根がわっさわっさと茂る沃野《よくや》に変えた。

二〇一〇年一〇月三〇日、北九州国際会議場（北九州市）でペシャワール会代表の哲による講演「アフガニスタンに命の水を」（現代俳句協会主催）を聴き、感銘した時間は無限であった。

長い活動期間中、現地スタッフ五人と同僚のワーカーの死、また日本の留守宅での次男（当時一〇歳）の脳腫瘍による死と、哲にとって壮絶な日々が続いた。特にわが子へのことばには絶句する。「バカたれが。親より先に逝く不孝者があるか。見とれ、おまえの弔いはわしが命がけでやる。あの世で待っとれ」。以来、哲に私淑した。

私は、俳句表現の現在のあり方を考えている。手を差し伸べることができなかった無力な者はむしろ加害者なのではないかと、私は親が子の死を痛惜するように自分を責めた。哲の死を悼むことで、私の身代わりになってくれたのだというすまない気持ちが表現できないか。哀悼の気持ちは、そこで初めて知的な思想になって継承されるのではないかと思った。

私は、冒頭の句を含む哲への哀悼句を最新句集『草魂《くさだま》』に入れた。

糞《ス》ころがし《カラ》に惹《ベ》かれガンベリ砂漠入り　静生
雪嶺のティリチ・ミールや哲仆れ

昆虫好きだった哲は一九七八（昭和五三）年、福岡の山岳会のヒンズークッシュ遠征隊に医師として参加し、アフガニスタンと縁を結んだ。ティリチ・ミールは目指す最高峰の嶺《みね》であったが、私には畏敬する哲をシンボライズするものに思われた。


生きている者がいかに死者との共存の世界を捉えることができるか。これがつねに俳句表現の基本課題となる。哲という天性のままに生きた存在は、自然の見直しに暗示を与えてくれたばかりではない。その死を通して、戦後の「近代化」の呪縛から逃れる切っ掛けを与えてくれた。

思えば、俳句を始めたのが一九五一（昭和二六）年、新制中学二年の時であった。ことし（二〇二一年）で七〇年たつ。その間、俳句を作りながら「俳句なんか」という卑下した気持ちが長い間あった。桑原武夫が一九四六年一一月に雑誌「世界」に発表した「第二芸術──現代俳句について」を読んだ衝撃のようなものが私を呪縛したからだ。

科学精神とヒューマニズムを重視する西欧の近代こそ、後進国である日本は手本としなければならない。しかし、俳句の短詩型では近代化する現代の生活や人生を摑《つか》み切れない。これで芸術に触れたように思わせる安易な俳句は初等教育の場からしめ出せ──。

今回、改めて七五年前の桑原論を読んだ。迫力は凄《すご》い。しかし、「近代化」一点張りの散文中心の論からは、俳句がするっと抜け落ちている。抜け落ちた俳句を掲げる。

祈るべき天とおもえど天の病む　　石牟礼道子
死に化粧嫋々として山すすき

前句には「深い孤独だけを道づれに──水俣・不知火の海の犠牲者たち・時経て生者の中によみがえる」とある。後句は、道子の句集『天』の編集後記を記した穴井《あない》太《ふとし》によると、不知火の海や空に落胆した石牟礼が、大分県九重町の高原「泣きなが原」のお地蔵さんに手招きされたように、裸足《はだし》になって歩き出した折の句だという。

水俣病はいわば「科学精神とヒューマニズム」重視の近代の企業がその欺瞞を重ねた果てに生み落とした文明の罪ではないか。石牟礼の俳句は、むごい死に方の水俣病患者を忘れまいと詠い、高原のお地蔵さんの赤く塗られた頰を死に化粧と直感することで、死者との共存を保つ。

私も、中村哲が心血を注いだクナール川からの用水路護岸の蛇籠に思いを込めた。

わが死後は春の蛇籠の五郎太石　静生

東日本大震災一〇年を前に――泥の悲しみからの再生　［二〇二一年二月］

泥の底繭のごとくに嬰《やや》と母　照井《てるい》翠《みどり》　二〇一一年

二〇二一年、東日本大震災の日（三・一一）から一〇年を迎える。この間に、東北各地を訪ね、惨状を確かめ、現地の俳人と交流した。そのたびに、大震災に関し作られた作品を検証し直した。それは中から二冊、照井翠句集『龍宮』（角川書店）と高野ムツオ句集『萬の翅』（同）に触れたい。それは私自身の生き方を問い直すことでもあった。

震災当時、釜石《かまいし》高校（岩手県釜石市）の国語教師だった照井は、被災した生徒と体育館に避難していた。その三日め、「福島原発　放射能漏れ」の記事を新聞の朝刊で読み、衝撃を受けた。いたたまれなくなり、釜石港に近い自分のアパートを目指した。大震災の二年後に出した震災句集『龍宮』のあとがきには、その時の残酷で悲惨な体験が記されている。知人の家の二階に舟が突っ込み、消防車が積み重なり、グランドピアノが道を塞《ふさ》ぐなど、物体の散乱もさることながら、てらてら光る津波泥や潮の腐乱臭の中での亡骸《なきがら》の描写に、度肝を抜かれる。

「排水溝など様々な溝や穴から亡骸が引き上げられる。赤子を抱き胎児の形の母親、瓦礫から這い出ようともがく形の亡骸、木に刺さり折れ曲がった亡骸、泥人形のごとく運ばれていく亡骸、もはや人間の形を留めていない亡骸。これは夢なのか？　この世に神はいないのか？」

これは戦場以上だと呟《つぶや》き歩き回る老人の姿にも打たれるが、照井自身が「極限状況」の中で正気を保つことができたのは、加藤楸邨《しゅうそん》門下として俳句作りの鍛錬をしていたおかげだという。唐突ないい方のようだが、私は感銘した。

冒頭の句〈泥の底繭のごとくに嬰と母〉に注目する。

抱かれたまま泥に沈められた母子の亡骸は悲惨極まる。ものではない、母と子だと気付いた途端に照井自身の深部、心が絞め付けられる。それを凝視せざるを得ない苦しさ。

ぎりぎりの状況に堪えながら、照井が〈繭《まゆ》〉の比喩を用いて、俳句を作ることができたのが救いであった。泥塗《まみ》れの母子の姿を悲惨さではなく崇高だと直感する。繭は崇高さを讃《たた》える最高のことばだ。詠み手の純朴な人間性が見事に秘められている。それが読み手の共感を誘う。

照井が直面した現実は、ヴィクトール・E・フランクルが強制収容所で体験した極限の状況を思わせる。フランクルのことばを添えたい。

「人間は苦しみと向き合い、この苦しみに満ちた運命とともに全宇宙にたった一度、そしてふたつとないあり方で存在しているのだという意識にまで到達しなければならない」（『夜と霧』池田香代子訳・みすず書房）

震災一〇年後のことし（二〇二一年）一月、照井は新句集『泥天使』（コールサック社）を出した。

三・一一死者に添ひ伏す泥天使　翠

〈泥天使〉とは、大震災の死者二万に添い寝する、泥で象《かたど》った天使を想定したものか。あるいは自己の死者への思いを仮託したものか。泥こそかなしみの塊。天使は聖者。マザー・テレサのような永遠の介添人を着想した作者に敬意を表したい。

高野ムツオの世評高い句集『萬の翅』から、私は次の一句を挙げる。

泥かぶるたびに角組み光る蘆　ムツオ

〈角組《つのぐ》む蘆《あし》〉は春の季語。角のようにとがった蘆の芽が一斉に伸びる様子を指す。

私は三陸海岸や、仙台市から名取市にかけて、さらに福島の浜通りを彷徨《ほうこう》しながら、いつもこの句が頭にあった。照井と同じ泥の句だが、違いは蘆をはらんだ泥を生きものとして捉えている点である。いつか、これはみちのく再生の句ではないかと気付いた。

『古事記』の冒頭に陸地が生成する場景を描いた場面がある。地面がくらげのように浮いている時に「葦牙《あしかび》の如く萌え騰《あが》る」ように生まれた男の神さまが「阿斯訶備比古遅神《あしかびひこぢのかみ》」だという。大震災による崩壊を逆手にとり、東北の国土を、葦の名を持つ神話の神さまのように組み直そうとは、なんとスケールの大きな発想ではないか。高野が「芽吹く蘆は、我ら祖霊の姿に重なった」と自句に鑑賞を付けている点からも肯定されよう。

春光の泥ことごとく死者の声　ムツオ

悲しみの塊である泥を〈角組み光る蘆〉流に見つめ直すことで、悲しみから救われたいと願う。東北人のみんなの思いであろう。しかも、そこに俳句の勁《つよ》さがある。骨太な勇気を与える句である。

沈黙から立ち上がったことば——『東日本大震災を詠む』［二〇一五年三月］

千年に一度というような未曾有の天変地異は俳人に貴重な試練を齎《もたら》しました。人間がぎりぎりの限界状況に置かれた時、なにが最後の頼みになるか。それはことばでした。沈黙から立ち上がったことばでした。

二〇一五年、東日本大震災から四年が経過しました。わが国を代表する俳句四協会（俳人協会、国際俳句交流協会、日本伝統俳句協会、現代俳句協会）が合同会議をもち企画し、各協会が同時に募集し集めた作品を刊行するのは俳句界を挙げての初めての事業です。

大震災の二〇一一（平成二三）年から二〇一四（平成二六）年までの俳句作品を時間の経過に従い、収録した本書、『東日本大震災を詠む』（俳句四協会編・朝日新聞出版刊）は、東日本大震災に関する後世への歴史的な貴重な記録であると同時に、俳句表現史においても、詠まれた句材の着眼や表現の着想などに、自然界の大震災がどのような影響を与え、従来の俳句表現とは異なる変化が見られるのか、私には関心がありました。

死者二万餅は焼かれて膨れ出す　宮城　高野ムツオ

東日本大震災ではおよそ二万人がいのちを落としたといわれます。死者の数から震災の規模を判断し、その驚きを増幅するような概念的な思考パターンに馴らされている自分に、われながらうんざりしているときに掲句に目を留めました。作者は大震災に仙台市内で遭遇した渦中の体験者です。夥《おびただ》しい亡骸《なきがら》を目にしながら、死者二万と聞き、思考回路が断たれたような茫然とした空白な気持ちで餅が膨れる些事《さじ》を見ています。これが、いのちだけは無事であった当事者の偽らない思いではないでしょうか。

被災者は瓦礫といわず春の雪　宮城　豊田力男

私は、この一句にはっとさせられました。被災地の現場を捉えたルポルタージュに、無造作に、無機質的に必ず使われることばとして〈瓦礫《がれき》〉ほどいくたびも耳にし、目に触れることばはありません。

〈瓦礫〉とはなにごとか。私も大震災直後の陸前高田、石巻、荒浜《あらはま》を廻り、さらに近年は福島の浜街道を歩きながら、臨場感ある光景にふと呟《つぶや》いたことばでした。

被災した者には、地に転がる土塊一つが亡骸に見え、亡き人の叫びが聞こえるのではないかと、無神経な自分に目覚めさせられた思いです。〈瓦礫といわず〉は沈黙から立ち上がったことばです。そこで、次に〈瓦礫といわず〉のように、私のいのちの深みに触れた、心に響く作品のいくつかを紹介します。

◇二〇一一（平成二三）年

名札無き柩の上の梅一枝 宮城 **小野寺濱女**

春の北斗差しだす天ぞ強震ぞ 宮城 **榊原伊美**

地裂けしも天に真向ひ犬ふぐり 宮城 **中村葉**

大震災後一年め。〈名札無き柩《ひつぎ》〉に添えられた梅の一枝には、誰ともわからないたましいを大自然の懐に誘う無限のやさしさが感じられます。

地が裂ける強震では、頼るのは〈天〉以外にない。〈春の北斗〉星は天の救いであり、可憐な〈犬ふぐり〉には天に向かい必死に祈る崇高さがあります。

◇二〇一二（平成二四）年

浮いてこい海の中より母子手帳 岩手 **佐々木八千代**

復興の冬の海からピアノ上がる 福島 **大塚正路**

流燈に還れぬ魂も乗りをらむ 長野 **塩原英子**

北上川の燕となりて帰り来よ 千葉 **関千賀子**

大震災後二年め。被災地詠に、より抑制された表現が多くなり、悲しみが沈静化しています。海が攫《さら》った〈母子手帳〉への呼びかけは、そこに亡くなった母子がいたことを暗示していますし、冬の海からピアノが上がってくる光景からは、弾き手は海の藻屑《もくず》になってしまったことを連想させます。こうした不運な死者のたましいは、盆に祀られる家も家族もない。彷徨《さまよ》うたましいが、海に流れ出した流燈《りゅうとう》にひょいと乗って居るのではないか。今は亡きたましいよ、せめて故郷の北上川の燕となり帰って来よ。みちのく詠はいよいよ沈静化し、かえって、読み手のこころに響きます。

◇二〇一三（平成二五）年

死者悼む海のきわまで夕桜　兵庫　**大槻玲子**

失ったものの数だけ桜咲く　神奈川　**川島由美子**

地の底の声がこぞりて桃の花　宮城　**浪山克彦**

生ききるといふ大仕事枯どぐい　長野　**髙橋佳世子**

大震災後三年め。被災者の沈静化された悲しみの転移が詠われます。失った者への悼《いた》みは自分の心中だけでは抱えきれません。その時に自然はもっとも優しく語りかけることを感じます。家族を攫《さら》い、住処を消し去り、生きる手立ての船をどこかへ曳いていってしまった残酷な海さえも、〈春夕焼海憎しとは誰も言はず　岩咲さら〉と縋《すが》らざるを得ない。只管《ひたすら》な愛惜の思いが、身近な桜や桃の花に転移し、花はいよいよ愛しく捉えられています。残された者にとっても生きる以上に〈生ききる〉、いのちの限りよく生きることは、北国の荒野に立つ冬枯の大虎杖《おおいたどり》（どぐい）ほどに難儀なことです。

◇二〇一四（平成二六）年

相馬野馬追復興の勝鬨を　東京　**栗原かつ代**

四年目の光ひろげて田水張る　茨城　**鶴岡しげを**

月天に閖上の町がらんだう　宮城　**小久保顕**

海霧つつむ廃校あとの献花台　宮城　**近藤文子**

にんげんは海に敗れて踊るなり　宮城　**鶴岡行馬**

被災地に生きる新巻吊りにけり　岩手　**菅野トシ**

酢海鼠や有耶無耶となる陸と海　東京　**角谷昌子**

大震災後四年め。福島詠が多い。被災地の復興へ向けての格差の指摘が目立つ中で、無様でも生きる意欲を着想した句が目立ちます。からっぽの町閖上《ゆりあげ》、海霧《じり》がつつむ廃校跡の献花台、陸と海の境も有耶無耶《うやむや》。年間積算許容被曝線量二〇ミリシーベルト以上の、放射性物質が減らない暮らしに帰還せざるを得ない苦しみを抱え、四年めを迎えた田に水を張る。時期には新巻を土間に吊る。

土台ある限りは我が家泡立草　福島　**大塚正路**

私はこの句にも打たれました。〈土台ある限りは我が家〉とは被災者が罹災地に立ち我が家を見つめ、自分に呟《つぶや》き、いい聞かせる、「沈黙から立ち上がったことば」です。

詩人の和合亮一が「目の前のシュールリアリズムに打ちのめされた」といい、俳人の高野ムツオは大震災が「言葉と現実の密接な次元に引き戻してくれた」（「大震災と詩歌」「俳句」二〇一二年一二月号）と大災害から学んだ感慨を述べていることに深く共感します。

◇福島——フクシマを考える

蜃気楼原発へ行く列に礼　福島　**永瀬十悟**

盗汗かくメルトダウンの地続きに　宮城　**渡辺誠一郎**

福島第一原子力発電所の原子炉のメルトダウンによる第一号機、第三号機の爆発は東日本大震災をそれまでの大震災とは違う、第二次世界大戦の広島・長崎に類する、人災による自然への挑戦という性格を付与してしまいました。

蜃気楼《しんきろう》が立つ日に原発事故後の困難な現場へ行かざるを得ない作業員の列に、頭をさげる者はまた寝苦しい夜に寝汗（盗汗）をかき、これからの暮らしを直撃する課題に悩むことになります。〈蜃気楼〉は絶妙なことばです。大震災に引き続く原発事故第一年め、なにもわからない状況を見事に暗示したことばです。

福島の原発詠は年ごとに増え、原発事故後三年、四年と急激に関心対象になっていきます。いままでなかった放射性物質の拡散による、汚染災害への抗議をこめた社会詠が、初めて俳句表現史に登場しています。

三月やフクシマはいつ福島に　埼玉　稲葉晶子
被曝地の死馬運び出す村炎暑　北海道　鈴木八駛郎
見えぬ明日見えぬセシウム冴え返る　愛知　山田哲夫
月の雨体内被曝誰も言はず　福島　柴田郁子
防護服去年と今年の闇に在り　福岡　寺井谷子
啓蟄の穴にも消えぬ放射能　東京　田付賢一
放射性廃棄物仮置場灼けゐたり　宮城　鶴岡行馬
原発地水平線まで枯野原　福島　野崎友枝

福島を〈フクシマ〉とかな書きして被曝のかなしみを現しています。〈セシウム〉「ストロンチウム」「プルトニウム」など放射性元素名が俳句表現に用いられるのも驚きですが、記号化した〈フクシマ〉の呼称が福島に戻る日が、一日も早いことを願わずにはいられません。

原発の地は水平線まで〈枯野原〉。季語では枯野原は冬ですが、掲句は原発汚染がある限り枯野原との概歎《がいたん》句に読めます。このような俳句に出会いますと、芭蕉の命終《みょうじゅう》の〈旅に病《やん》で夢は枯野をかけ廻る　『笈日記』〉の〈枯野〉からも、生涯の概歎が籠められた荒涼たる光景が感じられます。沈黙から立ち上がったことばの一つでしょうか。

わが産土、わが風土——地貌へのこだわり

戦後世代の地貌へのこだわり――わが産土

［二〇一三年四月］

一、「風土」からの出発

「歩きながら考える」は私の好きなことばである。俳誌「岳《たけ》」三五周年（二〇一三年五月）を振り返って、ふと思い出すのは、ジャコメッティの彫刻のモデルになり続けた矢内原伊作《やないはらいさく》の上記のことばである。昭和五三（一九七八）年創刊以来、「岳」も歩きながら考えてきた。歩きながらなので、それほど深いことは考えられない。しかし、絶えず反芻《はんすう》しながら実践の中から考え方の芯に当たることを検討し続けてきた。

「地貌《ちぼう》」の探求は、「岳」創刊の当初から「風土」の探求ということばで「岳」に参加してくださった大方の俳人の目指すところであった。発足は俳誌「鷹」の信濃支部誌の形であったので、風土・信濃を意識した作品活動が主流になるのは当然であった。創刊から毎号二ページ、随筆「四季逍遙」を連載し、平成二（一九九〇）年まで一二年間、七四回お書きいただいた藤田湘子先生の大好きな風土も信濃であった。

風土俳句とはしばしば用いられる呼称である。そのような俳句があるのかは深くも考えないで、地域の山川草木や暮らしが句材になっていると広く風土俳句といわれたりする。「岳」もそのような俳句誌として出発した。

二、戦後のヒューマニズムと対峙する「地貌」の探求

しかし、私の中では「風土」から「地貌」への質的転換が当初から意識にあった。それは私自身の俳句歴と関わるので、幾分入りくんだ説明が必要になる。

風土を、世にいう風土俳句の風土では駄目だと意識したのは、いわゆる一九六〇年代、六〇年安保の前、昭和三三（一九五八）年、大学三年、二一歳の年であった。私は、第二回原水爆禁止世界大会の信越地域の学生代表として松本市民からのカンパを受けて上京した。長野県団長は民社党の代議士小沢貞孝。在京の全学連委員長は香山《こうやま》健一、副委員長が高校で一年先輩の中嶋嶺雄、私は自らいうも憚《はばか》られるが正義漢の真面目だけがとりえの学生。ラジカルでもなんでもなかった。

東京・砂川《すながわ》へ赴き、ガーンと衝撃を受けた。天神様の社《やしろ》の近く、立川基地反対闘争の最前線で、鬼婆のように髪の毛を振り乱して有刺鉄線を揺すって慟哭《どうこく》している女たちの姿があった。基地拡張のためにわが先祖伝来の地を奪われる悔しさをあらわに、砂塗《まみ》れの猪《いのしし》のようにわめくすさまじさ。日蓮宗の僧侶が力まかせに叩く団扇太鼓が照りつける八月の太陽の炎熱を煽《あお》る。

人間を護れ、ヒューマニズムの危機が叫ばれる。二年後の六〇年安保の時代に大学を卒業した私は、家族社会学を学んだ樺《かんば》俊雄先生のお嬢さん、美智子さんがデモ隊の渦中で死去する事件に再び衝撃を受けた。死者の存在を意識することはそれまで皆無であった。戦後社会は戦時中の夥《おびただ》しい死者、広島・長崎の原爆の死者、沖縄戦や戦場で亡くなった者の犠牲の上に成り立っているはずであった。しかし、生きることが精一杯の戦後からは、死者の存在がすっかり忘れられていた。少なくとも私の中では、いま生きることだけが意識にあった。

ヒューマニズムの危機は生者のために叫ばれている。ヒューマニズムには死者の影は存在しなかった。そこへ樺さんの死は、一気に時代の暗部を明らかにした。私の中で時代の捉《とら》え方、風土への考え方が変わったのは確かにあの安保闘争最中からのように思う。

この時まで、時代社会は俳句から最も遠かった。その中でも俳句を作り続けていたのは、私が愚直だからだと思う。一度始めたことは放棄しない。とことん付き合う。この不器用さから、昭和二六（一九五一）年、新制中学二年の時に知った俳句を一〇年近く作り続けていたのである。砂川の基地反対闘争の現場に立ちながら、この現実を俳句でどう捉えるのがいいか、いつも意識にあった。しかし、意識は尖鋭でも、素朴な写生の手法では、現実に歯が立たない。いま俳句を作る意味はなにか。思いばかりが先走り、苦しかった。

安保闘争の翌年、昭和三六（一九六一）年頃、金子兜太が「造型俳句」の走りのような「本格俳句」（「俳句研究」昭和三一年二月）を論じた一文に出会った。俳句は自然的・社会的存在としての主体の意識活動として構造的に造型するものとするという。私が、おぼろげながら、新しい風土への切り込みに刺激を受けた考え方であった。と同時に、もしや俳句は基地反対闘争やデモ行進などを詠《うた》うものではなく、もっと自然や社会の根っ子に当たるところ、死者も生者もともに存在する、どろどろしている暗部を捉えるものではないか。いくら基地反対と叫んだりデモを詠っても、本当に人は感動するだろうか。自然や社会の根っ子に当たるところを詠うのが、新しい風土詠なんだと気付いたのである。

風土は山川草木や暮らしを句材として、素朴に詠えばいいというものではない。風土俳句の一般的な風土ではなく、かけがえのない大地に生きる者の、いま生きている、生かされている個の叫びとして風土を摑《つか》みたい。この時はまだ、私は「地貌」ということばに思い至っていなかったが、六〇年安保のヒューマニズムに対峙《たいじ》しながら、さらにそれを乗り超える視点、「生者も死者もともに存在する風土の根っ子への模索」に一筋の光を見出していた。

三、「風土」から「地貌」へ

昭和三五（一九六〇）年は戦後の最も大きな転換点であった。私は、初めて佐久《さく》の地へ赴任した。中山道の旧小田井宿にあった農業高校の分校勤めに欣喜雀躍《きんきじやくやく》した。午前中授業をし、午後は近在を歩き回るのである。岩波新書の『農村は変わる』（並木正吉）をテキストに授業をし、豚の多頭飼育を生徒に教わる。ガーデントラクターの免許を取得し、普通車まで乗れる試験に挑戦。翌年、小諸《こもろ》へ移った私は、浅間根腰《あさまねごし》の大日向《おおひなた》開拓地へ入った。満蒙《まんもう》開拓団の哀史に満ちた村である。「この拓地は、戦前南佐久郡大日向一村が満州へ移民し、戦後帰国。住む地なくやむなく浅間山麓に居を定めたもの」と長い前書をつけ、こんな句を詠んだ。

乳搾る秋冷の地に祈るごと　　静生
白萩や妻子自害の墓碑ばかり

ことに後者の句には「満州よりの帰途、妻子足手まといとなりて、自害さす」と前註を付けた。風土俳句の風土とは違うぞという意識が私の中にあったのである。あえていうならば、満州の地で犠牲になった死者あってこそ、いま生きている者がいる、こんな気持ちを詠いたかった。

私が「地貌論――季語のいのち」を初めて書いたのは、昭和六二（一九八七）年一月号の「俳句研究」誌上である。そこで、大正期の前田普羅《まえだふら》と原石鼎《はらせきてい》を「地貌」という見方で評価し直している。

「地形は風をさへぎり水を阻み、風を呼び水を招き、そこに各独自の理想を有する地形が出来上って居た、一つ一つの地塊が異る如く、地貌の性格も又異ならざるを得なかった。空の色も野山の花も色をたがへざるを得ない。謂《い》はんやそれらの間に抱かれたる人生には、地貌の母の性格による、独自のものを有せざるを得ないのである。」（前田普羅・句集『春寒浅間山《しゅんかん》』増訂版・序）

美しい普羅の文章を引き、さらに私は「俳句は地貌にもとづいて生み出されるものと考える普羅にとり、裏日本の雪で育まれた俳句と表日本の明るさがもたらした俳句を、一枚の紙に無造作に並べることなどは、堪え難いことになる。『春寒浅間山』『飛驒紬』『能登蒼し』と、その生まれた地貌別に句集をまとめ、これら以前の作も、さらに、以後の作もこの理念によって区分したいと念願したのである」と書いた。

地貌は地貌が生んだことばに集約されると気付いたことには、私の戦後体験が関わっている。戦後のヒューマニズムをさらに包含する視点、生者も死者もともに生きているのは地貌のことばではないかと考えたのである。生者はともかく、死者と繋がるのは死者も生きて用いてきたことばを蘇《よみがえ》らせることではないか。ことばには言霊《ことだま》が籠っているという古人の思想は、時代を透視する強烈な信仰だ。

田祭や深き茶碗にあづき飯　前田普羅

奥能登《おくのと》では田の神祭は三月五日。あずき飯を炊き、これから始まる農作業の無事を祈り、豊作を祈念する。「あえのこと」と呼ぶ。この一語により、生者と死者との共同体が呼び覚まされる思いがある。

季節を大事にするこの列島の人々にとり、まず「地貌季語」を発掘することが戦後のヒューマニズムを超えて深い伝統を覚まし、新しい世紀を拓《ひら》く一つの鍵になると考えたのである。「岳」三五周年の記念特集では地貌をもっと具体化した「産土《うぶすな》」という視点から考えを立ち上げている。これからも「地貌」を探求する課題は継続していきたい。三・一一以後の表現活動を考える上において、昭和戦後への反省と合わせて、生者と死者とともに生きる「地貌」を探求する視点こそ、歴史を形成する本質的な命題と考えているのである。

［二〇一〇年三月］

季語から知る日本風土の多様性

門松《かどまつ》を飾る正月一五日までを〈松の内〉といいます。それに対して東北の岩手県胆沢《いさわ》郡では睦月《むつき》一五日から晦日《みそか》までを〈花の内〉といいました。花とは稲《いね》の花に見立てた餅花、田の神を迎える依《より》代《しろ》の削り花《けずりばな》などの「花」を指します。それらを庭の雪に飾り立てて置くのが〈花の内〉です。

花といえば、古く桜の花は稲の花の象徴と見られ、花見は稲作の豊穣を願う予祝《よしゅく》の行事であったといいます。その桜の咲くころ降る雪を、新潟県東蒲原《ひがしかんばら》郡地域では〈桜隠《さくらかく》し〉と呼びました。旧暦三月に降る春の雪です。同県魚沼《うおぬま》地域での〈蛙《かえる》の目隠し〉〈雁《かり》の目隠し〉も冬眠から覚めた蛙や帰る雁を驚かす、春の雪への人為を超えた力を暗示したいい方です。

日本文化の美意識の集約として親しまれている季語《きご》（季題《きだい》）体系の骨格は、およそ一〇〇〇年ごろに歌語《かご》がもとになって成立したものと見られています。歌語は主として京都・近畿圏に居住する平安貴族が和歌を詠むための季節の題目から生まれたことばでした。ですから北海道、東北地域や南九州、沖縄地域など京都・近畿圏の文化圏から遠く離れた地域の自然、風土現象の多様性などはその視野には入っていません。後に幕府が江戸に開かれ、俳諧が盛んになり、さらに明治になって東京が文化の拠点になっても、北緯三四〜三五度の京都・近畿圏中心の季語体系には大きな変化はありませんでした（山本健吉「歳時記の歴史と季題・季語」『最新俳句歳時記・新年』文藝春秋・一九七一年）。

私は日本文化の多重構造を考える上から、「地貌《ちぼう》」を重視する考えを明らかにしました。地貌とは地理学で土地の形態を問う用語ですが、私は風土に展開される季節の推移や自然の現象、それに基づく生活、文化まで包含することばとして広く用いています。そして、地貌季語という、従来の季語体系には入り得なかった地域の多様な動植物や季節現象、文化形態を拾い上げました。ここでその一部をご紹介しましょう。

可惜夜《あたらよ》の桜かくしとなりにけり　齊藤美規

〈可惜夜〉は惜しむべき夜。春夜に雪に見舞われた無念さを表現した手厚い風土・糸魚川の作です。雪に関する地貌季語は東北から北陸、中部地域に多く見られます。山形県の米沢《よねざわ》盆地や庄内《しょうない》平野では雪が来る前触れに小さな蜘蛛《くも》が糸を放ち空中を浮遊します。これを〈雪迎《ゆきむかえ》〉と呼びます。

雪迎へいたるところに山の闇　馬場移山子

初冬の夕方でしょうか。空中に光る蜘蛛の糸と黄昏《たそがれ》の山谷の暗さとの対比に、雪を迎える前の気忙しさと幽《かす》かなはなやぎが感じられます。作者は会津俳句連盟代表です。

雪の深さを〈一里一尺《いちりいっしゃく》〉と称す北信濃《しなの》のことばが懐かしく思い出されます。北へ一里（四キロ）進むごとに積雪量が一尺（三〇センチ）深くなるといいます。小林一茶が〈**是がまあつひの栖《すみか》か雪五尺**〉と詠んだ柏原《かしわばら》（黒姫高原）から上越市にかけては今でも豪雪に見舞われています。

雪国の春は雪解けから。山毛欅《ぶな》や春楡《はるにれ》の根元に積もっていた雪が丸くドーナツ型に溶け始め、地面がぽっかりと見えます。木が水を吸い上げる音が聞こえるようです。北陸や信州では〈木《き》の根明《ねあ》く〉、北海道や東北では〈根開《ねびら》き〉と呼びます。諏訪の作者の句を紹介しましょう。

木の根明くなり草の根も明きにけり　宮坂やよい

深山の木の根が明《あ》き、続いて野の草の根も明くといいます。春は山から野へ駆け足で及びます。

沖縄の旧暦三月が〈うりずん〉。今の三月末から穀雨《こくう》（四月二〇日ごろ）にかけての時期を指します。秋冬の乾季が過ぎ、降雨によって地が潤うことを「うり〜」というそうです。そのころ吹く南風《はえ》が〈うりずん南風《べー》〉。麦が穂を出し、一期作の稲が育ち、大地にいのちが躍動します。

うりずんのたてがみ青く青く梳《す》く　岸本マチ子

沖縄のみどりに潤う山海を喩えたものでしょうか。作者は那覇在住。季節は初夏〈若夏《わかなち》〉へと続きます。〈立《た》ち雲《ぐも》〉は沖縄の入道雲。そそり立つ真夏の雲のイメージが鮮やかです。夜明け前の立ち雲は豊年の約束、娘たちの舞は豊年の予祝と琉歌に歌われます。沖縄は長寿県。旧暦九月七日に行う九七歳の祝いが〈風車祝《カジマヤー》〉です。老人に風車を持たせて墓地まで歩き、生まれ変わって帰ってくるのです。縄文時代以来、死は生まれ変わるために用意された儀式という伝承が生きています。真夏の日盛り三時までを〈日の辻〉と呼ぶ大阪府南河内《みなみかわち》の方言も心地よく響きます。外出しようものなら、「日の辻やで、やめときなはれ」と戒められます。昼寝をすることを「日の辻をする」とか。

土瓶割りの横面はつてやりたかり　阿波野青畝

〈土瓶割《どびんわ》り〉とは尺取虫《しゃくとりむし》の別称。富山県氷見《ひみ》市や兵庫県揖保《いぼ》郡などに方言として残っています。桑に付く尺取りの幼虫は枝に見えます。野良仕事のお百姓が枝と間違え、土瓶を掛けて割ってしまうというのが方言の由来です。

夏前の八十八夜ごろから三週間ほどが茶摘み時。静岡では〈青味返《あおみがえ》り〉ということばを知りました。新茶が出廻る初夏は、去年の古茶が色と香りを取り戻します。〈青味返り〉とは何と含蓄《がんちく》がある表現でしょうか。茶所静岡ならではの地貌季語です。

こうして各地の地貌季語を集めてみると、同じ現象や動植物でも違う呼び名や方言があることに、各地の自然の個性、文化の個性の豊かさを強く感じます。草木や虫、それを取り巻く生活、今なお地域に残る行事や習慣、しきたりなどをその土地のことばで表現するとき、ことばはその土地の「貌《かお》」となります。郷土への愛着や産土《うぶすな》の山川草木への愛情にあふれた小さな感動が、ことばに満ち、地域の人々がそのことばを用いるとき、歓びや生き甲斐をも感じているように思うのです。この多様な地貌の表現こそ、日本各地に拡がりを持つ風土への愛であり、多様な風土からの恩恵といえるでしょう。

［二〇一三年三月］

荒地の橋

二月が来ると熱海のMOA美術館にある「紅白梅図屏風」（尾形光琳《おがたこうりん》）に惹かれ、しばしばその前に佇《たたず》む。

まず屏風の中央を占める巨大な水流に圧倒される。濁流が渦巻きながら屏風の前に立つ者を巻き込む勢いで迫る。その水の色は底知れない暗さだ。ただの濁《にご》りではない。怨念《おんねん》が渦巻き、ますます増長するような捌《は》け口がない怖ささえ感じさせる。

水流を挟んで白梅《はくばい》が向かって左に、紅梅《こうばい》が右に、二曲一双の屏風を彩る。紅白梅図と呼ばれる通り、紅梅白梅の老木を描いたものには違いない。が、光琳が描きたかったのは濁流ではなかったかとの妄想に捉われるのである。

左の白梅は苔むした老幹の根が見えるだけだ。肝心の太幹は描かれないで、蜘蛛手のような枝が花を鏤《ちりば》めて濁流の上に伸びている。右の紅梅はまさに老練な傀儡《くぐつし》師の出立《いでた》ちのようだ。前足をぐいと出し、後足を引き、身をくねらせるのは道化のさま。紅梅が可笑《おか》しさを掻き立てる。しかしこれは明るい可笑しさではない。むしろ奇怪に近い。じっと見詰めると、老幹から出た枝に付く紅梅は身の毛立つほどの妖艶さがある。こんな紅梅が世にあるものかと惹かれてきたのである。

偶々《たまたま》昨年、平成二四（二〇一二）年春、京都の下鴨《しもがも》神社の糺《ただす》の森で、光琳が紅白梅図屏風を描くモデルにしたと掲示がある紅梅「光琳の梅」の前に立った。御手洗川《みたらしがわ》が近くを流れ、老木は真紅の花を精一杯鏤めていた。紅梅は千年にわたる都人の歓喜と辛苦がその花弁に滲《にじ》んでいるなどと呟《つぶや》きながら、じっと見詰める。が、光琳の描いた紅梅に魅せられてしまった者には、この糺の森の自然な紅梅が物足りないのである。光琳の紅梅こそ王城の地京都に相応《ふさわ》しいと思いながら。

過日、私は飯島晴子《いいじまはるこ》の紅梅の句を考えていた。そのときにふと、光琳の紅白梅図屏風に思いが及んだのである。


紅梅であつたかもしれぬ荒地の橋　**飯島晴子**　『朱田』

昭和四七（一九七二）年作。関東の、足尾《あしお》銅山の鉱毒で壊滅した旧谷中《やなか》村周辺を歩いての句という。作者飯島晴子とは三〇年近く同じ俳誌で切磋琢磨し、最も敬愛してきた先輩俳人であった。大正一〇（一九二一）年京都生まれ。父は長くニューヨーク在住の商社員、母は西陣織元の娘。「朝オートミール、昼切干大根の日常は、私の人間形成に案外大きくひびいているのではないか」（「鷹」昭和五六年八月）と自伝風に幼時を語った一文がある。

俳人飯島晴子を紅梅に擬《ぎ》して意識しながら、紛《まぎ》れもなく飯島の中には都人《みやこびと》の血が流れているに違いないと思う。しかし、それは光琳の紅梅ではないが、いささか複雑な紅梅の様相である。掲句の〈荒地《あれち》の橋〉に注目したい。

荒れ放題の旧谷中村を歩いた。そこに橋が架かっていた。見る影もない荒廃した橋を渡ったときにふと、もしかしたらこの橋の、欄干《らんかん》に、橋板に、橋桁《はしげた》になっている、この材が紅梅だったんじゃないかと思った。かつて鉱山として栄え、殷賑《いんしん》を極めた豪家の庭先に、春になると美しい花を咲かせた紅梅が、世の変転の果てに切られ、橋に変わったのではないか。

それは、一句の主人公が荒地の橋を渡って、紅梅であったかもしれないと橋に対して思ったと同時に、荒廃を極め、見るも哀れな、この橋自身が幻想のように抱いていた、ささやかな矜持《きょうじ》であるかもしれない。作者はこのように一句を造型したと私は解したのである。

長く王城の地の美しさを象徴する紅梅を、日常の卑近な橋に変える想像力。そこには橋に対する飯島晴子の熟慮の直観とでもいうような鋭さがある。それも京都から遠く離れた、田中正造《しょうぞう》が身命を賭した旧谷中村の蕪地《あれち》の橋という構想には、作者の歩きながら考えた自己変革の思いがあったであろう。

モームが、出来事から出来事までの間をなんでもなく繋げる個所を小説の橋だといっていたが、橋とは目立たない、ごく平凡なものだけに、生活力をもったことばである。集落から集落を繋ぐ。橋があるおかげなどと普段あまり考えないが、橋からの恩恵は計り知れない。

私は橋というと保田與重郎《やすだよじゅうろう》の『日本の橋』を思い出す。小田原陣に豊臣秀吉に従い出陣し、戦没した一八歳の青年の三三回忌供養に、その母が東海道筋、名古屋熱田《あつた》を流れる精進川《しょうじんがわ》に裁断橋《さいだんばし》を架け、その欄干の擬宝珠《ぎぼし》に「ほりをきん助」と子の名を秘かに刻む。母の身には哀しみのあまりの行為であるが、わが子は橋となり多くの人のためになっているんだと、この書付けを見る人が供養してくださる。それが何よりの救いだという。橋に対しての思いを深くする。

私は地域を考える手掛かりに「地貌」ということばを用いている。あまり聞き慣れないことばであるが、地理学で、地形が陸か島か、地表が平坦か斜面かなど、土地の形態を問う用語である。これを、その上で展開される季節の推移やそれに基づく生活や文化まで包含することばとして広く用いたのは、昭和二〇年代早々に前田普羅《ふら》がいる。普羅は「自然を愛すると謂《い》ふ以前にまづ地貌を愛すると謂はねばならなかつた」(句集『春寒浅間山《しゅんかん》』増訂版・序・靖文社・昭和二一年)といっている。ひとは地貌を母として独自な性格が形成されるという。私の使う地貌も普羅からの援用《えんよう》である。

地貌といえば、なぜ「風土」ということばを用いないかと疑問視されよう。風土というと、和辻哲郎の『風土』が知られる。そこには「人間学的考察」とサブタイトルが付く。つまり、人間学という人間中心の観点から風土を捉えるという。風土への見方は和辻流ばかりではないが、やはり、名著『風土』の影響は大きい。極論であるが、ヒューマニズムを根底に据えた西洋的観点から風土を捉えることに、私はある狭さを感じる。人間学という枠を払った形で風土を捉えることができないか。そこで、地貌に行き着いたのである。

前記の飯島晴子の句〈紅梅であつたかもしれぬ荒地の橋〉には地貌的着眼が鮮烈である。そこには京都生まれ、京都育ちという飯島自身の出自への紅梅に託した省察があろう。飯島晴子に感動するのもその点である。

飯島の都鄙《とひ》の地貌への新たな架橋《かけはし》〈荒地の橋〉から私が連想したのは沖縄である。何回かの沖縄行で地質学者でもある沖縄の俳人神谷《かみや》石峰《せきほう》から句集を貰った。その中にこんな句がある。

天皇の國にはあらず飯匙倩《はぶ》の国　神谷石峰　『台風眼』（文學の森・二〇一一年）

いささか衝撃を与えられた。が、紛れなく沖縄人の句である。ここ沖縄は大和人《ヤマトンチユー》の国ではなく、島の人口の三倍もいるというハブ（飯匙倩）が古来統治する国だという。

沖縄が大和とかかわるのは、一七世紀初頭、慶長一四（一六〇九）年、島津が琉球へ侵攻したときである。明治維新を経て琉球藩となり、明治一二（一八七九）年に沖縄県が誕生する。戦後はアメリカ軍占領下に置かれ、昭和四七（一九七二）年沖縄返還、本土復帰まで日本に施政権はなかった。しかも、第二次世界大戦中、日本での唯一地上戦が交された地である。

私は沖縄人が〈立《た》ち雲《ぐも》〉と呼ぶ真夏の雲の峰を見たいと願った。本土での入道雲の呼び名もおもしろいが、立ち雲は端的で必死、そのものずばり。真青な珊瑚礁の水平線から立ち上がる。豊年の予兆といい、琉歌や島唄に詠われてきた。

昨年、平成二四（二〇一二）年、沖縄での三日間、見て歩いた。中でも糸満《いとまん》の摩文仁《まぶに》の海に立つ真白い雲を忘れない。空に閊《つか》えて曲がることなどない。雲量豊かに堂々と聳《そび》えている。夜に入ると、月光に照らされ、昼とは異なりしんしんと輝く。

沖縄戦最後の激戦地・摩文仁には、今でもその年に発掘され明らかになった沖縄戦での戦没者名が毎年碑に刻まれる。二四万一一六七名が平成二四年六月末の数。沖縄人の犠牲者はほぼこの半数といわれる。未だに沖縄戦は終結を迎えていない。

立ち雲は、琉球王朝の盛衰も苛烈な今次大戦から軍事基地の島の今日まで、すべてを見尽くして聳えている。

私は各地の地貌を訪ね、〈立ち雲〉のような地域特有なことばを「地貌季語」と称し発掘している。沖縄のような亜熱帯気候の地域はとくにそれが必要になる。

南北に長い日本列島は季節が等分ではない。ところが、市販され手に入る俳句歳時記は主に京都を中心に近畿地域の歌語から生まれた季節のことばを集めたもの。四季がほぼ等分に循環するのは北緯三〇度（鹿児島県の屋久島と中之島の間）と四〇度（秋田県の男鹿《おが》半島と岩手県境の八幡平《はちまんたい》をむすぶ緯度）の間の地域である。北の青森や北海道、南の沖縄以南などの地域は独自な季語体系を構築せざるを得ない。

稲ささぐ節《ふし》の祭《まつり》の五穀持ち　**玉城一香**　『熱帯夜』

生きぬいて生かされて母風車祝《カジマヤー》　**大城富子**　『沖縄俳句歳時記』

前者は〈節祭《ふしのまつり》〉あるいは〈シツィ〉と呼ぶ、一年の節目に当たる大晦日《おおみそか》から正月を意味する祭日。我々本土の暦では一二月三一日から翌一月一日がそれに当たるが、西表島《いりおもてじま》の祖納《そのう》、干立《ほだて》などでは古くは秋の収穫後、旧暦八、九月の己亥《つちのとい》、庚子《かのえね》、辛丑《かのとうし》に当たる三日間がそれ。新しい年の神マユンガナシを海の彼方から迎え収穫の感謝を捧げる沖縄独自の暦に従う正月行事がある。これは驚きだ。古代の日本のように北京暦を入れ律令を制定した「大唐国の植民地」（西郷信綱『日本古代文学史』）ではない。〈天皇の國〉ではなく地貌の神ニライ・カナイを敬い築く自分たちの国であった。

後者は〈風車祝《カジマヤー》〉。旧暦九月七日、九七歳の祝に本人に風車を持たせ村内の七つの辻、七つの橋を渡って墓地までパレードをする。長寿を祝う死の儀式を挙げ、生まれ変わって戻る。ここでは死は暗くはない。死は生まれ変わるために用意された儀式という、古くからの沖縄の伝承が生きているのではないか。

沖縄の亀甲墓《かめこうばか》をいくつか見た。名付けは甲羅干しの亀の形からという。俗に、女性が仰向けに腹部を上にした姿とも。お骨を納めるところが陰部に当たる。ということは、死は出産した母胎へ再び戻り、父母未生以前の世界へ遡《さかのぼ》ることなのである。

生と死は断絶ではない。孤独ではない。いつかまた誕生するまで束の間の休眠であろうか。風車祝の明るさが思われる。

海霧《じり》の発見

劇団民藝の公演『海霧《うみぎり》』（原作：原田康子・脚本：小池倫代・演出：丹野郁子）を平成二〇（二〇〇八）年一二月一九日に東京日本橋の三越劇場で観た。釧路《くしろ》の平井商店の女主人公さよを樫山文枝が演じている。明治・大正・昭和を生きた女性の物語であるが、大きなテーマは、さよが最後に釧路埠頭に佇《た》ちつぶやく「釧路の霧こそすべてのことを承知だ」との文句であろう。

霧に始まり霧に終わる。釧路では海霧を「じり」という。風土を海霧の一点で捉え、さよ・りつ・千鶴と女三代をそれぞれ演じる女優がいのちを張り合う。この世の営みを海霧に融け込ませた物語が胸をうった。亭主の女性関係や義弟の闖入《ちんにゅう》など一家の騒動一切に女主人公さよは堪え、受け入れ、ことば数は少なく、しかし芯は逞《たくま》しく、一本の大木のように存在する。その見事な演技が評価され、樫山文枝はこのたび紀伊國屋演劇賞（個人賞）を受賞された。

私は、霧がかかる舞台の袖で観ながら、絶えず俳句のことを考えていた。

たまたま同時期に読んでいた『言霊《ことだま》』（石牟礼道子《いしむれみちこ》・多田富雄《ただとみお》往復書簡）の中で、多田富雄が水俣《みなまた》を描いた石牟礼の『苦海浄土』などを指し、次のようなことを書いている。『海霧』の舞台に重ねて私が共感していた文句である。

「石牟礼文学が、不知火《しらぬい》の海の匂い濃い地方文学であるまさにその故に、普遍性を獲得した世界文学になっているのは、こういう環境で物を書いているからだろうと思いました。」

［二〇〇九年三月］

私は「地貌」を捉えることに俳句の使命があると提唱している。『海霧』の舞台も不知火の『苦海浄土』も徹底した「地貌」を描いた文学である。原田康子は北海道の地貌に、石牟礼道子は熊本の地貌に身を沈めて、その地を描いたことで、多くの人々の共感を得たのである。

俳句は小説のような自由な表現形式をとる散文と異なり、十七音字の短詩型なので、地貌を摑《つか》みにくいという一面があった。そこで、俳句（当初は発句《ほっく》と称した）の発祥地・京都の地貌を捉えるために、俳句に詠み込む季語を京都らしく用いるような約束が提唱されたのである。それを「本意《ほんい》」とか「本情《ほんじょう》」という。

連歌師里村紹巴《さとむらじょうは》が『至宝抄《しほうしょう》』（寛永四［一六二七］年）を書いて都に憧れていた太閤秀吉に献上した。そこには、例えば、春になって大風や大雨があっても、〈春風〉も〈春雨〉もものの静かなものとして詠う。夏の〈時鳥《ほととぎす》〉はときに喧《かしま》しいほど啼《な》いても、珍しく聞いた驚きや待ちかねる期待感を詠う。いつも眼に触れる〈月〉や〈露〉も秋には一際鮮やかで、深くふんだんにあり、しんみりする。冬の〈雪〉も吉野辺りは大雪でも、都では初雪に見舞われた出会いの悦びを詠う。

このように季語の用い方を都人の感性にふさわしく限定すれば、短詩型の俳句でも京都の地貌は摑みやすいと考えたのである。都が京都から鎌倉に移り、さらに江戸と変わる。芭蕉が住居を江戸に移せば、当然〈猫の恋〉や〈土用干《どようぼし》〉や〈雪まろげ〉など江戸の地貌の特徴を捉えた季語を見つけ、俳句が詠まれる。そこで初めて京都とは異なった江戸の地貌が注目され出したのである。引き続いて江戸が東京と変われば東京の地貌が詠われる。

ところで、北海道の〈海霧《じり》〉が夏の季語として注目されたのは近年のことである。昭和三九（一九六四）年八月刊の『図説俳句大歳時記・夏』（角川書店）に、〈夏の霧〉とは別に〈海霧（じり）〉が載る。画期的なことであった。オホーツク海などからの寒流に南からの湿気を含んだ暖かい風が吹き込むことで夏に発生する移動性の濃霧をいうとある。以前は秋の霧の項の「参考」に「北海道の東海岸によく生じ、ガスと称されて居る。此の種の霧は航海者を悩ます事が多い。」（『俳諧歳時記・秋』（改造社・昭和八［一九三三］年九月刊）とあったのである。〈海霧〉の例句を掲げる。

海霧冷えの巖ことごとく波に侍《じ》す　　藤木倶子
海霧通ふらし納屋口の手暗がり　　村上しゆら
海霧に住みいつしか妻の睫濃し　　源鬼彦

海霧が北海道や三陸海岸の地貌季語として用いられることで、そこに関心を抱く人に知られていく。普遍性とは多田富雄がいうように、その地貌の特殊性とともにあることなのだ。多くの人に判って貰えないではないかという発想は、四百年の京都文化が創り出した中央志向の幻想である。「たとひ田舎にてするとも心を都にして」（『三冊子』）との幻想は、怖ろしいほど我々の骨身に沁み込んでいる。長い間、霧は秋のものと信じて疑わなかった。したがって北海道や三陸海岸の海霧が夏に多くても、実景よりも幻想を信じ、俳句は中央志向の共同幻想を詠うものと暗黙の了解を信じていたのではないか。

俳句は地貌を詠う〈海霧〉の発見にこそ、つねに拓《ひら》かれた未来があるといえよう。

金子みすゞ忌と鯨墓

［二〇一六年五月］

金子みすゞのふるさと・山口県仙崎《せんざき》は海の果てを思い浮かべるに相応《ふさわ》しい港町だ。本州の西の端、中国山地が終わる日本海に面した地で、青海島《おおみじま》を頭に据えた穏やかな内海に港がある。今はみすゞ通りと名付けられた街中を歩いて港に出ると、そこに「海外引揚げ上陸跡地」との碑が建っている。昭和二〇（一九四五）年九月二日、興安丸《こうあんまる》（七〇七九トン）が七〇〇〇人の大陸からの引揚げ者を乗せて初めて日本本土に着いた地が仙崎である。昭和二一年末までに四一万人の人々を受け入れ、ここから三四万人の朝鮮の人たちを京城《けいじょう》（現ソウル）へ送還している。

かねてから私は金子みすゞのふるさと仙崎とはどんなところか気にかかっていた。それはみすゞの詩「海へ」を読んでしずかに深い衝撃を受けていたからだ。この海はみすゞが育った仙崎の海に違いないという思い込みがあった。

平成二八（二〇一六）年三月半ば、第一五回長門・金子みすゞ顕彰全国俳句大会に出席かたがた、厚狭《あさ》から美祢《みね》線に揺られ仙崎に着き、さらに青海島を廻った。

金子みすゞ（本名テル）は明治三六（一九〇三）年四月一一日、山口県大津郡仙崎（現長門市仙崎）に生まれ、昭和五（一九三〇）年三月一〇日、下関市で自死。享年満二六。みすゞの詩（童謡と呼ばれているが、子どもにも大人にも理解される詩なので私はここでは詩と呼ぶ）を世に紹介した矢崎節夫が書いた伝記『みんなを好きに――金子みすゞ物語』の年譜によると、みすゞは仙崎の大津高等女学校卒業後、二〇歳になる大正一二（一九二三）年四月に仙崎から下関へ移住する。そこでは再婚した母が幼くして養子に出した弟正祐《まさすけ》と住み、家業の書店・上山文英堂を経営していた。みすゞも同じ書店の支店を任され、傍《かたわ》ら六月頃から詩を書いては雑誌「童話」などへ投稿し、選者西條八十《さいじょうやそ》に認められることになる。活躍期間は大正末から昭和の初めにかけて六年ほどと極めて短かったが、現在、五一二編の詩の遺稿が見つかり、没後五十余年にして全集が出されている。

海へ　　　金子みすゞ

祖父《じい》さも海へ、
父《とと》さも海へ、
兄さも海へ、
みんなみんな海へ。

海のむこうは
よいところだよ、

みんな行ったきり
帰りゃしない。

おいらも早く
大人になって、
やっぱり海へ
ゆくんだよ。

『美しい町・下』（金子みすゞ童謡全集②・ＪＵＬＡ出版局・二〇〇三年）

みすゞの詩を読んだ感銘をひとことでいうと、素朴なたましいの詩人である。海に囲まれた島国人の生死を超えた自然の懐に、ふるさとを探る懐かしさに満ちた詩が多い。

詩「海へ」の主人公「おいら」とは誰なのか。祖父や父や兄を思い浮かべることができる男性とすれば、みすゞの兄弟では弟正祐を想定したものか。仮にそんな弟を設け、みすゞ自身が主人公と考えるのがよいであろう。「みんな行ったきり／帰りゃしない」「海のむこう」とは死の世界を暗示している。しかしそこは生と死とが共存し、いかにも楽しそう。この世で生きることだけを当然と思い、海の彼方など忘れていた私には、衝撃であった。

死を承知で憧れてゆく海の発想に、私はみすゞの詩から沖縄の代表的な地貌季語〈節祭《シツィ》〉・〈風車《カジマ》祝《ヤー》〉・〈海神祭《ウンジャミ》〉を思い浮かべた。いずれも生と死が共存した発想から立ち上がる沖縄のゆたかなことばである。みすゞのふるさと仙崎の海が沖縄の海と繋がっている。当然のことであろうが、そこがうれしい発見のように私の気持ちは雀躍した。三つの沖縄の地貌季語にはこんな例句がある。

〈節祭〉　稲ささぐ節《ふし》の祭《まつり》の五穀持ち　玉城一香
〈風車祝〉　生きぬいて生かされて母風車祝　大城富子
〈海神祭〉　海神祭の湾凪ぎにけり祝女《ノロ》の列　喜舎場《きしやば》森日出《もりひで》

〈節祭〉は年の節目の祭、沖縄の西表島《いりおもてじま》が伝承する農業暦に従った古い時代からの年末年始の行事を指す。秋の収穫が終わった後に来る神への感謝祭が即《そく》、正月行事の節祭だ。旧暦八、九月の己亥《つちのとい》、庚子《かのえね》、辛丑《かのとうし》に当たる三日間に「大晦日・正月・二日」の祝祭がある。一句め〈稲ささぐ〉は、元日に海の彼方から年神マユンガナシを迎える儀式のために、着飾った女たちが供物の稲穂や粟穂を捧げ浜へ向かう行列を詠んでいる。
〈風車祝〉は長寿県沖縄での九七歳の祝い。旧暦九月七日に九七歳の老人に風車を持たせ、七つの辻、七つの橋を渡り島内をパレードする。もとは葬列を組み墓地へ行き、生まれ変わるための死の儀式をしたという。古く縄文時代以来の伝承ともいえるようだ。二句め〈生きぬいて〉は、母の寿命は地の神、海の神から授けられたものとの感謝が風車祝に詠まれている。
〈海神祭〉は沖縄の旧盆の行事。北部は海神祭、中部はエイサー、南部は綱引き。いずれも海の彼方からニライ・カナイの神を招き、神を寿《ことほ》ぎ島人への加護を願う信仰に支えられている。三句め〈海神祭の〉は、祝女《ノロ》とそのもとに仕える神女《しんじょ》と呼ばれる女性の祭祀を司《つかさど》る集団が神に祈りを捧げる光景が描かれる。海の凪《なぎ》は深い願いが籠められたものである。

大漁　　金子みすゞ

朝焼小焼だ
大漁《たいりょう》だ
大羽鰮《おおばいわし》の
大漁だ。

浜《はま》はまつりの
ようだけど
海のなかでは
何万《なんまん》の
鰮《いわし》のとむらい
するだろう。

『美しい町・下』（同前書）

さて、金子みすゞの代表作「大漁」にも生きている切なさを、忘れていた死の淵から不意に思い出させられた驚きがある。鰮《いわし》の大漁に湧き立つ人間の側からではなく、鰮になって詠んでいる。私も子どもの頃から、鰤《ぶり》や鱈《たら》など今にも生き返りそうな魚がさばかれていくのを見ては、魚はどんな気持ちだろうと切なくなっていた。ところがいつか哀しみを忘れてしまった。しかし年末に、デパートの客呼びに鮪解体《まぐろかいたい》などの催しがあると、どっと怒りがこみ上げていた。人間が生きるには魚や野菜や果物を食べる。そこにいちいち哀しみを感じていては生存が維持できない。わかっていても遣《や》り切れない切なさが残る。みすゞの詩はその虚《きょ》を見事に衝《つ》いている。

仙崎は長い間捕鯨の基地の町だった。仙崎に多い鯨《くじら》に関わる伝承や遺跡などをみすゞは愛《いと》しんでいる。そこでも、いつも人間ではなく、鯨の側から詠っている。

「鯨捕《くじらと》り」も「鯨法会《ほうえ》」(ともに『さみしい王女・下』)もそんな詩だ。前者には勇壮な鯨捕りの漁夫の胸も躍るさまが描かれ、後者には同じ漁夫が浜の寺へ鯨法会に急ぐ理不尽な日常を捉えている。そこでは、「鯨法会」の鐘の音を聞く鯨の子の哀しみを「沖で鯨の子がひとり、/その鳴る鐘をききながら、/死んだ父さま、母さまを、/こいし、こいしと泣いてます。」と詠っている。

今回仙崎から青海島を歩きながら改めて気付いたことも、金子みすゞの感性はふるさとの地貌、人も含めた山海魚鳥木を見つめながら、生きるのは苦しかっただろうなという感想である。ふるさとの人たちが、生きるには仕方がないと、鰮や鯨の側ではなく、人間に都合よく折り合いを付ける。理不尽は承知で生きて行かざるを得ない。みすゞはそのご都合主義がゆるせないのではなく、哀しいと思う。どうしようもない思いで海の彼方を見つめるのである。

青海島の通《かよい》集落向岸寺《こうがんじ》（浄土宗）へと狭く細い階段を登り、「鯨墓《くじらばか》」を見た。哺乳類の鯨供養はひとごとではない感じ。元禄五（一六九二）年に鯨組（鯨を捕る仲間組織）の網頭たちにより建てられたもの。捕鯨が盛んであった明治初期まで二百余年間に解体した牝鯨の胎児七十余体も墓の空地に埋葬したという。墓には「南無阿弥陀仏」とあり、その下に彫られている経文「業盡《ごうつ》きし有情放《うじょうはな》つと雖《いえど》も生《しょう》せず、故《ゆえ》に人天《にんてん》に宿《しゅく》して同《おな》じく佛果《ぶつか》を證《しょう》せしめん」と、鯨の子への人間の勝手ないいぐさが刻まれている。私流の解釈で大意をとると、胎児では海へ放っても生きられない。そこで人間に食べられた親鯨と一緒に成仏するがいい、という意ではないか。

同じ地のくじら資料館では館長からさびた美声の「鯨唄」を聞いた。「朝のめざめ」という鯨捕りの浜唄で、通浦《かよいうら》へ鯨を呼び込むさまが目に見えるようだ。聞きながらも、みすゞの哀しみを感じていた。

鯨唄ひろがる海のくろぐろと　池田　**宇多喜代子**
鯨墓へ芽吹きの風の来て止まる　広島　**迫美代子**
鯨墓まで鯨唄ひびきけり　松本　**宮坂静生**
三月や鯨法会の続く島　周南　**堀口孝子**

下関のみすゞ研究者木《き》原豊美《はらとよみ》の「みすゞの世紀・さみしい詩人」（『金子みすゞ再発見』勉誠出版）から教えられたことがある。上記鯨墓と同じ経文が仙崎にある極楽寺《ごくらくじ》蔵、鯨の位牌にもある由。また仙崎の普門寺《ふもんじ》にある二四二年前の墓石「法華経一字一石」（宝暦九〔一七五九〕年第七世上人）にはその右側面に「諸浦繁栄魚鱗成佛」とあるという。これを私流に読むと、浜は大漁で栄えるので、魚たちも人間に施しをしたことになり成仏が叶《かな》う意になる。

向岸寺の「鯨墓」の経文も普門寺の経文もともに、鯨の身に寄り添うよりも鯨を食べる人間中心に唱えられている。それが浜人の当たり前の考えであったのであろう。金子みすゞの純情な感性はその当たり前の隙を突いている。

今回の金子みすゞ顕彰全国俳句大会では、みすゞをめぐる仙崎の地貌を詠んだ句に出会った。

事あれば餅つく暮し寄《よ》り鯨《くじら》　大和郡山　井上綾子
みすゞ忌の父らの低い鯨唄　長門　松本清水
路地裏に鏝絵《こてえ》息づきみすゞの忌　下関　和泉屋貴美子
こんもりの山ぽこぽこやみすゞの忌　兵庫　杉木妙子
産着縫ふみすゞ忌の日と思ひつゝ　長門　中谷貞女
かつて夕焼は鯨の血みすゞの地　下松　河村正浩
金子みすゞも勇魚《いさな》も来さう春夕焼　長野　堤保徳
仰山に竹のふえたる春の山　生駒　茨木和生
初燕ここが引揚げ上陸地　長門　窪田佳子

〈寄り鯨〉の句は金子みすゞ大賞の作。寄り鯨とは傷ついたり身が弱ったりして海岸に近寄る鯨。

そんな日は浜では大漁の賑わいである。〈みすゞ忌〉を広めたい、仙崎の人々の念願が叶いつつある実感を持ちながら金子みすゞを偲んだ日であった。

気付きとしての風土——風土を詠んだ秀句五〇句

［二〇二三年六月］

風土はあらかじめあるものではない。私の気付きによって生まれるものである。人は亡くなり肉体は消滅しても「精神性のいのち」（魂）は人生を共有した人の心の中に生き、残された人に心豊かに生きる生き方を気付かせてくれる。それを「死後生」（柳田邦男『悲しみとともにどう生きるか』集英社新書）と説かれる。

私の風土への関心は「死後生」の気付きに導かれて、同好の士から刺激を受け、ことばによる知的感性が深まる。もっと深い気付きはことばにならない沈黙として残される。

ここに取り上げた五〇句は私が気付いた風土詠の一部であるが、はじめ四句は気付きを掻き立てるイントロ（序奏）、終わりの二句は新たな問題提起。季語同様に、「難民」という居住地を放棄せざるを得ない問題を意識すると、風土という考え方自体が危機に瀕していることに気付かされる。

風土詠四四句は北海道、東北、関東、甲信越、関西、四国、九州、沖縄と羅列した。

風土詠に関わる地域の季語〈松明《たいまつ》あかし〉は福島県須賀川《すかがわ》での一一月の火祭、〈山揚げ〉は栃木県那須《なす》烏山《からすやま》での夏の野外歌舞伎、〈堂押祭《どうおしまつり》〉は三月の新潟県浦佐《うらさ》裸押合祭である。いずれも東国での地霊が立ち上げた熱気が籠る。方言の〈シガ〉は茨城の久慈《くじ》川の湧き上がる氷片、〈まま子の尻ぬぐひ〉はタデ科の棘《とげ》だらけの蔓草《つるくさ》名、用足しという必須の場での継子《ままこ》苛《いじ》めの想像を掻き立てる。〈根明き（木の根の周りの雪解け）〉、〈げん魚汁（冬の北陸の地魚汁）〉、〈桜隠し（桜どきの雪）〉、〈藪養生（筍藪の冬の手入れ）〉、〈土瓶割（尺取虫の方言）〉、〈鷹戻る（南方からの鷹の帰来）〉、〈うりずん南風《ベー》（沖縄の穀雨頃の南風）〉、〈立雲（沖縄の入道雲）〉などはいわゆる地貌季語と称している。従来の季語体系の季語に私の「気付き」の意識が働いたときに、初めて生活者の生きたことばが掬《すく》い上げられたものである。風土の俳句の魅力は、例えば〈うりずん南風〉一語に籠められた「祖先」の歓びを知ることによって、海の民沖縄人《うちなーんちゅ》の「魂」を初めて知ることができることであろう。

風土を詠んだ秀句五〇句

限界集落渋柿に種いっぱい　森田智子『今景』
琅玕の背戸や青女の来ます夜　恩田侑布子『はだかむし』
キャベツ畑徴兵制が粛々くる　鈴木明『甕』
茶の花垣逝きし人らの棲むような　池田澄子『此処』

＊

夏旺ん十勝の空に余白なし　源鬼彦『土着』
牛生まる月光響くやうな夜に　鈴木牛後『にれかめる』

いちめんの露草よ知里《ちり》幸恵《ゆきえ》の忌　佐藤映二『わが海図・賢治』

蟻ひたに汝も津軽生まれかな　成田千空『忘年』

助宗鱈《すけそう》と小蕪のやうな暮し向き　佐藤鬼房『枯峠』

ひとりづつ呼ばるるやうに海霧《じり》に消ゆ　照井翠『泥天使』

源太村熊撃ちはみな頭《ず》のでかき　満田光生『製図台』

猟犬の狂乱を待ち放しけり　中村和弘『蠟涙』

松明あかし白装束の点火役　永瀬十悟『三日月湖』

3・11忌村は原野と化したまま　鈴木正治『津波てんでんこ』

福島は蝶の片翅霜の夜　高野ムツオ『片翅』

海へ十里シガ湧き上がり湧き上がり　今瀬剛一『甚六』

山揚《やまあ》げにまことの雲も道具立《どうぐだて》　平畑静塔『漁歌』

われは秩父の皆野に育ち猪《しし》が好き　金子兜太『百年』

旅の駱駝も大東京も暑気中り　山崎聰『流沙』

産土を一枚一枚剝がし春　廣瀬悦哉『里山』

大西日街全体が傾いて　前北かおる『虹の島』

向日葵の大愚ますます旺《さか》んなり　飯田龍太『山の影』

遥かとは雪来るまへの嶽の色　我妻《わがつま》民雄『現在』

なあ田螺と身を乗り出せる浅間山　守屋明俊『象潟食堂』

薺咲き小諸は今も虚子時代　星野高士『顔』

蜾蠃《すがれ》追ひ獣の如き身の熟し　久根美和子『穂屋祭』

実を孕む木曾のまま子の尻ぬぐひ　中島畦雨『山の子』

もの思ふ木より始まる根明きかな　堤保徳『姥百合の実』

土の降る町を土の降る町を　小林貴子『紅娘《てんとむし》』

満里子・勝也黄砂となりて帰りしか　渡辺真帆『翌檜を励ます蟬』

真裸の湯気もうもうと堂押祭　若井新一『風雪』

家族八人げん魚汁つるつるつる　齊藤美規『海道』

盆に食《は》む茄子《なすび》の皮の雑炊《ぞうせー》よ　清水美智子『湊』

根尾谷の桜隠しといふことを　片山由美子『飛英』

比良八荒われは衢《ちまた》に落ちし雁《かり》　眞鍋呉夫『眞鍋呉夫全句集』

西鶴忌浪速生まれを誇りとす　森田峠『朴の木山荘』

日輪の金のふちどり藪養生　栗原利代子『恋雀』

気を付けをして斜めなり土瓶割　關考一『ジントニックをもう一杯《ひとつ》』

結構な話に乗るな薬喰　茨木和生『潤』

松山に行かな子規の忌一遍忌　黒田杏子『日光月光』

天魚《あめのうを》の婚姻色が土佐の色　たむらちせい『たむらちせい全句集』

大いなる日の暈ぬちや鷹戻る　松林朝蒼『樝《かぢ》の花』

さくらさくらわが不知火はひかり凪　石牟礼道子『全句集・泣きながら原』

うりづん南風《べー》海を縁に祖先たち　玉城一香『熱帯夜』

立雲《タチグモ》は大和・武蔵の卒塔婆《ストウーバ》よ　渡嘉敷皓駄『二月風廻り《ニンガチカジマーイ》』

自決の海の火柱となり鯨とぶ　野ざらし延男『沖縄詩歌集』

ひめゆりの塔に五月雨底《そこ》ひの声　有原雅香『鳩の居る庭』

熱砂ゆく祝女《のろ》が被りし草の冠　眞榮城いさを『草の冠』

＊

一茶の忌とんと出口が見あたらぬ　夏井いつき『伊月集』

黒葡萄のごとし難民少女の瞳　山下知津子『髪膚』

ゆたかなる地域のことば——地貌季語を楽しむ

御印文頂戴　萬物作　鹿食免　事八日　明けの海　雪ねぶり
かなんばれ　道乾く・庭乾く　木の根明く　桜隠し　御頭祭　恙虫
つけば　朴葉餅・朴葉巻・朴葉飯　行者蒜　岳の幟　御輿まくり
猪独活　面輪板　えご寄せ　青山様・ぼんぼん　榊祭り　継子の尻拭い
諏訪大社上社十五夜祭奉納相撲　竹節虫　林檎の葉摘み　稲溌火
凍大根　ざざ虫取　霜月祭　山の神講　一里一尺

御印文頂戴

［二〇二三年 春］

子ども心に初めて持った疑問が、人はなぜ死ぬのかということであった。地獄・極楽を絵本からの絵解きとして知った不思議な思いが、いつか齢を取るに従い、次第に身近になってくる。

二〇二二年一月九日、長野市で主宰誌「岳」の新年初句会を開いた折に、新人大賞を受賞し、北海道から来てくれた三品吏紀を連れ、編集長や関東支部長などと善光寺へ参詣した。御印文頂戴《ごいんもんちょうだい》が一月七日から九日間行われている。地元では「ごはんさん」と手短に優しく呼ぶ。

御判頂戴《ごはんさん》並びて受けて十勝人　**静生**　「岳」二〇二二年二月

本堂に入る長い列に並んだ。正月行事の要を担う堂童子《どうどうじ》が額に印を押してくれる。極楽往生が叶うという。十勝からの若武者も初めてならば、信州人でありながら私も初めて。少し緊張する。

御印文頂戴《ごはんさん》ごはんさんとて並ぶ杖　**堤保徳**　『姥百合の実』

さすがにお年寄りが多い。「ありがたや」と、もぐもぐ唱えながら。いただくと、儀式とはいえ閊《つか》えていたものが幾分軽くなった気分になる。作者は長野市在住。

頂戴する宝印を御印文《ごいんもん》といい、直径一〇センチほど。牛王宝印《ごおうほういん》、牛王嶮印《ごおうけんいん》、往生決定《おうじょうけつじょう》の三つある。錦の布で包まれているという。これで極楽浄土への渡航が保証されるとは、もっと早く貰えばよかかったと、誰もがほっとする。思えば少年の日に、初めて善光寺に詣でた時にも瑠璃壇《るりだん》、本尊の下に当たるお戒壇巡《かいだんめぐ》りをし、暗い中にある板戸の錠前を握ったことがある。極楽往生ができるといい伝えを聞いていたから、これで再度の保証を貰ったことになる。

御印文は本来、地獄の閻魔大王（本地地蔵菩薩）の判であった。

善光寺の御三卿《ごさんきょう》の一人本田善佐《よしすけ》（善光《よしみつ》の息子）が若死にし、地獄に堕ちたが如来の功徳で蘇生し、霊験あらたかな御印文を持ち帰ったものといわれる（五来重『善光寺まいり』）。

古典落語の「お血脈《けちみゃく》」では、繁栄する極楽に反し、さびれた地獄を活性化させるために石川五右衛門を派遣して善光寺から御印を盗ませる。しかし、その企みは失敗する笑話である。

善光寺詣では、御印文頂戴により、極楽往生を死後に保証されるだけでなく、阿弥陀如来との血脈御印を頂戴することで、生きていながら、この世で幸せな暮らしを体験できる寺という。

古来、女人詣での寺として手軽に「牛に引かれる」くらいで参詣できたのである。数え年で七年に一度の御開帳は来世約束、現世安穏のイベントである。

御印文頂戴《ごはんさん》いつかは温き懐へ　**岩間嘉一**　「岳」二〇一五年二月

老病辛苦のこの世では満たされない思いを、いつかは安楽に過ごしたい。それが別の世であっても、父がいて、母がいる、兄弟姉妹がいればとの〈温き懐〉への思いを、善光寺さんが容易く叶えてくれる。細やかであるが、〈ごはんさん〉は善光寺信仰の核心を担っている。作者は長野市篠ノ井在住。

萬物作

［二〇二〇年 冬］

子ども心に一月一四、一五日の若年《わかどし》の行事（物日《もんび》）は楽しいものであった。萬物作《よろづものづくり》はその一つである。若年というと、少年の日に入り浸った母の実家が思い浮かぶ。小正月と改まった呼称は用いなかった。のちに大正月に対する知識として知ったが、年が改まり春待つ思いは素朴な若年を迎えた歓びが喚起した。常念《じようねん》岳の麓《ふもと》にあたる南安曇郡烏川《からすがわ》村三又（現安曇野市堀金）の櫟《くぬぎ》林に囲まれた大きな家であった。叔父が製材業を営み、叔母が自給自足の家内農業をしていた。リウマチを病んでいたが祖母もおり、一族の結束は固かった。

厨《くりや》続きの一〇畳ほどの居間に囲炉裏《いろり》があり、南側に大戸棚、北側に神棚がある。神棚の下に一四日の夕方、Ａ3ほどの大きさの和紙が中央に「萬物作」と墨書し吊るされた。右に五穀豊穣・商売繁盛、左に家内安全・天下泰平、その脇に正月十四日、一族の姓が〇〇氏と記された。

物作りよろしく、柳の枝に米の粉で作った紅白の繭玉を挿した。畑の南瓜《かぼちゃ》や茄子《なす》、さらに製材用の小さな鋸《のこぎり》まで無骨なミニチュアが下げられた。まさに萬物作で、兜鉢に捏《こ》ねられた米の粉での物作りの遊びが、山から田の神様をお迎えする捧げもの作りだと教えられ、豊かな気持ちになったのである。家の西側にあった納屋には「道具の年取」なので、臼を置き、その中に斗枡《とます》、洗い浄められた鍬《くわ》や万能《まんのう》や鎌《かま》や箕《み》などが並べられた。古く「百姓の年取」と呼ばれ、人も農具もともに一年の労を労《ねぎら》われる。

後年、私は向山雅重《むかいやままさしげ》が発掘した史料「家格法式／古来定例　年中行事式法」（『続信濃民俗記』慶文社・一九六九年刊）から伊那谷《いなだに》の小正月の行事の詳細を知った。上伊那郡飯島町の宮下正宣《まさよし》が嘉永・安政のころ書き残したものである。それによると、一月一四日は小歳取《こどしとり》と呼ばれ、農民を中心に庶民にとっては一二月晦日《みそか》の大歳《おおとし》以上に、幸神《さいのかみ》（荒神《こうじん》）・竈神《かまどがみ》・蚕玉神《こだまがみ》など地の神を祀《まつ》る配慮がなされる。家業の一切の諸道具ばかりでなく、鼠にも歳をとらせるという。思い起こせば、私が生まれ育った松本の旧市街地、県《あがた》の森に近い東源池《げんち》のわが家でも、父の出身地、更級《さらしな》郡稲荷山町（現千曲市）の商家の仕来りが敗戦の年まで元気であった祖母によって伝承されていた。
若年には算盤《そろばん》・掛帳・秤・包丁・俎板など乾物屋の道具が、玄関先の板の間に並べられたことを記憶している。わが家の萬物作は少年の日から私が書かされた。安曇《あずみ》出の母からの伝承であった。

萬物作厨《くりや》に夕日射す　**柳澤和子**　『林檎頌』

若年の夕方、稲花や繭玉など餅花が飾られ、〈萬物作〉の墨書も貼られる。明るい厨を描き、田の神を迎える用意万端の支度ができた安らぎがある。作者は南安曇郡梓《あずさ》村（現松本市梓川）出身。

萬物作穴倉といふ寄合所　**久根美和子**

穴倉での冬季の作業風景。持ち寄る野沢菜や花梨《かりん》漬などを抓《つま》みながら語らいを楽しみに、裂いた襤褸《ぼろ》布《ぬの》から敷物や草履などを編む。仮拵えの神棚に萬物作の紙が上がっている。小正月の一五日の安らぎか。作者は富士見町在住。

鹿食免

〔二〇二一年冬〕

諏訪《すわ》大社に詣で、初穂料をあげる。代わりに「日本一社鹿食免《かじきめん》・鹿食箸」を戴く。縦長の白い紙袋（二八×一二センチ）に薄板が和紙に包まれたお札「鹿食之免　諏方大社」（二一×六・五センチ）と「日本一社鹿食箸　諏方大社」（二四センチ）の木製箸が入っている。感激した。ずしりと手応えがある。紙袋には「諏訪の勘文《かんもん》」が書いてある。勘文とは「諸事を考え、調べて、上申したもの」とあり、別名「諏訪のはらえ」ともいうとある。「はらえ」とは厄除《やくよ》けのお札のことである。

なんの厄を祓うのか。そこが鹿食免の由来に関わる。ひとことでいうならば、諏訪大社への信仰により、神符を授かった者は生きるために鹿肉を食べていい、殺生の罪が贖《あがな》われる。

まことに都合がいい免罪符である。諏訪大社に関わる『諏方大明神畫詞』（延文元［一三五六］年）によると、上社の年四度の御狩《みかり》神事――五月の押立《おしたて》御狩、六月の御作田《みさくだ》御狩、七月の御射山《みさやま》御狩、九月の秋穂《あきほ》御狩――には狩猟の後、「神事饗膳あり」とある。さらにほぼ同時期の上社神長官　守矢《じんちょうかんもりや》家文書『年内神事次第旧記』（文和三［一三五四］年）には「一年中七十余日神事、並びに百余箇度の饗膳」と見え、「鹿なくては御神事はすべからず候」とある。鹿狩による獲物の鹿食が諏訪大社の神事には欠かせないことが分かる。

そこで、殺生を忌《い》み嫌う世でも鹿食はよろしいという呪《まじな》いのことば（四句の偈《げ》）「諏訪の勘文」を見たい。

業盡有情（ごうじんのうじよう）
雖放不生（はなつといえどもいきず）
故宿人身（ゆえにじんしんにやどりて）
同証佛果（おなじくぶつかをしょうせよ）

前世の因縁で宿業の尽きた生物は
放ってやっても長くは生きられない定めにある
したがって人間の身に入って死んでこそ
人と同化して成仏することができる

悲しくなるようなこじ付けである。

諏訪衆は論客揃ひ鹿食免　小口洋子

湖を抱き諏訪地域は寒い。炬《こ》燵《たつ》を囲み諏訪衆は議論好き。その議論の果てに鹿食免のこんな理屈が生まれたものか。耕地が少ない諏訪に狩猟は古来欠かせない。神様に認めさせたのが面白い。作者は岡谷市在住。

星の中に浮く山宿や鹿食免　矢島恵

諏訪の山宿で神棚に納められた大社発行の免罪符鹿食免を見る。すると、神長官守矢史料館の壁に掛けられたいくつもの鹿の首、伏し目がちなガラスの鹿の目が思い浮かび、はっとする。生きるために肉食は仕方がない。が、人間のうしろめたさ、哀れさにやりきれない気持ちになる。作者は下諏訪町在住。

見上げれば鳥は見下ろす鹿食免　増田信雄

鹿食免なんて不思議なものを手に持っている。見ると、頭上から鳥がいぶかしい月つきで見下ろしている。いずれ自分たち鳥類を食べ尽くそうとしているのかしら。なんでも食べようとする。コロナ禍も人間の欲から広まったのではないか。もういい加減にしてもらわないと、地球が持たないことが分かっているのかな。作者はさいたま市在住。

［二〇二一年 春］

事八日

平成六（一九九四）年二月八日、事八日《ことようか》の頃であった。当時、松本市南小松在住の、内藤鳴雪《めいせつ》門の長老俳人・小岩井隴人《ろうじん》が〈春ごと〉の句を詠まれた。

春ごとに決めたる妻の煮炊きもの　隴人

〈春ごと〉は初めて出会ったことばで、季語らしいとの見当は付いたものの意味が判らない。困惑した記憶がある。主に京畿以西では、春に農作業が始まる前の慰安の日をさす地貌《ちぼう》季語である。信州では全県で二月八日を〈事八日〉と称し、農作業本番前の「コト神」をめぐる多彩な行事が盛んである。が、春ごとは聞かないと話題になった。

掲句はその日に、例えば人参・牛蒡《ごぼう》・里芋・蒟蒻《こんにゃく》などに芹《せり》を入れた根のもののお事汁《ことじる》を食べようと、妻が決めているという句である。

蛙掘り出され稼穡《かしよく》の天地あり　隴人

〈稼穡〉は農業の意。隴人は生涯の農民を自称し、大地に生きた証しの掲句を、墓地の一隅の句碑に残した。〈春ごと〉を詠まれた翌年に逝去されただけに、事八日というと、俤《おもかげ》が蘇る。

事八日を事始《ことはじ》めともいう。「事」とはなにか。要約したいい方であるが、世の中では大事なことを「モノ」と「コト」で表現している。大野晋《すすむ》によると、「モノ」とは人為を超えた変えることができないきまりやものの存在。ときに怨霊をさす。物の怪《け》などのもの。「コト」とは人為で可能な行為をいう。「コト」はさらに二つに分かれ、言葉などの「言」と仕事や行事などの「事」がある。

事八日の「コト」は文字通り「事」。季節の節目、行事や儀式をさすらしい。しかし、事八日を「オコトヨウカ」とか「オコト」「ヨウカサマ」などと、いささか敬う気持ちを籠めて呼ぶのは、季節の行事の背景に「コト神」とでも形容したい庶民の土俗の神の存在を感じているのであろう。

その神の性格は、地の神だけに、山の神や田の神に仮託されたのが道祖神という衢神《ちまたのかみ》の信仰が盛んになるに従い、疫病神に貶《おと》められてしまう。いわば神の転落である。しかし、コト神という善悪いずれにも仮託できる都合のいい神の存在を必要としたのが庶民の暮らしであった。

私は長野県内の事八日の行事をいくつか見た。例えば、中信の松本市街の東山部、薄《すすき》川周辺のもの。入山辺《いりやまべ》や里山辺での藁《わら》細工で馬や百足《むかで》や龍を作り、貧乏神や風邪の神のような疫病神に見立て、集落境で焼き払う。あるいは道祖神に奉納する。また松本市街の河西部の両島《りょうしま》では、藁で強大な足半《あしなか》を作り、町境の高木に掛け疫病神除けにする。今井下新田では同じような足半五つを村内の道祖神などに置き、魔除けにする。
東信の上田市真田町戸沢の藁馬に「ねじ（米粉を練った蒸団子に食紅をつけ餡を中に入れる細工物）」を背負わせ、道祖神に供え、無病息災を祈る。ねじは相互に交換し、藁馬は屋根に投げ上げる。南信の茅野《ちの》市玉川や富士見町では早朝に牡丹餅《ぼたもち》を作り、我先に道祖神に行き塗り付けることで婚期を逸しないとの信仰があった。
いずれにも「コト神」が見え隠れする。これは京畿の物の怪のような恐ろしい存在ではない。ときに暮らしを支える山の神や田の神に仮託され、または疫病神に貶められたりする変幻自在、都合がいい土俗の神である。田仕事が始まる前の事始めにあたる事八日が「コト神」の出番の日であった。

道祖神祭へ子等のころころと　矢島渚男
藁馬を引く子ときをり鼻鳴らす　田中純子

両句とも前記真田町戸沢地区の事八日の道祖神祭詠であろう。東国の道祖神祭は西国の地蔵盆を思わせる。両人とも上田市在住。

藁馬の歓喜を知らず事八日　静生

藁馬は人のいうなり、本当の楽しさを承知なのか。さみしくはないか。

明けの海

［二〇一九年 冬］

年が明け、寒くなると諏訪湖の御神渡《おみわた》りが気になる。長野県のほぼ中央に位置する諏訪湖が結氷するかどうか、近年、地球の温暖化現象が指摘されている中で、身近な判断のひとつになる冬の諏訪湖への関心が高い。諏訪湖は零下一〇度ほどの冷え込みが四、五日続くと全面結氷し、氷の厚さが一〇センチくらいになると御神渡りが現れるという。

湖凍るけものの如き起き臥しに　**小口雅廣**

痛きほど尖りし月や御神渡　**中村秀子**

前句は下諏訪町の作者。後句は茅野《ちの》市在住の作者。山岳俳人石橋辰之助《たつのすけ》に諏訪の町が湖もろともに凍ったという句があったが、出不精になる冬籠りは獣に近くなるようだ。鎌さながらの寒月が懸かる御神渡りの夜は心底寒さのどん底にいる。しかし、どこか御神渡りの句が懐かしい気がするのは、近頃、寒い冬が珍しいからであろうか。

御神渡りが見られない現象を〈明《あ》けの海《うみ》〉と呼ぶ。神事を司る諏訪市の八劔《やつるぎ》神社では毎年冬の諏訪湖の結氷状態を調べ、神前に告げる注進奉告式を行う。

二〇一九年二月三日にも、今季は御神渡りが見られない「明けの海」宣言をした。同月二三日、御渡注進奉告式には、総代ほか四〇人が、羽織、袴の正装で威儀を正して参列。宮司により「諏訪湖は全面結氷せず、小波《さざなみ》打ち寄する明けの海にて御渡りござなく候」と祝詞が奏上された。この後、注進状は諏訪大社上社本宮に捧げられ、同日午後、ここでも御渡注進式を行う。その結果は、上社から宮内庁へ言上し気象庁に報告がいく。八劔神社には天和三（一六八三）年以降の拝観記録「御渡り帳」が残されている。明けの海は、明治三回、大正二回、昭和は戦前二回、戦後は昭和六三年までに一三回、平成では二二回。御神渡りが平成では九回のみ。明けの海現象によって、いかに温暖化が急速に進みつつあるかに気付かされる。

底ひまで夕日突つ立つ明けの海　　矢島恵
穴釣は船溜りにて明けの海　　小原真理子

前句は下諏訪町在住の作者。湖に冬の気配がしない。夕日が湖の底まで明るく射しこみ、光線が棒状だという。後句は松本市在住の作者。わずかに穴釣ができるのは船溜りの近辺だけ。後は鈍色の湖面が拡がるのであろう。例句が少ない句材〈明けの海〉に私も挑戦した。

暁紅は土偶のなげき明けの海　　静生

諏訪湖を眼下にした八ヶ岳南西麓の地からは縄文時代中期の土偶が発掘される。およそ四千年前の諏訪湖は厳冬には結氷し、自在に行き来できた縄文人たちの狩場であったのではないか。いま、冬の朝焼けは美しい。が、温暖化が進み、湖にはさざなみが立つ。土偶は戸惑い、自然の変わりように内心深く嘆いているのではないか。
〈明けの海〉と紛らわしい地貌季語に〈湖明け《うみあ》〉がある。こちらは氷が解けて湖上には荒い波が立ち、湖が動き出した春の訪れを告げる季節のことば。間もなくわかさぎ漁が始まる頃をいう。

湖明けや彼の時みんな世にありし　堤保徳

湖明けてひかりの粒を掌に　久根美和子

前句は長野市在住の作者。後句は富士見町在住の作者。

[二〇二〇年 春]

雪ねぶり

雪国の早春ほどこころ踊る時期は他にない。生きもののような雪解靄《ゆきげもや》に惹かれる。岡倉天心の赤倉山荘の跡に建つ六角堂を見て、天心のことの聞き取りに赤倉温泉に行った。
立春を過ぎてはいたが、一メートル近い雪があった。早朝、朝日を受け、雪の上を柔らかな水蒸気を上げながら、這うようにうごめく雪解の靄に目を留めた。〈雪ねぶり〉という。「ねぶる」とは「舐《な》める」の字を当てると、院政期の辞書『類聚名義抄《るいじゆうみようぎしよう》』に出ている。古くはなめることをねぶるといったのであろう。今では限られた黒姫高原から上越の妙高高原にかけて地域の方言に残っているが、土俗の響きは底力が感じられる。

雪ねぶり天地《あめつち》しかと呼気吸気　**町田愛子**

赤倉温泉の地での作。かつて越の中山と呼ばれた信仰の山、妙高山を背景に広々とした大景が目に浮かぶ。天心が絶賛し、大正二（一九一三）年、この地で逝去するほど執着した、原始以来の素朴さが残る地は早春の〈雪ねぶり〉もちまちましない。長野市在住の作者。

同じ現象は気が付くと、浅間山麓や千曲川に沿った北信濃にも見られる。

浅間山麓大日向《おおひなた》の地での雪解靄を詠んで私に寄せてくれた俳句仲間がいる。

地に眠るものの歓喜よ雪ねぶり　**山崎玉江**

「浅間山麓で地霊となった者がこぞって春をたたえているかのように」と手紙にある。戦前、国策の満蒙《まんもう》開拓に従事し、敗戦により、多くの犠牲者を出し、命からがら引き揚げてきた歴史の傷痕を深く思えば、戦後七十余年を経た開墾地の雪解靄を、迎春のシンボルのように捉える気持ちも十分に納得できるのである。作者は長野市在住。

雪ねぶりみんな戻つて来るやうな　**堤保徳**　『姥百合の実』

もう一句、満蒙開拓体験詠を紹介したい。作者は三歳で昭和一七（一九四二）年渡満し、敗戦の前年、国民学校入学直前に家庭の事情で帰国。辛うじて命を繋いだ稀有《けう》な体験を持つ。一緒に満州へ渡った村人は全滅。悲劇の尖山更級郷《せんざんさらしなごう》開拓団であった。雪解靄の中から共に過ごした友達も、みんな元気に信州のふるさとに戻って来るような気がするという。胸を打つ句である。長野市在住。

令和元（二〇一九）年一〇月、台風一九号が千曲川を直撃した。寛保二（一七四二）年八月の戌《いぬ》の満水《まんすい》の大洪水以来の災害を齎《もたら》した。長野市長沼の地を歩き、ことばを失った。穂保《ほやす》地区の千曲川が決壊し、鉄砲水に襲われた。

同地津野の正覚寺に残る句屏風には一茶の句が三句あり、中に「洪水」と前書した〈首たけの水にもそよぐ穂麦哉〉があった。寺の第一八代住職は二休の号を持つ一茶門長沼十哲のひとり。文政二（一八一九）年の麦秋の頃襲った洪水を詠んだ句で、濁水から出た穂麦の先が風に戦《そよ》ぐという非常な光景を擬人化して捉えたもの。「洪水」との前書は集録した句集『八番日記』にも付いていない。自筆貼交屏風のみ。臨場感がある。多分、洪水に注目したのは一茶が初めてであろう。

千曲川の氾濫原は雪解靄がしばしば立つところ。いまだ春早い時期、同じ堤防を歩いた記憶を蘇らせながら、雪がない被災地の林檎園の無惨なさまに茫然となった。

除染土を詰め込んだフレコンバッグが堆《うずたか》く積まれていたフクシマの光景と見間違える。泥土を詰めた同様な黒袋に衝撃を受けた。原子力災害とは違うとはいえ、自然災害の凄まじさを見せつけられ、いたたまれない思いであった。

泥詰めのフレコンバッグ雪ねぶり　静生

かなんばれ

［二〇一七年 春］

二〇一七年、3・11から六年経つ。あれ以来、海を見ても、山を見ても、背後に自然の威力を感じないことはない。威力は目には見えないが霊魂を意識する。それも空気の中に微塵の粒子として鏤《ちりば》められているように感じる。

捨雛のやがて人魚になる薄暮　**駒木根淳子**　『夜の森』

川や海への流し雛を捨雛《すてびな》ともいう。やがて深海で人魚になる幻想を薄暮に抱いたというもの。次のような俳句もある。

遠方《えんぽう》へ視線は変えず流し雛　**岡田恵子**　『緑の時間』

流す者が流し雛の行く手、遠方を見つめ続けているというのであろう。〈薄暮〉〈遠方〉と手近なところではなく、彼方への思いが滲む流し雛の俳句が最近多いのは、従来の流し雛の俳句とは違うようだ。そこに流し雛に託して3・11の死者への慰霊の思いを籠めている。

古くから形代《かたしろ》に穢《けが》れや病を移して流す風習があった。雛流しは春の雛行事に、陰陽道の祓いの風習が結び付いたものであろう。そこで、華やかに雛を飾り、十分に饗応した上で、子が無事に成育するように予め災厄を祓う。これが本来の流し雛である。

流し雛の行事は鳥取や神奈川をはじめ全国各地にある。長野県内でも少なくないが、南佐久郡北相木村《きたあいき》の〈かなんばれ〉や川上村の〈かなんべ〉は、呼称が素朴でよく知られている。〈家難祓〉とも〈河難祓〉とも字を当てる。家に纏《まつ》わる穢れや災厄を祓う意とも、風雨による水害や溺死や転落事故などの水難祓いの意ともいう。

子どもたちが河原でかまどを築いて汁粉や五目飯を作り、雛と饗宴した上で、丸い桟俵《さんだわら》に乗せて川へ流す。

流し雛しばし流して掬ひ上ぐ　**椎名康之**　『聴診器』

いかにも子どもである。雛惜しやと拾い上げる。雛もほっと和んだものか。作者は塩尻市出身。

家難払童《かなんばれ》が水を打擲《ちょうちゃく》す　**黒鳥一司**　『繚乱』

わが雛が流れの本流に乗るように水面を叩いて波風を起こす。必死な子どもの顔が見えるようだ。作者は小諸市出身。

さんだはらの形の不揃ひ家難祓《かなんばれ》　**田川節子**　『少年のやうな蜻蛉』

どの雛もありあわせの桟俵。米俵も身近ではなくなった。農家が米を買って食べる時代。米を作らないレタスやキャベツ生産農家では、桟俵はない。雛が家難を余分に背負い込んではたまらない。おかしみがある。作者は松本市在住。

道乾く・庭乾く

［二〇二二年 春］

長い冬の間、雪に閉ざされていた道や庭に土の色が見え出すのは、雪国人にとりたいへんな喜びである。土の色を見た途端に涙ぐむ。北海道や東北には〈土恋し〉とか〈土匂ふ〉という地貌季語がある。「北方季語」と称し、大正時代からその地域のことばの蒐集《しゅうしゅう》にあたっていた札幌の俳誌「葦牙《あしかび》」から〈土を恋ふ真実《まこと》誰にや語るべき　長谷部虎杖子《こじょうし》〉という句を見た秘かな感激は忘れ難い。地面が恋しい。それは人ばかりではない。針のような草の芽が続々と出て、小さな虫が動き出す。芽の王者チューリップの球根が一気に鋭い芽を出す。

彼岸の頃になると、泥濘《ぬか》った道も日当たりがいい側から乾いてくる。〈道乾く〉。みちのく八戸《はちのへ》辺りには「彼岸の道の片乾き」との俚言《りげん》がある。

道乾く日よふたり児をあまやかす　村上しゆら

昭和三五（一九六〇）年頃、「風土俳句」の呼称が流行った。作者は前年に第五回角川俳句賞を貫った青森の俳人である。石田波郷《はきょう》に師事した。父親の両手にぶら下がり、はしゃぐ幼子。ようやく道が乾く日を迎えた喜びが伝わる。〈よ〉の一字がいい。

北信濃では〈草履道《ぞうりみち》〉と呼んだ。

とけ残る雪や草履がおもしろい　一茶『七番日記』
蝶とぶやしなのゝおくの草履道

草履道は、春になって草履でも歩けるくらいに乾いた道の意。一茶は草履道を独立した季語には用いていない。蝶や残雪で季節を呼び出しているが、草履道の面白さを詠いたかったのである。下駄ではなく草履で残り雪にぴたぴた戯れる。地面に触れるやわらかい感触。草履も嬉しがっている感じ。蝶が飛ぶ、奥信濃の草履道は堂々たる詠いぶり。春が来た、これぞ草履道。
信州の早春の季語にはもう一つ〈庭乾く〉がある。根雪も消え、凍《し》み付いていた屋敷の地面がどことなく落ちつく。湿っていた庭土の表面が埃立ってくる。垣根を整える。干場の杭を打ち直す。庭は古来、屋敷神が降臨する神聖な場であった。播種のための種物の点検も収穫物の穫り入れ作業も庭でやった。

草木染工房の庭乾きけり　小伊藤美保子

お洒落な草木染工房。乾いた庭が工房の仕事場。染色された布の干場になる。ひっそりと、こぢんまりした庭があればいい。作者は長野市川中島在住。

庭乾く浅葱に替へる靴の紐　根橋久子

近頃は庭も仕事場ではなくなった。春到来を感じる手近な目安くらいに。ジョギングの靴紐を浅《あさ》葱《ぎ》に替えて今日はお出掛け。庭乾くは日常のことばであるが、わずかに季節感を留めている。自分に呟《つぶや》いたような句であるが、早春の細やかな喜びを捉えている。作者は上伊那郡辰野町在住。

遥かなるリュートの調べ庭乾く　吉池史江
庭乾くシチリアーナの風かすか

エキゾチックな二句。中世から一六、七世紀のヨーロッパで流行した、卵を縦に割ったような形の撥弦楽器リュート。弦を指で弾いて零《こぼ》れる、ためらうような舞曲「シチリアーナ」。千住真理子の演奏を聞いたものか。この庭は作業場から昇華した神さまの戯れの場のようだ。作者は冠着山《かむりき》麓東筑摩郡筑北村在住。

［二〇一六年 春］

木の根明く

「泉（spring）」ということばを知らなかったがために、泉はあっても泉がなかったという原始時代の人たちの暮らしの話を聞いて感動したことがある。〈木《き》の根《ね》明《あ》く〉も長い間私には「泉」のあり方と同じであった。雪国では山毛欅《ぶな》や樅《もみ》などの木の根元から雪解けが始まる。地表は雪に埋もれていても、大木の根の周りの雪が丸くドーナツ型に解け始め、地面が現れる。木の導管が水を吸い上げ、いち早く活動を始めているのである。

奥志賀高原のカヤノ平の山毛欅の原生林でも上高地の春楡《はるにれ》や小梨の大木でも、北安曇の雨飾《あまかざり》山麓の樅の群落でも出会ってきた。これが木の根明くであった。私の記憶では梓《あずさ》川渓谷、島々谷《しましまたに》の村人から今世紀初めに仄聞《そくぶん》したと思う。ルーツは秋田のマタギ（猟師）ことばが信州に伝わったようだ。あるいは古くから信州に伝えられた山人のことばであったか。

秋田は地貌季語のいわばメッカである。そこで季節のことばを半生かけて集め『あきた季語春秋』（一九八五年六月・石蕗社刊）に纏《まと》めた萩原映雰《えいほう》は〈雪根《ゆきね》開《びら》き〉〈根《ね》開《びら》き〉ということばをマタギから聞き出している。根開きの頃、冬眠の熊が目覚める。冬の間なにも食べなかった熊の肝は胆《い》汁がゆたかで、山人は極上のものという。熊を仕留める〈出熊猟《でぐまりょう》〉の絶好の時期を根開きで知るのである。

北海道では〈木の根明く（〈木の根開く〉とも）〉、北陸では〈根明《ねあ》き〉ともいう。春の兆しを捉えた明るく弾んだ雪国のことばとして、木の根明くは至言である。あれは五年前の六月初め、西穂高岳の標高二一五六メートルの千石平で、木の根明く光景に出会った。俳句作り一行一〇〇名余が登山道脇の樅の根明きに感動して、大木に身を寄せたものだ。春が遅いだけに木は必死であった。

雪国の春は雪解《ゆきげ》靄《もや》が立つ。信越地域では〈雪ねぶり〉との古称が残る。「ねぶる」は「舐《な》める」（『類聚名義抄《るいじゅうみょうぎしょう》』）の字を当てる。黒姫高原から上越の妙高高原にかけて、春先に雪解靄が地を舐めるように這い廻る。そんな夜には〈雪解《ゆきげ》星《ぼし》〉が空に煌《きら》めく。春の星ではあるが、仄《ほの》かに潤んだ星の気配はない。小刻みにひかりを放つ、清冽《せいれつ》な星を北国では雪解星と呼ぶ。

観音の爪先《つまさき》歩き木の根明く　**小林貴子**　『紅娘《てんとむし》』

村のお堂に納まる観音さまが春を待ちかね、木の根明く頃、いまにも爪先歩きをしそうだという。作者は松本市在住。私も先年、奈良桜井の聖林寺の国宝十一面観音の立像を見つめ、こんな幻想を抱いたことがある。

木の根明くは人気の季語。自然の素朴な息吹に感動し、〈木の根明くなり草の根も明きにけり　宮坂やよい〉、〈天の神地の祇《かみ》在りて木の根明く　宮地良彦〉など佳句が多い。

［二〇一九年 春］

桜隠し

近年、桜が開く時期に雪に見舞われることがある。桜が雪に包まれる。桜隠《さくらかく》しと呼ぶ。新潟県東蒲原郡東川村（現阿賀町）あたり、会津ことばなどの東北語彙の影響を受けた地域の俚言《りげん》（『越後方言考』小林存による）らしい。「旧三月に降る雪」で「こゝらの人々は風流心に富んで二、三月から五月迄の雪に皆こんな詩的の名をつけてゐる」とある。隠すということばの無邪気さがおもしろい。雪が大事な桜を知られないように包む。それほど深い意味を籠めて日常用いたとも思われないが、民俗学では、桜も雪も古来稲の稔《みの》りを予祝することばと考えられている。

和歌森太郎によると、桜の「さ」は早苗、早乙女のさ、「稲田の神霊を指す」（『花と日本人』）という。「くら」は「神が依り鎮まる座」。春の桜に秋の稲作を司る神さまがいらっしゃるのである。

雪が豊穣を約束するシンボルなのは知られているから、桜隠しとは、豊かな稔りを予祝する雪がひょいと稲穀の神霊が宿る花を隠してしまう。お茶目ないたずらのようだ。

桜隠し忘れぬやうに母に見す　　米山節子

長岡の篤農家の作者。母の車椅子を窓辺に、珍しい春雪の光景をとくと見せたという。自分と母との思い出のために。やさしい心遣いが伝わる。

作者の先師は糸魚川在住であった齊藤美規《みき》。美規には高名な句がある。

可惜夜《あたらよ》の桜かくしとなりにけり　　齊藤美規

桜を楽しみたいすばらしい夜というのに、折から雪。なんとも惜しいことよ。〈可惜夜〉は『万葉集』に見える古語。用いることで一気に格調が生まれる。〈桜隠し〉の元祖のような句例。

一村は桜隠しの明るさに　　大野今朝子

鳥青く桜隠しの門出の子　　漆戸洋子

前句は桜隠しに見舞われた朝の村の光景。桜が咲き明るい上に、さらに一段と雪帽子の輝くさまは村に花嫁でも来たような喜びが想像される。作者は松本の郊外島々谷《しましまたに》在住。

後句は三十余年前、次男の入学式の朝の忘れ難いスナップとか。式場で「今日の雪は一生忘れることはないでしょう」と先生がいった。青い鳥を求めて、新入生の門出は人生の最高の日。この桜隠し詠は長野市在住の作者。

桜隠し戦闘機なき束の間よ　静生

いまわれわれが置かれている桜隠しの風景を愛でる時間はまことに〈束の間〉。戦と戦との間ではないか。平成三〇年ほどの須臾《しゅゆ》の間、民意の総意によってわずかに平和が保たれたに過ぎない。未来はそれほど豊穣であろうか。

京窯を尋《と》めゆく桜隠しかな　国見敏子

「降り注ぐ光に透ける花片が、けなげに自己主張するさまに声を失った」という。「美しいものは美しく詠みたい」（「岳」四〇周年記念号）とも。小諸在住の作者が京都への道すがら詠。桜隠しは出色の地貌季語。日本各地の桜時の雪が見直されている。

［二〇一八年 春］

御頭祭

諏訪は真ん中に諏訪湖があり、周りは山。山坂の地で、狩猟には向いても、耕地が少ないので、本来、農耕には適さない。諏訪大社が瑞穂《みずほ》の国の農業神（建御名方神《たけみなかたのかみ》）を祭神としながら、儀式には古く狩猟に生きた縄文人の祭祀が混在しているのではないかと思わせる点が、不思議な魅力を孕《はら》んでいる。諏訪大社上社の春祭〈御頭祭《おんとうさい》〉はそんな祭だ。

酉《とり》の祭、あるいは大御立座《おおみたてまし》神事とも呼ぶ大事な農耕神事である。本格的に農耕が始まる前に、諏訪の縄張り（信仰圏）に地母神（ミシャグジ）の身代《みがわり》の神使《おこう》を派遣して、今年の豊作を約束する。代わりに秋は応分の年貢を献納することを誓約させる。神人協定の諏訪信仰圏を維持するための神使誕生結団式とでもいう祭である。縄張りには「鹿食免《かじきめん》」という狩猟許可の護符が配られる。

上社から御霊代《みたましろ》を乗せた神輿が一・五キロ離れた前宮まで運ばれ、そこで神事が行われる。かつては三月の酉の日を中心に、一二日間も神事が続いたが、現在は四月一五日が祭日。御頭《おんとう》とは祭の世話役。毎年御頭郷地区が決められ、地区総代など氏子衆により推進される。

祭の様子は『諏方大明神畫詞』に見えるが、菅江真澄の「すわの海」（『菅江真澄全集』第一巻・未来社）に詳しく、真澄による神前の供物や御贄柱《おにえばしら》（御杖柱《みつえばしら》）などのスケッチも残されている。

前宮に近い神長官守矢《じんちょうかんもりや》史料館（藤森照信・内田祥士設計）には、上記スケッチをもとに、江戸天明年間の風物が復元されており、興味深い。鉄筋コンクリート造りの館内に入ると、泥を塗り固めた土壁に驚く。縄文の雰囲気だ。壁に七五頭の鹿の生首、ほかに耳裂《みみさけ》鹿、兎の串刺し、鹿の脳和《のうあえ》、鹿の焼皮など。私は度肝を抜かれた三〇年前の初見の印象が今も鮮やかである。かつて祭は宵であったから、こんな供物の祭壇を前に、紅い長袖を着せられた童貞の少年六人の神使《おこう》に神長《じんちょう》が神格を授与する神がかりの儀は妖しさいっぱい。神使にはミシャグジが憑《つ》いた御杖柱と神長身代わりの宝（鉄鐸）が与えられ、諏訪大社の信仰圏を巡回させたのである。次の句の作者は諏訪郡富士見町在住。

産土のお諏訪さまより鹿食免《かじきめん》　久根美和子　『穂屋祭』

御頭祭この世窺ふ御饌《みけ》の雉子　久根美和子
『岳俳句鑑Ⅳ』
［二〇二二年 夏］

恙虫

「恙《つつが》なく」とはいくぶん畏《かしこ》まった、ちょっぴり古風な手紙の決まり文句に用いられる。ご無事でお過ごしかという意味なのはいうまでもない。

「如何にいます父母、恙なしや友がき」（高野辰之作詞）は、今でもしばしば耳にする懐かしい唱歌「ふるさと」の一節に歌われているが、意味に気付くことは少ないであろう。

この恙は病に罹ることであるが、病とは、恙虫病《つつがむし》におかされる意であったらしい。「恙なく」とは怖ろしい病に罹ることもなくと喜んでいるのである。

恙虫病は恙虫と呼ぶダニが媒介し、感染する風土病である。恙虫の幼虫に潜むリケッチアという微生物が病原体である。恙虫に刺され感染すると、十日余りの潜伏期間後に高熱が出て、発疹《ほっしん》がからだに拡がり、時に死に至る病であった。現今は特効薬の抗生物質により死を免れているが、夏の急性伝染病として怖れられてきた。かつて、新潟、山形、秋田、長野などの河川沿いの低湿地が多発地域であった。

とりわけ、長野県の恙虫病の発生は大町・北安曇地域に見られた。昭和二七（一九五二）年、白馬村診療所の医師伊藤五郎（俳号梧桐）は、いち早く恙虫病と診断した患者数名を感染症法に基づき保健所へ届け出たという。「長野県における恙虫病の発生と媒介ツツガムシ類に関する調査の現状」（内川公人・山田喜紹・熊田信夫「信州大学環境科学論集」第六号・一九八四年）によると、当時は、北安曇地域に恙虫病が存在することを認めたがらない医師が多かったと伊藤の言葉を記している。本人から私も聞いたことがあった。

報告によると、長野県内では、県北部、中でも大町・北安曇地域が恙虫病の多い地区である。寒さに強いフトゲツツガムシが越冬し、孵化した幼虫による感染が四月から発生し、五月が最も多く、九月に途絶える。わずかに秋季にも感染がある。恙虫病は罹病者が殖える夏季の病気といえよう。

恙虫に裾を払ひて花火果つ　樋上照男

草原に座り花火を堪能した。立ち上がる時に衣服の裾を払った。ふと恙虫を意識したというのである。珍しい恙虫詠である。作者は安曇野市在住。

先年、出羽三山へ詣でた折、手向《とうげ》の家の戸口に麻の黒毛に覆われた引き綱がさがっていた。聞くと、恙虫除け・魔除けだという。大晦日《おおみそか》に羽黒山で恙虫退治のための松例祭《しょうれいさい》があり、用いた綱を持ち帰り祀るのである。恙虫除けとは昔話のような伝承の類《たぐい》と聞いていたのであるが、ここ数年の統計では全国で毎年、五〇〇名近い恙虫病罹病者が報告されているという。

信濃川河川敷を拓いた分水町（現燕市）横田にある恙虫神社の夏祭はよく知られている。阿賀野川下流の新潟市三ッ屋の八幡社にも、恙虫除けの神が祀られる。最上川と寒河江《さがえ》川の合流点に近い、山形県河北町溝延《みぞのべ》にも恙虫明神の祠《ほこら》がある。気を付けてみると、恙虫駆除の碑や恙虫病による死者供養塔は各地に点在し、今も秘かに息づいている。

恙虫飾りし堂の雛つばめ　佐藤栄美

恙虫はどんな風貌か。恙虫を描いたものか。あるいは漫画風にデフォルメした飾り物か。怖い恙虫を祀り上げる庶民の知恵が心憎い。巣には燕の雛が餌を求め、騒いでいる夏のお堂風景。作者は山形県鶴岡市在住。

［二〇一九年 夏］

つけば

少年の日は箆鮒《へらぶな》釣りがもっぱらだった。休日に決まって松本郊外の美鈴湖へ通った。長じて、小《こ》諸《もろ》で高校教師になって、千曲《ちくま》川の赤魚《あかうお》獲りを覚えた。佐久《さく》での思い出は尽きない。こんな新作を詠みながら。

赤魚の石擦りに網打ちしころ　静生

赤魚を松本でははや（鮠）と呼んでいた。のちに関東圏の呼称らしいと知った。関西でのうぐい（鯎・石斑魚）のことだと知り、納得した。

赤魚は初夏の繁殖期を迎えると、雌雄とも腹部あたりの体色が婚姻色と称される赤橙色に変わる。素朴な呼び名が鄙《ひな》の信州らしい。あまりにも即物的で土の臭《にお》いをとどめ、切ない。これは私の独断であるが、浅間山の「あかざれ」と称する前掛《まえかけ》山の赤色が目に浮かぶ。

昭和三七（一九六二）年だった。担任の生徒の家庭訪問をした。アカシアの花が咲く頃で、生徒の父親が千曲川へ下りて網を打ち、川魚を獲ってくれた。その鮮やかな打ち方といい、魚の美しさといい、生涯忘れ難い日であった。そこで赤魚を知った。

河床に小石を入れ、赤魚の産卵場所〈つけば（種付け場）〉をつくる。石の表に卵を産み付けるために、一尾の雌に二〇尾ほどの雄が集まるらしい。そこを目掛けて網を打ち捕獲する。のちに自他ともに投網名人という同僚の先生から、網の打ち方の指導を受けたことがある。最初は網がなかなか開かない。打てば紐のようになる。独身の頃で、ひと晩中部屋の真ん中をつけばに見立てて網打ちの練習をした。

ようやく網打ちができるようになって、足元が滑らないように草鞋履き、案山子《かかし》さながらの支度をして、大屋駅近くの千曲川へ師匠に連れて行かれた。ところが、またそこでも、恥ずかしい思いをした。たくさん獲ろう、大きな赤魚をと深み深みへ網を打つ。川の奔流に、網を巻き付けた左手首がもって行かれそうな、危ない目に遭ったのである。浅いところでという指示を守らないで、つい欲が出てひやひやしたことがたびたびあった。赤魚の赤さがひとをかどわかす魔力を秘めているような気がしてならない。捕獲には置き網漁もある。川の支流を作り、箱に入れた雌雄を囮《おとりまが》紛いに据え、置き網に誘い寄せるもの。

川狩や白とびとびに嶺の数　**矢島渚男**　『信濃句集』（一九七四年版）

網打の網うちかたげ酔ひ発す　**木村蕪城《ぶじよう》**　『山容』

前句はまだ高嶺には雪がある頃か。千曲のつけば漁が始まったばかりであろう。好きな者は待ち構えていたように川へ入る。水面の寒さは快い。後句は打ち網を肩に担ぎ、酔いが出だしたいい気分。どうも河原は寒いといっぱいひっかけて来たらしい。網打ちには酒好きも多い。千曲川のつけばは四月初めから一〇月末頃まであるが、河川敷に建つつけば小屋は初夏から仲秋頃まで。赤魚の定番は塩焼き、山椒《さんしよう》味噌焼き、天婦羅あるいは唐揚げ。川風に吹かれながらの香ばしさが口中にぼそぼそ骨っぽさを残す。野趣に富むとは、つけば漁を称した感じのようだ。

つけば漁見てをり校舎二階より　**上澤樹實人《かみさわきみと》**　『上澤樹實人句集』

千曲河畔の学校詠。少年の日である。作者は上田市丸子在住。

［二〇二一年 夏］

朴葉餅・朴葉巻・朴葉飯

朴《ほお》の花に関心を持ったのは、三〇代になったばかりの頃だった。師事した藤田湘子《しようし》が〈笑顔売る山の朴咲く頃とおもひ　『白面』〉と詠んだ句が記憶にある。今頃、山では好きな朴が咲いているなと思いながら、笑顔を絶やさないという。気乗りがしないときも、アナウンサーではないが、自分は笑顔を売る商売だからと、現代風な捻《ひね》りが効いた句である。いまではその捻りがあまり好きではない。だが私はこの句が切っ掛けで、花だけでなく、朴の木や葉にまで興味を持つようになった。

朴は別名「ホオガシワ（朴柏）」といった。山地に生え、二、三〇メートルにもなる高木で、古く『万葉集』（巻十九）に朴柏を詠んだ二首「攀《よ》ぢ折りたる保宝葉《ほほがしは》を見し歌（手繰り寄せて朴柏を折った歌）」が出る。朴柏をかざすとまるで「青き蓋《きぬがさ》（貴人がさす日傘）」のようだという。また、昔の天皇は朴柏の葉を折り酒器にして酒を飲んだという。いずれも、朴が気品のある尊い木として珍重されたことが詠われている。

六月に入ると、懇意にしている木曾《きそ》の漆箔師から朴葉餅が送られてくる。同じものを朴葉巻といい、どこか古風な呼称にやさしさがある。いよいよ暑い夏になる兆しを感じる。

木曽谷の水のこだまや朴葉餅　奥山源丘

伊豆高原在住の作者。木曾探訪の折の作か。木曾谷の奥深さを水が跳梁するこだまで捉え、朴葉餅で抑える。木曾褒めの巧みな挨拶句である。餅は粳米《うるちまい》の粉を熱湯で捏ね、団子にし、中に小豆《あずき》餡を入れる。これを朴葉で包み、藺草《いぐさ》で縛って、蒸す。葉は変色するが、朴の香りが餅に沁み込む。

朴は葉身が三〇センチほどと大きい楕円形。葉先にゆくほど下膨れをして、ものを「包む」「載せる」という素朴な人の知恵を唆《そそのか》したのはこんな葉ではないかと思う。

早朝に山から枝ごと朴葉を採ってくる。枝先に集まった葉に包まれた餅が巫女《ふじょ》（みこ）の振る鈴のように房状に下げられた形はちょっとした芸術品だ。

一房にかけたる夢よ朴葉巻　村田朋美

横浜市在住の作者。木曾人のはつかな夢に、われも旅人の思いを重ねたものか。今宵は奈良井宿泊まり。広重の通った街道筋が今も清冽《せいれつ》に回想される。

遠山にまなこゆだねつ朴葉飯　森玲子

東京都杉並区在住の作者。これも木曾詠か。あるいは飯山あたりの北信濃詠か。ちらし寿司風に魚の切り身や山菜を飯《めし》に載せ朴葉で包む。朴葉飯だ。田植仕舞いの早苗饗《さなぶり》の御馳走に手軽で重宝だった。遠い山脈を見つめる眼差しにも安堵感がある。私は飛騨高山の朴葉飯も富山の朴葉寿司も好きだ。が、洗米を朴葉で包み熱湯で茹でた、木曾の開田《かいだ》の素朴な朴葉飯が持つ味を知りたい。馬を手放す馬市《けずけ》に出る。その折に携える弁当が朴葉飯だという。

［二〇二〇年 夏］

行者蒜

行者蒜《ぎょうじゃにんにく》は辣韮《らっきょう》に似ている。行者葫とも書く。深山に入り修行する行者がその鱗茎《りんけい》を好んで食べたことから名が付いたという。私がはじめて目にしたのも木曾の道の駅だった。御嶽教《おんたけきょう》の行者が口にしたものかと勝手に想像しながら、気が付けば、湯野浜温泉に行く途中の三面《みおもて》川近く、日本海に面した村上の道の駅にも売っていた。

平成三〇（二〇一八）年六月、旭川博物館をじっくりと見学した。そこでアイヌ人の生活にとって春の山菜「ギョウジャニンニク」は欠かせないものと知った。アイヌ語で「プクサ」と呼ぶ。博物館の案内によると、主食のオハウ（魚や獣肉を煮込んだ汁物）に行者蒜で風味をつけるばかりでなく、魔除けとして戸口に挿す大事な薬草であった。強いにんにく臭はコロナのような伝染する疫病除けに重宝された。病人には必ず食べさせたという。煎じ薬になり、火傷や打ち身の湿布にも用いた。夏に根を掘り鱗茎から澱粉を採る姥百合《うばゆり》ともども、古くから行者蒜は暮らしの根幹を支えた植物であった。館を出るときに『博物館所蔵品目録XV（民族資料／植物採集関係）』を貰った。表紙に行者蒜の押花が印刷されている。行者蒜はアイヌ葱ともいう。押花の採集提供者はアイヌ文化伝承に貢献された同市出身の故砂澤ベラモンコロ媼。新聞紙を台紙に『アイヌ名草押花収集』（植物五八種以上一九九点）と名付けられ、昭和四〇年代半ばに寄贈されたものらしい。貴重なものだ。

行者蒜夜行の百鬼寄せつけず　原あや

節分の夜に焼嗅《やいかがし》と称し鰯の頭など臭いものを焼き、戸口につけ魔除けにした風習は知られている。行者蒜も同様なお役目をという次第は上述のアイヌの風習の通り。効き目はわからない。作者は鎌倉在住。同地の寺社などにもそんな習俗が伝承されているものか。

行者蒜はヒガンバナ科ネギ属ギョウジャニンニク種の多年草。亜高山帯の多くは針葉樹林の根元に群生する。分布は近畿以北にあるが、山菜としての特産は中部地域以北である。

芽生えは百合《ゆり》のようだ。二、三枚の扁平の葉が気負って出る。夏には浅葱《あさつき》の花に似た細かい花が毬状に付く。臭みは気になるが、花は白い。ときに薄紫の花はどこか矜持《きょうじ》がある。高さは茎がおよそ五〇センチ。なによりも地下の鱗茎が魅力である。

一五年ほど経つが、高齢者農業に適した作物として、北信濃の下水内《しもみのち》郡栄村では村起しに行者蒜を栽培していた。スタミナが付く野草として評判が高く、晩春から盛夏に出荷していた。

従来の市販の歳時記に行者蒜は見えない。わずかに北海道の『蝦夷歳時記』(第三集・植物篇・佐々木丁冬)には〈アイヌ葱〉(仲春から晩春)を立てている。これは北海道人専用の呼び方。東北では「キトビル(祈禱蒜)」との俗称がある。〈アイヌ葱〉の例句を二句掲げる。いずれも道内の作者である。

拓農のあさゆふ三度アイヌ葱　駒場　**矢野若水**
アイヌ葱甘し坑夫で押し通す　美唄　**佐藤緑芽**

北海道の地の生活臭が浮かぶ。季語〈アイヌ葱〉の秘めた底力のように。

新婚の日々より行者蒜を　長野　**小伊藤美保子**
宿坊や行者蒜颯《さつ》と出され　松本　**一志貴美子**

長野県内の作者。気合が入っている。季語〈行者蒜〉が効き目覿面《てきめん》のようだ。

岳の幟

［二〇一六年 夏］

半世紀あまり昔、昭和三九（一九六四）年、私は小諸の高等学校に勤務していた。千曲川を挟んで、浅間山の対岸にあたる御牧ヶ原へよく俳句をつくりに行った。

その夏は日照りで、水飢饉《ききん》が続き、ふだんから溜池による灌水頼みの御牧ヶ原では、ことに池が干上がり困惑していた。ある一日突然、雷が轟き、雹《ひょう》に見舞われた。しかし、雨は降らない。レタスやキャベツは穴だらけ、売り物にはならない。農家の働き手が旗を立てて、小諸市庁舎へ給水を訴えにデモ行進をする場に出くわした。当時の私の句集『雹』には、その状況を記した写実句が収録されている。〈峡の天底鳴り雹の走りけり〉〈干上がりぬ御牧の蜻蛉住み処なし〉〈麦刈れば湿りが逃ぐる枯れまかせ〉〈雷過ぎし一角碧し青胡桃〉

同じような状況は佐久地域の西、小県《ちいさがた》の塩田平でも見られた。私が〈岳《たけ》の幟《のぼり》〉の雨乞《あまごい》神事を知ったのはそんな折だ。

塩田平は年間降水量九〇〇ミリ程度と、北海道の網走辺り（八〇〇ミリ）に次ぐ全国でも珍しい雨が少ない地域である。そのため、江戸時代塩田三万石と検地された九〇〇ヘクタールの水田に、百ヶ所もの溜池が造られている。この地はしばしば旱魃《かんばつ》に見舞われる。永正元（一五〇四）年、夏の大旱魃に平の南に聳《そび》える夫神岳《おがみだけ》（一二五〇メートル）の山頂に祀られる九頭龍神《くずりゅうしん》に雨乞いを祈願したところ、大雨があった。そこで水分神《みくまりがみ》へのお礼に、地元の各家で織った反物を奉納したのが祭〈岳の幟〉の始まりとされる。

祭の日は早朝に山麓の別所温泉を発ち、六時頃、夫神岳山頂の九頭龍神（龗・おかみ）の祠前で祈願をする。儀式は三〇分ほどで終わると、登り龍の幟を先頭に、青竹棹に赤・青・黄色など鮮やかな布を纏《まと》いつけた幟が、降り龍の幟を最後に数十本、山を下る。途中に獅子舞やささら踊りが加わり、別所温泉街を練り歩く。祭は七月一五日であったが、現在は一五日に近い日曜日に催される国の重要無形民俗文化財である。近年は長野オリンピック閉会式を飾り、あるいは名古屋市などでも県外特別披露が行われ、地元の観光推進に活躍している。

雲海に岳の幟の九十九折《つづらお》り　竹中龍青

夜明けに夫神岳へ登る折の嘱目吟《しょくもくぎん》であろう。夏山を取り巻く雲海に色とりどりの幟が揺れながら、いく曲りにも連なる。異様な覇気を孕《はら》んだ光景ではないか。作者は上田市丸子町在住であった。

［二〇一七年 夏］

御輿まくり

木曾福島には二つの貌《かお》がある。木曾谷の野趣がここでは御輿《みこし》まくりの豪快さと木曾踊の醇朴《じゅんぼく》さのかたちをとる。私はどちらも好きだ。

木曾踊はいつごろから始まったものか知らないが、室町期の『狂言歌謡』(『中世近世歌謡集』岩波書店)に「七月がおぢやれば木曾踊始めて、振りを好《よ》う踊ろよ、兎角《とにかく》踊らにや気が浮かぬ気が浮かぬ」とある。旧暦七月は今の八月盆の頃。木曾川の流れに紛れ、あるいはかぶさりくる檜山《ひのきやま》に「木曾のなあー」の澄んだバイブレーションが響くのは快い。樽の匂いを留めた醇白な清酒を口に含んだ感じ。しんしんと更ける夜の谷底の道筋が踊提灯の明かりにぼっと浮かぶ。先ほどまでの喧騒が消えてしまい、名人上手か心からの踊好きだけが残る。昭和三〇年代の初めからいくたびも訪れた木曾福島の夜は盆の夜更けがいい。

伊谷にある水無《すいむ》神社の祭は七月二二日、二三日両日にわたり、御輿まくりが出る。「まくる」は転がす意。追いかけることかと早合点していたが、現場に立って、まくるとは地面を剥《は》がす感じだと合点した。見事なことばの威力だ。

一日目、宗助《そうすけ》・幸助《こうすけ》と呼ばれる二人の祭祀者の手によって百貫(約三七〇キログラム)の新しいお神輿にご神体が移される。かつて、飛騨高山の水無神社からご神体を木曾へもたらした大工の名にちなみ、神輿をまくるたびに「宗助・幸助」と唱える。地霊を呼び起こすのである。神輿は町の西半分を廻り、夜は御旅所に安置される。

二日目、町の東半分を巡行。終わると町はずれに出て、神歌が唄われた後、神輿が放り出される。まくられながら御旅所に戻る。夜七時過ぎ、祭はクライマックスである。三五人の枠持《わくもち》と呼ぶ男衆の力の見せ場。百貫の素木《もとぎ》の神輿が「宗助・幸助」の掛け声勇ましく縦まくり横まくり、無尽にまくられる。神輿はばらばら、担ぎ棒一本になるまで地に叩きつける。祭は深更《しんこう》に及ぶ。

神輿まくり捲《まく》り舁《か》ぎ棒一つなり　藤澤雅子

その後が大争奪戦。神輿の材は神さまのからだだ。いちばん大事な宝珠はどこへ。とびきり元気な若者集団の手に。昭和五四年、木曾福島に創立した長野県林業大学校生が二、三年は掌中にしたという。開校されたばかりの林大に教えに行き、私は「川たぎり火を噴く岳《やま》の」と校歌を作った。

地ひびきの谺《こだま》すみこしまくりかな　滝川又三郎

木曾福島在住の作者。地貌季語〈神輿まくり〉を初めて俳句にした名作である。

［二〇一八年 夏］

猪独活

「独活《うど》の大木」ということばがある。このことばを聞くたびに私は夏の高原にひときわ抜きん出る猪独活《しし》の繁みを思い浮かべる。独活は茎が柔らかく、長い。しかも何の役にもたたないことから、体軀が大きくのほほんとしている者をあざ笑う時に使われる表現に独活が出てくる。実は独活と猪独活は植物学上の分類からは科が違う。独活はウコギ科、猪独活はセリ科。後者のシシウドは獅子独活とも字が当てられるように、ウドよりも大形の多年草。

私は猪独活が気になっている。猪独活は夏が来たという歓びを与えてくれる。

二メートルにもなる草丈は、葉が羽状複葉、茎頂に淡緑白色の米花をびっしり付け、放射状に花柄が拡がる。お洒落な日傘でもさした感じ。秋口には暗紫色の米粒大の実ができる。

しかし、俳人で猪独活を詠む人はほとんどいない。志賀高原でも白馬山麓でも八島《やしま》湿原でもまず目を惹くが、際立つ魅力がないものか詠まれない。晒菜升麻《さらしなしょうま》や唐松草は白花の気品があり、好きな人が多い。黄花の丸葉《まるば》岳蕗《だけぶき》や反魂草《はんごんそう》も印象に残る。その中で、猪独活は野草にしては奔放で摑みどころがなく、滋味がない。地貌季語と称し、土の香の立つ野性を秘めた季節のことばを蒐集する私は、そこにかえって人情味を感じて自分に引き付けて猪独活を見つめる。

猪独活の花の丈なす庭燎《にわび》かな　静生　『春の鹿』

戸隠での作。暮れ方であったか、神楽のために篝火が焚かれていた。背を越すほどの猪独活の花の中を歩いてきた身には庭燎も無雑作に見えた。素朴な神域がよかった。

なぜ猪独活に目を留めるのか。『荘子』にヌルデの大木「樗《ちょ》」の話がある。幹は瘤《こぶ》だらけ、小枝は曲がりくねって用材に使えない。大きいばかりの無用なしろもの。そのために有用な木よりも長生きをする高名な話である。猪独活からそんな大きな樗を連想した。

猪独活の花ぱちぱちと鳴りさうな　矢島恵　『邯鄲の宙』

強い日差しに無数の小さい花びらが弾くような音をたてる。うれしいのであろうか。作者は下諏訪町在住。

猪独活の花や南天星座表　一志貴美子　『帽子函』

高原は夜を迎える。昼の温みがいくぶん残る宵の口に猪独活が花びらを散らす。南天には夏の星座のスペクタクル。たとえば地平ぎりぎりに蠍座が見える。夜陰には姥百合《うばゆり》が蒼白い蕾《つぼみ》を膨《ふく》らめる時だ。作者は松本市在住であった。

〔二〇一五年 夏〕

面輪板

一年の節句行事の中で、七夕《たなばた》はいまでも、束の間の浪漫を掻き立てる。天の川を渡り、牽牛《けんぎゅう》・織《しょく》女《じょ》二星が陰暦七月七日の一夜だけ出会うことができるという星合《ほしあい》の伝説は異国的である。大洋の船乗りや大陸の遊牧民は満天の星を仰ぐのが日常であろう。が、島国人には地上への視点がもっぱらで、星を仰ぎ、星を祀る習慣などなかったのではないか。

『詩経』（小雅）や『文選』（古詩十九詩）の詩を見ると、中国では一世紀、後漢の頃には星合の伝説と女子が棚機《たなばた》の上達を願う乞巧奠《きこうでん》の風習とが結び付き、行事様式が出来上がっていたようだ。『万葉集』には柿本人麻呂をはじめ一三〇首ほどの七夕伝説を踏まえた歌が収録されている。奈良時代、孝謙天皇が中国渡来の風習を取り入れ、宮中行事として始められたという。

ところで、松本市域には七夕に飾る七夕人形がある。昭和三〇（一九五五）年にはそのうちの四五点（松本市立博物館蔵）が国の重要有形民俗文化財に指定されている。その指定書によると、人形には「人かた形式」「着物掛け形式」「紙雛《かみびな》形式」「流し雛形式」と四種類が挙がっているが、中でも「着物掛け」の人形《ひとがた》に、私は戦前から馴染んできただけに懐かしい。内裏雛の胸から上を象《かたど》った人形の板に、子どもの着物を掛けて吊るす風習が残っている。松本市内の東源《げん》池《ち》に居住したわが家では、母がひと月遅れの八月六日の夕方に濡縁のある廂《ひさし》に吊るし、翌日まで飾って置くのであった。その下にトマトやナスやキュウリなど穫りたての野菜と蒸《ふ》かし饅頭を供えた。

衣装を曝《さら》す風習を俳句では「星《ほし》の貸物《かしもの》」とか「貸《か》し小袖」といい、天上の機織姫《はたおりひめ》が織り上げる糸や布が不足しないように衣《きぬ》を貸すというのである。平安の世で和歌に詠まれて以来の季節の題目で、季語でもある。そこには女子が裁縫の技量の上達を願う祈りが籠められていた。

七夕人形は貸し小袖の地域版である。この人形の板を〈面輪《おもわ》板《いた》〉と呼ぶことを松本市郊外南小松に居住していた俳句界の古老、小岩井隴人《ろうじん》から聞いた。以来三〇年、私が提唱する地貌季語（土地の貌が滲む季節のことば）の一つとしてここに紹介しておきたい。

長年、七夕行事に親しみながら、どこか異国的な思いがある。面輪板に描かれた男女の顔にしても、狭い島国の顔ではない。大陸を彷彿とさせる。私はそこに日本文化のゆたかさを感じている。

いつしかに星屑の増ゆ面輪板　曽根原幾子　『福俵』

七夕の夜も更けてきた。面輪板に飾り託した棚機織《たなばたつ》女《め》への思いが星の世界に届いたのであろう。作者は安曇野市在住。

えご寄せ

［二〇一九年 秋］

食物の記憶はふしぎに忘れない。昭和二〇（一九四五）年八月七日、大好きであった祖母が亡くなった。慌ただしく葬儀が行われたが、湯掻いた丸茄子に辛子を付けただけの料理が美味かった。長野の親戚が持参したもの。松本市立源池《げんち》国民学校二年、八歳の時だった。

それから六年後、対日講和条約が調印された昭和二六年が中学二年、初めて俳句を作り褒められた年なので印象に残っている。常念《じょうねん》岳の麓、母の実家の盆にえご寄せを初めて食べた。大町の叔母の家から決まって盆供《ぼんく》に届けられていた。その頃学校で回虫駆除に飲まされていた海人草《かいにんそう》に似た匂いが気になり、馴染めなかったが、盆には糸魚川から取り寄せる海藻「エゴノリ」を煮詰めて寄せにしたものだと教えられた。

後に九州・博多近郊の志賀島《しかのしま》の民宿で「オキュウト」を口にした。信州のえご寄せだった。山国の盆供の食物がなぜ金印「漢委奴國王」が発見された島の常食なのか、胸躍る思いだった。えご寄せが一気に古代史への関心を掻きたてた。志賀島を本拠地にする海人《あま》族の安曇《あずみ》族が追われて、信州安曇の地に落ち着いた時に持ち込んだものとの推測がされている。

えご寄せを作る手解き嫁してすぐ　　那須尚子

長野市在住の作者であるが、姓からルーツは九州らしいとか。長野市も西山地域から北安曇郡一帯、安曇野市烏川《からすがわ》以北ではえご寄せを食べることが多い。同じような体験を年配の女性は忘れられないのであろう。

えご練るやこの地に嫁ぎ六十年　**矢花弘子**

安曇野市在住の作者。赤黒い髪の毛のように絡みあった海藻を水に漬け色抜きをした後、弱火で煮詰める。生寒天状になるまで杓文字《しやもじ》などで掻き混ぜることを練るという。盆暮れや祭事にはえご寄せを作る。いまも嫁の役目だという。嫌ともいわないで、そういうものとして練っているものか。

口々に出来の良し悪しえご食みつ　**藍葉町子**

「ちょっと練り足りなかったなあ」「いやあちょうどいい」とえご寄せの出来具合はそのたびに違う。北信飯山でも祝事など人寄せにはえごが必ず膳に上った。

良寛の浜で買ひたる恵古《えご》を練る　**清水美智子**

こちらは新潟県三条市在住の作者。出雲崎でえごのりを買った。煮汁を弱火で練り上げ、冷やし固めを酢味噌で食す。ところ変われば、新潟では日常の食卓にのぼるとか。「えご練り」という。

以上、俳誌「岳」四〇周年記念号（二〇一八年五月）「私の好きな地貌季語」から。

えご寄せや返らざる日々輝けり　**堤保徳**　『姥百合の実』

信州新町出身。三歳で満州にわたり、終戦前年に帰国。早稲田大学を終えた後、高名な出版社編集者、一転して世界をめぐる船乗り。さらに放送局編集局長など、波瀾に富む半生を省みる。

いつも食卓に幼い日のえご寄せがあった。鈍く淡い海藻色をして。ところが目をつぶる。途端に絵巻のように時間が耀いて流れる。えご寄せがぷかぷか船のように浮かんで。

［二〇一八年 秋］

青山様・ぼんぼん

松本育ちの私には少年の日の盆行事、青山様《あおやまさま》・ぼんぼんが忘れ難い。昭和二二（一九四七）年四月一日、六・三制教育が始まり、国民学校が小学校になる。その年四年生であった私の楽しみは盆に子ども行事、青山様の神輿《みこし》を担ぐことであった。妹たちは同じ時にぼんぼんに興じた。松本市街地南東部に深志《ふかし》神社がある。神社の景観だけは平成が終わろうとしている二〇一八年でも変わらない。神社に隣接した、東源池《げんち》に住んでいた。神社の氏子である。神輿の終着点が神社であった。

子ども神輿を青山様と呼んだ。『信濃・松本平の民俗と信仰』（田中磐・安筑郷土誌料刊行会・一九六四年八月刊）には、本町一丁目に住んでいた太物問屋小木曾長兵衛（長堯）が江戸時代に越中富山方面での子供組が神輿を担ぐ行事を本町筋に流行らせたものという説を紹介している。

神輿は町内の親たちが作った。一メートル四方ほどの箱に神垣を巡らせ、中に杉の青葉を詰め、青山大明神と書いた祭幡《まつりばた》を四隅に立てたもの。中心には木笏《もくしゃく》に御幣《ごへい》が飾られていた。ときに他町内の神輿にぶつけて喧嘩をした。

なぜ青山様というのか。少年の日には気にしてはいなかったが、盆行事として盆前の八日頃から送盆まで行われることから、祖霊を迎え、歓待し、送るシンボルが青山様だと漠然と感じていた。神仏混淆的な連想であるが、私は諏訪の御射山《みさやま》祭の穂屋《ほや》を青山様に重ねている。青薄《あおすすき》で鎧《よろ》った穂屋に神を招聘する諏訪地域の土俗信仰は、室町以前の古いものであろうが、塩尻峠を越えた松本平では遊戯化した動く穂屋・青山様となる。もとより幻想である。

青山様杉葉神輿をぶつけ合ひ　静生

ぼんぼんは女の子の盆行事である。唄う盆唄が哀調を帯びている。

「盆々とても今日明日ばかり、あさっては嫁（「山」とも）の萎《しお》れ草」

この唄い出しがズバリ哀しい。ふだん働きづめの嫁にとり、盆の二日だけは自由な日。あさってになると、切ない萎れ草という。『浮世風呂』（第四編・式亭三馬）では、これが盆唄の初めであり、アレンジしたものが多いとか。鬼灯提灯《ほおずきちょうちん》をともして城下町を巡る。四歳から一二、三歳くらいまでの浴衣姿の子が髪に紙の花を付け、ポックリ下駄を鳴らしながら、盆唄を繰り返し、固まって歩く。

鈴付けし駒下駄《かっこ》からころぼんぼんへ　鳥羽とほる

〈駒下駄〉を「かっこ」と呼ぶのは幼児語。「下駄」と言えない小さい子が母に手を引かれてぼんぼんへ行く光景。

ぼんぼんの帯一文字乙女さび　太田蛇秋《だしゅう》

〈乙女さび〉は少女よりも、乙女らしいという。中学生くらいであろうか。両句とも松本市在住であった作者。省みて、近年は青山様もぼんぼんもわずかの町内に残るだけになった。反対に市を挙げての「松本ぼんぼん」と称する一大イベントが盆近い一夜、市街を彩る。平成も終わり、昭和はいよいよ遠くなった感が深い。

榊祭り

［二〇二〇年 秋］

榊祭《さかきまつ》りは喩えれば棒のような祭だ。素朴である。これが祭の原型か。そこには霊送《たまおく》りと祓《はら》いの儀式とが混在し、生者・死者ともに一体化した様相がみられることに惹かれる。

旧中山道望月宿《もちづき》（現佐久市望月町）でのひと月遅れの盆行事、八月一五日の榊祭りの熱気を何回か体験した。私の関心はかつて良馬を飼育し、御牧《みまき》と呼ばれた頃からの牧人《まきびと》の伝承のようなものが、祭のどこかにありはしないかという漠然とした期待であった。

祭の起源は室町中期、延徳年中（一四八九～九二年）とか（『望月町誌第四巻』）。近畿・東海に大雨による洪水やその後に疫病が蔓延。各地で土一揆が頻発していた。榊祭りの起りにも関わりがあるのか、推測であるが、古く「そだまつり」といわれていたことに私は関心をもっている。

現今の榊祭りは概略、前半と後半に分かれている。前半の主役は火の松明。夕方、御牧の一角松明山《まつやま》で点火された松明（現在は竹の先の布切れに油をしみ込ませたもの）をかざし、二百余人の若者が二キロの山道を下り、望月橋の上から鹿曲川《かくま》へ投げ入れる。華やかな浄めの火祭である。

後半は榊神輿。これが本来の主役か。祭は牧の台地に繁る常緑樹の枝を切った粗朶《そだ》と呼ぶ榊を若者が身に纏《まと》い、あるいは手に持って叩き廻ることで穢《けが》れを祓う。現在、四基祭り（西町・東町・白山・本町）に繰り出す榊神輿（楢の台座に繁木の立木を組む）の祖型のようなものではないか。神輿は獅子舞に先導されるかたちで、晒《さら》しに黒い腹掛け半ダコ（半股引）姿の道祖団（若者組）が掛け声勇ましく、地面への胴突きをしながら、町内を練る。最後は宿《しゅく》の外れに位置し、榊神社を境内社に持つ大伴《おおとも》神社へ担ぎ上げられ、祭は深夜に及んで終わる。祭は豪壮なだけに、かえって牧の霊送りとでも呼びたい荘厳な気持ちにさせる。

大伴神社は『延喜式』に見える佐久郡の式内社《しきないしゃ》の一つ。本来、大伴氏系の氏神であろうが、大伴氏が朝廷の軍事面を統括したことから、軍馬の供給源としての望月の駒《こま》を飼育する勅旨牧（御牧）の祭祀にもその氏系の豪族が関わり、祀られたことが推測される。

石段を一気に上る粗朶神輿　**真山尹**《さなやままこと》　『御牧野』

大伴神社の石段六〇段。気合で登る。榊祭り最後のクライマックス詠。作者は栗生《くりう》純夫《すみお》門以来の俳歴が長く、誠実そのものの人格に感銘し、私は親交を深めた。

溢れくる男の臭ひ粗朶神輿　**両澤佐一**《もろさわさいち》　『蓼科山』

榊祭りは牧人の祭だけに無骨で素朴だ。そこに懐かしさがある。作者は望月の生き字引。滋味溢れたご仁であった。榊祭りは背後に望月の駒伝承があり、駒を飼育した御牧が偲ばれる。『延喜式』に載る信濃十六牧からは毎年八十匹、望月からは二十匹の貢馬が駒迎えのために逢坂《おうさか》の関まで引率された。その光景を屏風歌に残した紀貫之《きのつらゆき》の〈相坂《おうさか》の関の清水に影見えて今や引くらん望月の駒　『拾遺和歌集』〉は四五首もある望月の駒詠の中でも名高い。

これも平安貴族好みの想像歌であろうが、三〇代の才気煥発な源俊頼《みなもとのとしより》には、仲間の牧馬から引き裂かれ、〈いばゆる（嘶《いなな》く意）〉馬のさまが詠われた珍しい御牧の歌がある。そんな駒がいる御牧へ行ってみたいという。残酷好みの貴族の一面を見る思いがする。

ひきわくる駒ぞいばゆるもちづきのみまきのはらやこひしかるらん　**源俊頼**　『散木奇歌集』

［二〇二二年 秋］

継子の尻拭い

「ままこのしりぬぐい」の母音を記すと、これはどこか快い響きがある。「aaoo／iiuui」と明るいa音が大らかなo音になり、i音u音で緊《し》まる。〈継子《ままこ》の尻拭《しりぬぐ》い〉とはどきっと驚かされ、やがて物語を連想させる巧みな呼称である。意味を考えると、残酷極まりないが、ことばの柔らかな音調によって御伽噺《おとぎばなし》のように記憶され、親しみがわく。これがタデ科のイヌタデ属に分類される棘毛《きょくもう》（とげ）がいっぱいの、触ればちくと刺される野草だと忘れてしまう。

毎年、八月の盆に集まる平成世代のわが一族の中に、飛びきり生きもの好きな小学生がいた。高台の家を出て一〇分、なだらかな丘の中腹にある、幅一メートルほどの野川を目指す。そこは底に泥鰌《どじょう》、石崖に蟹が棲み分けている。夕方には蛍が出る。岸辺が継子の尻拭いの藪であった。

継子の尻拭いと類似のタデ属の一年草には〈秋の鰻攫《うなぎつか》み〉や「サデクサ」がある。花は似ている。米粒型。数個頭状に集まり、小枝の頂に付く。茎には下向きの棘毛がある。

葉の形が違う。ぬるぬるした鰻を攫むにふさわしい鰻攫みの葉は卵状で先が鋭い。継子の尻拭いの葉は拡がりがある三角で、先の鋭さは同じ。葉裏に棘毛があるのは両者とも同じ。

紙が貴重な昔、継子には用達《ようたし》の後、尻拭いにこのイヌタデの葉をあてがったという。ちくちく陰部を刺す痛みには偲び泣きの哀しみがあろう。誰が名付けたのか、そのものずばりの即物さに継子虐《いじ》めの歴史が蘇る。

実を孕む木曾のまま子の尻ぬぐひ　中島畦雨《けいう》

私が初めて知った継子の尻拭い詠。名句である。秋が早い木曾ではいち早く穂状の実を孕《はら》む。地の哀しみが土の匂いとして伝わる。木曾路の入り口、塩尻の作者。地貌詠に生涯をかけた人。

草の名の継子は差別用語であり、さみしいが、今日、令和の世は日常茶飯事のように幼児虐待が起きている。社会の歪《ひずみ》が弱者の人間性の崩壊を招き、深刻な事態ではないか。

ままならぬ別れ継子の尻拭　古畑富美江

作者は小学校の先生であった。掲句に関する手記がある。「Tくんは小三の元気な男の子。ある日突然、母親から家庭の事情で引っ越すことになったと連絡があった。仲のよい級友にも知らされない別れだった。継子の尻拭のとげの痛みは心に残り、元気でいることを願うばかり」（「岳」四〇周年記念号・二〇一八年五月）。辛いことにさりげなく触れた短文に感銘している。〈ままならぬ別れ〉と〈継子の尻拭〉との〈まま〉に同じ頭韻を効かせることで哀しみに堪えている。長い人生、生きるにはやりきれないことが多い。作者は畦雨を敬慕する同じ塩尻市の新進俳人。

夢のごと咲くや継子の尻拭ひ　島谷征良《せいろう》

花は清楚。微小な蓮の花を見る雰囲気がある。草の名はともかく、花を〈夢のごと〉と形容する可憐さに救いがある。作者は神奈川県藤沢市在住。
最後に継子云々の名付けへの抗議の句を挙げておきたい。

人間は勝手継子の尻拭　小伊藤美保子

花の気持ちになればこんな名をつけられ、人間のわがままを受け入れているだろうか。作者は長野市在住。

諏訪大社上社十五夜祭奉納相撲

［二〇二一年 秋］

相撲（すまふ）の語源は「すまひ」だという。裸で力くらべを行う。それを「素舞《すまい》」と呼んだ。古来、相撲は神意《しんい》（神さまの意思）を占う行事であったらしい。浄め塩を撒き神聖な土俵に上がる、廻しにさがりを付けた今の力士姿にも、一抹の神意に賭ける雰囲気が感じられないことはない。

九州のほぼ中央から沖縄の先島《さきしま》にかけて、旧暦八月十五夜に綱引きをし、「節祭《しつぃ》（豊作を祈り神に感謝する祭）」を行う（『十五夜綱引の研究』小野重朗・慶友社）ことに私は関心をもっている。中でも薩摩半島の多くの地域では、綱引きよりも古く、八月一日（八朔《はっさく》）から十五夜まで、子供組により相撲が行われている。最後の夜は集落を廻り、綱引きをした後、綱引きの綱を土俵の輪にして相撲をとり、そこに子供組は一晩泊まる。子供たちは、いわば、十五夜に集落を訪れる「来訪神」と見られるという。これも相撲の特異な一面である。

ところで、諏訪大社上社本宮では旧暦八月一五日（現在は九月一五日）に境内の幣拝殿《へいはいでん》前の斎庭《ゆにわ》で一一人の力士姿の若者による相撲踊が奉納される。相撲甚句を謡いながら「どっこいどっこい」の掛け声に合わせ、古式にのっとり相撲の基本の守りと攻めを象徴する膝や胸を叩く所作を披露する。他には見られない貴重な遺産として、平成二〇（二〇〇八）年四月には長野県無形民俗文化財の指定を受けている。

上社の祭神建御名方命《たけみなかたのみこと》は諏訪に入る以前、出雲国の国ゆずり神話によると、大和からの使い建御雷神《たけみかづちのかみ》と力比べをした。力比べはどちらが正当か、神意を糺《ただ》すものであろうが、どこか娯楽性が秘められてもいよう。力比べが相撲の形になることにより、神聖さを持ちながらも、愉しみの面が強調される。相撲には真剣勝負と娯楽の二面がある。そんな面が諏訪の風土に根付いた点が面白いと思う。

諏訪円忠著『諏方大明神畫詞』（延文元〔一三五六〕年）の写本の「山宮」（御射山祭《みさやま》）の旧七月二九日、神事の後に「相撲廿番アリ、占手供御ナリ、左右頭人雌雄ヲ決ス、両方ノ介錯確執《クワクシウ》ノ類也」と不思議な箇所がある。相撲廿番の勝負は最後に左右から代表が出て決め、負けた方（占手）は勝者を「供御《くご》（手厚く饗応）」したという意であろうか。一説であるが興味をひく。

上社十五夜祭には相撲踊と奉納相撲の奉納がある。ともに奉納する神事であるが、奉納相撲は上社がある神宮寺地区の若者組（青年会）が担い、古く文化一四（一八一七）年から続く。途中、昭和の高度経済成長期に中断はあったものの、昭和四五（一九七〇）年には地区に保存会もでき、今日まで区民行事の十五夜祭として相撲踊とは別の日に継承されている。

十五夜祭奉納相撲《じゅうごやさいほうのうすもう》賞に箒と馬穴かな　　久根美和子

神宮寺の辻相撲から、上社境内に作られた土俵上での行事に。ここでも相撲踊が奉納された後、地区の相撲好きな青壮年たちの勝負に。景品が竹箒《たけぼうき》や馬穴《ばけつ》なのがいい。相撲の楽しみが日常化したシンボル。建御名方命の末裔、保育園児も出場し「さあ来い」には心から拍手。作者は富士見町在住。

十五夜祭細身の相撲奉納す　小原真理子

意外にも剛の者か。しかも細身とは妙齢の婦人の贔屓《ひいき》がいっぱい。着想に巧みがある。作者は松本市在住。

［二〇一五年 秋］

竹節虫

不思議な昆虫である。草の茎や枝にからだを付けると、そこに虫が居るとは見えない。枝に付いたまま掌《てのひら》に載せても気が付かないのは、こんな擬態《ぎたい》名人の虫が居るという、そもそもの虫の概念に関して人間は先入観を持ち過ぎているからだろう。直翅類《ちょくしるい》ナナフシ目の昆虫は日本には一八種類いるという。

四〇年ほど前、松本市郊外の厄除《やくよけ》で高名な牛伏寺《ごふくじ》の谷でナナフシを見た。一〇センチほどであったが、これなあに、と五歳の子に出された時には、ぎょっとした。体色は灰色、からだに六節、細く長い脚が六本。初め「水蟷螂《みずかまきり》」かなと思ったものだ。別名「太鼓打ち」といい、水中をすいすいと自在に泳ぐかまきりに似た水生昆虫である。

ナナフシは〈七節虫〉とも〈竹節虫〉とも書く。七節はからだに節が多い意。竹節は竹の小枝にも似ているからか。夜行性で楢《なら》や桜や樫などの葉を食べ、昼は擬態を装う。

近年は盆近くに千曲市桑原にある菩提寺に墓掃除に行く。「掃苔《そうたい》」と俳人は称するが、墓の苔を落としていると、決まってナナフシに出会う。稀《まれ》には〈吉丁虫《たまむし》〉が飛んでくる。まさに瑠璃《るり》色だ。一瞬、あたりに極楽の光がさしたような気分になる。感受性が安上がりにできているといえば自分ながらそんな気がするが、ナナフシも吉丁虫も人間を楽しませてくれる。

ナナフシと同じく俗称〈土瓶割り《どびんわ》〉の〈尺取虫《しゃくとりむし》〉もおもしろい。〈尺蠖〉とも書く。シャクガ科の蛾の幼虫である。這って進むときに親指と人差し指で長さを測るさまに似ているから名付けられた。が、土瓶割りとはこれいかに。

幼虫が桑の木に斜めに休むのが小枝に見える。野良仕事のお百姓が枝と間違え、そこに土瓶を掛けて割ってしまったという。兵庫県揖保《いぼ》郡や愛知県知多郡に残る地域のことばだ。

虫ばかりではなく、秋の野の草にも剽軽《ひょうきん》な名が付けられている。〈継子《まま》の尻拭《しりぬぐい》〉だ。なんとも残酷な名が付けられたもの。タデ科の蔓性の一年草。一メートル余りで、山野の水辺に生える。細茎に棘が下向き、逆に付く。三角の葉裏や葉柄にも棘がある。秋には淡紅色の米花が咲く。むかし紙は貴重なもので、継子には用達《ようたし》の後、紙を与えないで、この草で尻を拭かせたので名が付いたようだ。

秋は鄙びた虫や草と過ごす季節である。

竹節虫や竹よりも濃く竹の色　　有馬朗人　『流転』

俳句に詠まれることは珍しいが、竹節虫の生態には深秋の風情が漂う。俳句を国際的に発信する一方で、このような昆虫に着眼する作者。東京都在住。

〔二〇一七年 秋〕

林檎の葉摘み

林檎《りんご》はギリシャ神話では黄金の実、ゲルマン神話では子宝の実、あるいは不老不死の妙薬とされている。果物の意のAPPLEがいつのころからか林檎を指すほど、古来名高いが、収穫まで手がかかる果物だ。

春四月半ばから林檎の花が咲く。林檎農家では余分な花を摘む「摘花《てつか》」作業にかかる。前年伸びた二年枝には花がびっしり付くので、すべて摘み取る。他の枝は主花一輪のみ残す。花期が短いので、花摘みの後、次の「摘果《てつか》」作業に引き継がれる。六月初め、直径五センチくらいになった玉を枝に一つ残し、後は摘む。ふじは葉四〇枚に一玉、つがるは三〇枚に一玉の割合で摘果する。〈林檎摘花〉〈林檎摘果〉ともに季語である。

林檎摘花足元ふはと浮く心地　　**柳澤和子**

林檎摘果ひとつ天日に捧げたる　　**静生**

摘花詠は梯子《はしご》上の作業の不安定感を捉える。私の摘果詠は林檎園での嘱目吟。

夏は〈青林檎〉の季節。袋掛けが始まる。

逢うて減る恋の日かずや青林檎　**国見敏子**

林檎まだ覆面のまま北信濃　**鷹羽狩行**

林檎の原産地はアジア中部からヨーロッパ地中海南東部辺りといわれているが、トルコでもイタリアでも実が小粒なのに驚いたことがある。

日本でも江戸時代には、仏典に出る「頻婆果《びんばか》」という林檎に似た木の実を林檎と考えていたようで、『増補 俳諧歳時記栞草』では夏六月に出る。ここでは明治になってアメリカから入って来た西洋林檎、現在栽培されている「ふじ」「つがる」などを念頭に林檎園の一年を考える。

一〇月半ば、ひと月後の収穫を控え、林檎の葉を摘んで玉に日が満遍なく当たるようにする作業が〈林檎葉摘み〉だ。さらに一週間ほど置き〈林檎玉廻し〉にかかる。収穫まで穏やかに静かに三回ほど日に向け、玉を廻すのである。

葉摘みせし林檎にしかと葉のかたち　**柳澤和子**　『林檎頌』

山の日に向けて林檎の玉廻す

お日さまにより、林檎の表面に葉の形が付着している。作者は南安曇郡梓川村（現松本市梓川）の果樹農家生まれ。結婚後も林檎栽培に関わる。林檎を詠み続けて三〇年。〈林檎葉摘み〉〈林檎玉廻し〉が地貌季語。

稲滓火

［二〇一六年 秋］

ひと月遅れの八月の盆が過ぎると、今年も一気に季節は後半に入る。稔《みの》りの秋はこれから、農村では稲刈りをはじめ田仕事や畑作業が盛りだくさんありながら、私の中では晩秋の田仕舞《たじまい》の稲滓火《いなしび》がけぶる光景がちらちらする。俗にいう気が急《せ》くのであろうか。季節の終末を確かめ、そこから立ち戻ってじっくりと秋を愉しみたい、そんな気持ちである。自分でも不思議な思考パターンだと思うが、気持ちは落ち着くのである。

稲滓火という人の終末を思わせるような田仕舞のことばが長野県の中信地域にある。稲刈り後の稲屑《いなくず》を焚く火をいう。稲作《いなさく》、稲穂《いなほ》などの「いな」に滓《かす》を「し」と発音する。「いやしび」とも用いる。収穫後の藁屑《わらくず》ばかりでなく、広く籾殻《もみがら》なども焚いて灰肥《はいごえ》を作る火をさす。東北の米どころ秋田で〈稲藁火《いなわらび》〉とか〈藁焼《わらや》き〉と呼ぶのも同じ。『あきた季語春秋』（荻原映雰・石蕗社）に見える。

近年はコンバイン（刈取り脱穀機）が導入され、かつての稲刈りをはじめ稲架《はさ》掛《が》けや脱穀の光景を目にすることが少なくなった。が、田仕舞の終わり、稲滓火を焚く景色は今でもしばしば見られる。稲藁を焚いた後の田のスモッグ現象が、一時ほどうるさくいわれなくなったためであろうか。

俳句では〈田仕舞〉は周知の季語であるが、従来の歳時記には〈稲滓火〉はない。そこで、田仕事の最後の意味から、田仕舞を稲滓火に用いる俳句が見られる。

田仕舞の煙が甘し佐久郡　**中島畦雨《けいう》**

田仕舞の炎《ほのお》つめたし鹿島槍　**山本源**

田仕舞という大らかな季語も大事なことばであるが、稲浮火の用語には稲へのこまやかな愛情が感じられ、稲魂《いなだま》を送る気持ちが滲んでいる。稲粒は当然であるが、籾《もみ》殻や新藁など、わずかな稲屑までわが子のように慈しむ農民の心が稲浮火と名付けたものか。くすぶりながら秋の暮れ方の田に最後の火をともす、盆の送り火のような稲浮火は忘れがたい。

稲浮火や風にわづかな湿りあり　**上條忠昭**　『零余子飯《むかごめし》』

稲浮火を焚く。夕方の風がわずかに湿り、重さを持ち出す。闇に包まれるまでのしばらくの時間、一望の田を見渡しながら大方の田の仕事が終わったことを思っている。作者は東筑摩郡山形村在住。

［二〇一八年 冬］

凍大根

凍《し》みる。真冬の信州を代表する地貌のことばである。『類語大辞典』（講談社）には中部地方を中心とした方言とある。信州人は寒さを骨身にしみて生きてきた。その表記の「しみる」は染みるや沁みるよりも実感としては凍みると書きたい。空《から》っ凍みの諏訪地域は凍みが寒天作りに絶好である。

しかも一度降った雪は寒さのため根雪となり、砂塵鎮《しず》めに役立つ。

諏訪神の風に寒天晒すなり　根橋久子

角寒天母のごとくに軽くなり　中村秀子

天然寒天の角寒天は水に晒《さら》した天草などの海藻を煮て溶かし、木箱に流し込んで固める。屋外の寒気で凍らせ、翌日は日に晒し解凍する。諏訪神社のお膝元、寒風は諏訪様の賜物だ。凍結と解凍を交互に二週間ほど繰り返すと、乾燥した寒天ができあがる。

かつて信州の山間部では、多くの農家が冬季の自然の凍みをあてにして、自家用に凍豆腐《しみどうふ》（「こおりどうふ」とも）や氷餅《こおりもち》を作っていた。

天竜のひびける闇の凍豆腐　木村蕪城《ぶじょう》

氷餅吊るして山河照り翳り

私は、凍みるといえば、凍大根《しみだいこ》を懐かしく思う。素朴そのものである。凍大根は「しみでいこ」ともいう。東北の岩手では「すみでこ」。大根は救荒《きゅうこう》食物であり、さまざまに加工される保存食である。凍大根は寒中の寒さに晒して水分を抜き、寒天のように干しあげたもの。寒さのために凍みた大根の謂《い》いではない。伊那や諏訪地域では、寒中、室《むろ》から出した大根を水洗いし、皮を剝《む》き輪切りにする。それを細い縄に通して家の北側などの寒風があたる場所に晒す。岩手県の花巻では大根を煮てから水に浸し、それを寒晒しにする。白く乾いた大根は煮物にも味噌汁の実にも重宝される。

ところ変われば、大根の晒し方も異なる。

凍大根吊られて風の色となる　原徳子

白く干し上がった大根を風の色とは巧みな表現である。秋風を素風《そふう》といい、素には白色を当てる。寒風からの白さは白色を突き抜けた肌を射すような色が連想される。むしろ乾《から》びた飴色さえも思われるであろう。作者は松本市在住。

母の声遠くにありて凍大根　土屋あさ子

冬には凍大根を作っていた今は亡き母であろうか。凍大根から母への連想は根源的だ。大根も母も、古来人間が生きてきた、ぎりぎりの土俗の深みを思わせる。作者は長野県下高井郡木島平出身。

［二〇一五年 冬］

ざざ虫取

中世から近世にかけ謡《うた》われた歌謡の一節に「ざざんざ浜松の音はざざんざ」（『狂言歌謡』）がある。「ざざんざ」のもとは狂言の太郎冠者《かじゃ》が酒宴に謡う囃《はや》しことば。

ざざ虫の「ざざ」は流れる川瀬を指すざざ、あるいは川瀬の音のざあざあから付けられた素朴な名称であるが、風音といい、川音といい、大自然の溜息のようだ。そのためか、ざざ虫の呼称の響きにもちょっぴりさみしさがある。

ざざ虫とは「トビケラ」「カワゲラ」「ヘビトンボ」などトビケラ目の幼虫の総称。厳密にはカワゲラの幼虫をいい、トビケラは俗に青虫、ヘビトンボの幼虫は漢方薬の疳《かん》の薬で名高い孫太郎虫である。全国どこの清流にもいる水生昆虫の幼虫で、うぐいややまめなど川魚の餌になっているが、ざざ虫漁が盛んなのは天竜川である。それも上伊那地域の天竜・三峰合流点から南へ伊那峡の手前、東春近田原区《ひがしはるちかたはら》あたりまでだという。

天竜川でも清流に棲み、二年めを迎え体長三〜四センチに育ったトビケラの幼虫を主に捕獲している。古来のたんぱく源、現今では佃煮にして酒の肴の絶品と珍重される。

漁期は一二月一日から二月末日まで。寒いさなかなので、専業の獲り手でも一日三時間が限度といわれる。その漁法を「虫踏《むしふ》み」という。下流に四ツ手網を置く。万能鍬《まんのうくわ》や鶴嘴《つるはし》で川底の石をひっくり返す。石に張り付く虫を足踏みするように、がりがり掻いて追い出す。

ざざ虫は「ざざ虫シルク」と呼ばれる細い糸を吐いて巣を営んでいるところなのが、虫の身になればなんともあわれだ。「かんじき」と呼んでいる鉄製の靴型を長靴の下に付けた独特な装備が、ざざ虫取《とり》には威力を発揮するのである。捕獲するには「虫踏許可証」(天竜川漁業協同組合交付)という鑑札がいる。むやみにざざ虫が取られないためにも、この密やかな許可証に籠められた悲喜こもごもに、私は妙なことを思い出した。

四〇年も昔、小学校一年の息子が、「ざざんざ」——あ、それは「ざざーん」だといった。「ざざーん」とはヘドロ怪獣で、怪獣のなかではいちばん弱い、決して悪いことをしない怪獣だそうな。

ざざ虫取の季節が来た。

ざざ虫の声とはならず犇けり　**小口理市**　『紙雛』

ざざ虫が俳句に詠まれるのは珍しい。作者には〈ざざ虫を捕るに鶴嘴振りかぶり〉という川底の石を掘り起こす句もある。掲句はざざ虫が犇《ひし》めき合って石に張り付いているさまを想像したもの。そこを一網打尽に捕えるとはなんとも残酷。生物同士の共存とはなにかを考えさせる。作者は生前、岡谷市在住。

［二〇一七年 冬］

霜月祭

曾良《そら》にこんな神楽《かぐら》の句がある。

むつかしき拍子《ひょうし》も見えず里神楽　**曾良**　『猿蓑』巻之三

一二月の初め宮崎で夜神楽《よかぐら》を見た。九州地域の俳人が集まった懇親会の出し物であったが、これが至って簡略。曾良の句のごとくわかりやすく、テンポが心地よかった。大笑いの面をつけた男女が戯れながら会場を一巡するのである。夜神楽の中でも名高い高千穂《たかちほ》神楽となると神楽宿での夜通しの上演が楽しみ。これは荘厳でもある。

信濃の霜月《しもつき》神楽で思い起こすのは、伊那谷の遠山郷（現飯田市）で一二月（旧暦霜月）に行われる霜月祭である。〈遠山祭《とおやままつり》〉とか〈遠山の霜月祭〉とも呼ばれる。遠山郷の一三ヶ所の神社で一二月初めから下旬まで催される。

天神地祇《てんじんちぎ》すべての神を招き、湯を献上し、霊威のやどった熱湯を素手で切る湯切《ゆぎ》りが祭の中心行事。その飛沫を浴びた者は一年の心身の穢《けが》れを去り、来る年を新たな魂のもとに迎えることができる。魂の浄化と生命力の復活を祈願する。

これは伊勢の湯立《ゆだて》神楽の発想である。奥三河の花祭《はなまつり》や同じ伊那谷の冬祭《ふゆまつり》などと同様に霜月祭の湯立神楽も大筋は伊勢神楽の系統に入るようだ。

江戸時代、遠山郷の領主、遠山景重《かげしげ》の相続争いに端を発し、一族が一揆により殺されるという事件が起こる。後に、その怨霊鎮《おんりょうしず》めの神事が儀式に加わったとか。さまざまな面を被り、湯釜の周りを宵の口から夜明けまで廻る。面には、伊勢信仰も陰陽道もいまだ信仰儀式化される以前の、火や水や木や土の神など土俗の雑多な神が顔を出す。混沌たる迫力満点の冬祭である。

私が素朴な祭に熱狂したのは三七年前であるが、今でも南信濃村木沢の正八幡社《しょうはちまんしゃ》の境内が目に浮かぶ。木曾福島にある長野県林業大学校の初代校長、市川圭一先生のお誘いだった。宿で初めて鹿の肉を食べ、からだを温《ぬく》めて、夜明けの四時まで舞《ま》い処《どころ》で粘ったことを思い出す。

闇に出て神楽狐の貌冷やす　**静生**

夜明け近く、狐の面を付けた踊手が、はあはあ言いながら闇に狐面を冷やしていた。後に新野《にいの》の雪祭《ゆきまつり》や盆には和合《わごう》の念仏踊《ねんぶつおどり》を見た。が、始まりは霜月祭。印象が強烈だった。他に例句をあげる。

霜月祭赤子抱きたる神の出で　小林貴子
遠山祭前世の暗き神楽面　久根美和子
霜月の湯気立て斎《いつ》く万神《よろづがみ》　内川惠

［二〇二二年 冬］

山の神講

田の神よりも山の神に興味があった。私が少年時代に育った常念《じょうねん》岳の麓、南安曇郡烏川村三又（現安曇野市堀金）の母の実家が製材工場を営んでいた。親戚にも、山林の売買を生業《なりわい》にする山師がいた。広い前庭に山と積まれた木材の間が遊び場であった。

今日は山の講《こう》の日だといい、自らも製材を担う、主の叔父に連れられ須砂渡《すさど》渓谷にある山の神の祠《ほこら》まで行ったことがある。毎年一二月一七日であった。千葉などは一一月七日、東北地方などは一二月一二日、京都府福知山は一二月の第一日曜日など、地域により祭日に違いがある。

母の実家では小正月に繭玉を挿す猫柳の二股の枝を弓に見立て、真竹の矢を添えた。粳米《うるちまい》に塩を白紙に包み、田作《たづくり》（ごまめ）も一緒に供えた。お神酒は一合瓶に熨斗《のし》をかけた。柳田国男の『山の神とヲコゼ』に説かれるような山の神にヲコゼ（虎魚・螣）を供える風習は、海なし県の山国の故か、聞いたことがなかった。また、山の講は春二月一七日にもあったのか記憶に定かでないが、長野県上水内郡小川村石原牧は一月一七日、木曾郡三岳村は二月七日、下水内郡栄村は二月一二日と各地ばらつきがある。いずれにしても、材木商にとって「山の神さま」の日は、盆と正月の年中行事以外では大事にされていた。

陰暦一〇月一〇日の「十日夜《とおかんや》」の案山子《かかし》揚《あげ》を境に、冬の間は田の神が山の神になる。が、再び苗代《なえしろ》が始まる時期には田の神に戻るという「往還伝承」（『民俗学事典』）は俗説として知られている。これは農耕民族には都合がいい話であるが、山仕事を生業とする木地師《きじし》や鉱山師や炭焼や狩人など山に関わる「山民」（千葉徳爾『山民と海人』）にも、山にいて年中安全を保障し、獲物の収穫を喜ぶ山の神がいたはずである。

私は、山の祠の主が田の神に変身するとは思えなかった。むしろ、柳田国男民俗学の初期に説かれた「山人」の論、稲作民族に退けられた日本列島での先住民が山人であるという仮説に浪漫を感じていた。前記の「山民」は、稲作民族以前の先住民の伝承を継承するものだと想像するのも悪くない。実証できない以上、夢想は許されよう。

朝焼の母のふるさと山の講　　静生　「岳」二〇二二年一二月

山の神さまの日は、決まって冬の朝焼が美しい日であった。母の育った故郷の地母神を山の神に想像していた。

寒暁に矢を射り《(ママ)》山の神祭る　**千曲山人《ちくまさんじん》**　『栗笑むや』

戸隠《とがくし》詠か。二月九日、戸隠神社中社に隣接した山の神祭。民俗研究家向山雅重（『信濃風土記』NHK長野放送局編）によると、二月八日の晩にウツギの木で弓と矢を作り、この弓矢とオカラコ（団子）を持って山の神へ行く。早朝に天と地、東西南北の六つの方向に矢を射て、山の安全祈願をする。これだけがすべて。素朴な祭である。作者は上伊那郡辰野町出身。

山神は石の扉《と》が好き草紅葉　**中島畦雨《けいう》**　『祭笛』

草紅葉に囲まれた山の祠は木ではなく石の扉が付いた、がっちりした造り。私は、鉢伏《はちぶせ》山の山頂に据えられた小さな祠を思い浮かべる。作者は塩尻市出身。

腰に鉈《なた》差すも身支度山始　**中島畦雨**　『祭笛』

初山《はつやま》である。正月二日、あるいは八日。ぼや炭用に柴などを切る集落の共有地がある。そこに入る身支度を整えるのが山始《やまはじめ》。作者は藤田湘子《しょうし》からこれぞ「信濃男《しなのお》」と讃えられ、諸人から慕われた人格者であった。

一里一尺

［二〇一六年 冬］

昨秋に出会った一句にはっとした。

雨六日葡萄腐《ぶどうくた》しといふべかり　　**塩原英子**

作者は塩尻の葡萄栽培農家。周知の俳人である。〈葡萄腐し〉は珍しい季語で作者の造語であろう。卯の花が咲く初夏に降る長雨に〈卯《う》の花腐《はなくた》し〉がある。そこからヒントを得たものか。葡萄を収穫するはずの九月中旬に六日も雨に降られ、葡萄は樹上で腐り始めたという。

昨年は林檎も開花期に低温のところへ、夏の日照時間が足りなくて十分に結実しない。出荷ができないと林檎農家の知人が嘆いていた。果物ほど覿面《てきめん》に天候に左右されるものはない。改めて雨続き、晴れた日が少なかった一年を痛感しているところ、一一月に雪に見舞われた。春の桜時の雪を〈桜隠《さくらかく》し〉という。それに倣《なら》えば、さしずめ昨秋の雪は「紅葉《もみじ》隠し」であろう。

いよいよこの冬の雪が思いやられる。

うえ見れば虫っこ　なか見れば綿っこ　した見れば雪っこ

降る雪のさまを捉えた越後の童唄《わらべうた》である。四〇年近く前に『わらべ歳時記――越後と佐渡』（駒形態著）で教えられた。「一夜三尺一日五尺」、これが北日本新潟のしんしんと降る雪の量だとも聞いた。〈是がまあつひの栖《すみか》か雪五尺　『七番日記』〉と一茶が詠んだ信州柏原《かしわばら》も越後同様な周知の豪雪地帯。北信の高社山《こうしゃさん》と大町市の中綱《なかつな》湖を結ぶ線以北では「一里一尺《いちりいっしゃく》、一坂五寸《ひとさかごすん》」という地域の俚言《りげん》がある。北へ一里（約四キロ）進むごとに積雪が一尺（約三〇センチ）深くなる。同じように山坂を一つ越えると雪は五寸（約一五センチ）嵩《かさ》を増す。

一里一尺この雪闇の果てに海　水上孤城　『交響』

信越境での作。降雪の闇夜の果てに日本海を幻想したもの。海を思い浮かべることで、閉塞感から脱け出すことができる。

一里一尺ぶらんこ高く括られて　和田幸子《こうこ》　『蟬は草色』

遊園地のブランコであろう。雪来る前に、予想される雪の量から高く括られている。蟷螂《かまきり》の巣が高く作られる冬は雪が積もるという。人も蟷螂に教えられたものか。作者は飯山《いいやま》市生まれ。雪国はどこか空気に信心深さが籠っているようだ。そこで思い出すのはこんな傑作。

下張《したば》りの心経《しんぎょう》一里一尺よ　小倉美智子

襖《ふすま》の破れた下張りに般若心経がのぞく。朝夕唱える大事な経文も隙間風の寒さには堪えられない。覚えているからいいやとばかりに経文で破れを繕《つくろ》った。雪国の哀れこの上ない。作者は長野市在住。

講演「乱世の井月」

二〇一五年九月六日、長野県伊那市で開催された千両千両井月さんまつりの「第二四回 信州伊那井月俳句大会」での講演録。俳人井上井月は、文政五（一八二二）年、越後長岡生まれといわれ、明治二〇（一八八七）年三月一〇日、信州上伊那郡美篶村末広太田窪で没、享年六六。

講演「乱世の井月」

［二〇一六年一月］

はじめに

私は井月《せいげつ》の話を聞いていただくのは初めてで、あがっています。井上井月の生きたこの信州伊那谷《いなだに》の風土で、生まれながらにして井月のことを肌で感じて住まわれ、エピソードや残した書き物を通して、身を持って井月を体験されている方々の前で話をするのは恐れ多いです。

私はできるだけ井月に触れないように、井月をよけて、いままで生きてきました。「きれいなカカとうまいものを食べて、机の上で作った俳句は、うまいに決まっている」というような、すごいことを言う井月に、できるだけ触れまいと過ごしてきました。

井月を初めて知ったのは、芥川龍之介の主治医、下島　勲《いさおし》の『芥川龍之介の回想』の中の「俳人井月」という一文です。高等学校の時代、古本屋でこの本を買って、実にユニークな面白い俳人がいるものだと、井月に惹《ひ》かれました。それが昭和三一（一九五六）年。昭和三五年が六〇年安保という時代です。当時、下島勲と高津才次郎の『漂泊俳人　井月全集』（昭和五〔一九三〇〕年・白帝書房）から井月の輪郭は見ていて関心はありました。今回、講演の題名「乱世の井月」そのものがズバリ井月を衝くものと感じています。ほんの掠《かす》るような形で、俳句を通して井月の背景のようなことを、極めて狭い私の視野からお話しできたらと思っています。

昭和三〇年代に根津芦丈《ろじょう》さんを先生に、東明雅先生と一緒に宮脇昌三《まさかず》先生や春日愚良子《ぐらし》さんらと連句を教わったりしておりました。その合間合間に井月のことはお聞きしました。しばらく前には、竹入弘元《たけいりひろもと》先生からどっしりとした『井月編俳諧三部集』（『越後獅子』文久三［一八六三］年、『家づと集』元治元［一八六四］年、『余波《なごり》の水くき』明治一八［一八八五］年。編者井上井月・解説竹入弘元・監修井上井月顕彰会）を頂戴して拝見しました。今回、映画「ほかいびと」の北村皆雄さん（『俳人井月　幕末維新風狂に死す』岩波現代全書）、俳人の伊藤伊那男さん（『漂泊の俳人　井上井月』角川俳句ライブラリー）、今泉恂之介さん（『伊那の放浪俳人　井月現る』同人社）の本を拝見しました。数日前には、復本《ふくもと》一郎先生と短く井月の話をしました。どうも、だんだん井月について考えざるを得ないなあ、と追い込まれて、窮地に立っての講演です。

岩手県平泉にて

たまたま私は今年（二〇一五年）六月二九日、旧暦では五月一三日に当たると思いますが、芭蕉の夏草の句が詠まれた平泉・高館《たかだて》で講演を頼まれました。前日に中尊寺や毛越寺《もうつうじ》の方に、一日平泉の地を案内していただきました。そこで私は感激したことがあったのです。平泉には六回ほど行っていますが、初めて今回、ああそうだったのかと感心したことがあります。実に他愛もないことですが、草が多いということなのです。達谷窟《たっこくのいわや》をはじめとして、一日かけて歩いたり車で案内してもらい、平泉はこんなにも草の多い所かと、つくづく感心しました。もう見渡す限り草。田んぼの土手や草原や、行けども行けども草なのですね。

草原の草を踏みながら一日近くさまよって、初めて何か草の命というか、草というものの内側に、やっと自分が入り込めたような気がした。わが家でも毎日散歩して草は踏んでいますが、平泉で、今回初めて草を一日近く踏みつけて芭蕉の〈夏草や兵どもが夢のあと〉の〈夏草〉が、こういうことだったのかとわかったのです。

草の一本一本に触れながら、たぶん元禄二(一六八九)年の五月一三日、芭蕉もここへ来て、私が草を踏んできたと同じように、といいますかもっとすごく、その一本一本を踏みながら、その果てに高館に来て〈夏草や〉と感嘆し〈夏草〉という言葉を置いたのだと思います。

ですから決してこの〈夏草〉は、俳諧歳時記にある〈夏草〉ではないのです。芭蕉が体を通して一本一本の草の命に触れながら、平泉という所はなんて草の多い所なのか、そういうことを感じて、それも梅雨のころ。茫々《ぼうぼう》とした夏草で、〈夏草や〉以外の言葉は置けなかっただろうと思うのです。「なつくさや」という五文字にすぎないですが、そこに万感を込める。

桑原武夫《くわばらたけお》さんが昭和二一(一九四六)年一一月の雑誌「世界」に書いた「俳句、第二芸術について」という文章の中で、俳句を批判していますが、桑原さんは大変素晴らしいことを言っている部分があります。それを私流に嚙みくだいていいますと、芸術というものは形式と精神を両立させることは難しい。形式と精神を両立させることができるのは天才以外には無理である。なんでその形式に従って五七五を並べるような俳句が、その俳句の形式と精神、一回限りの形式と精神を問うような厳しいことができるのか、というのです。

桑原さんの背景にはスタンダールを中心にしたフランス文学があるだろうと思いますが、私は桑原さんの第二芸術論の中で、俳句が駄目《だめ》だというようなこと以上に、このことが一番鋭い指摘だと思っています。桑原さんは、形式と精神という二律背反のような、対立する、そういう矛盾したものを融合できるのは天才しかないというのです。

言われてみればよくわかる。つまり芭蕉の句〈夏草や兵どもが夢のあと〉は、芭蕉の精神が彼の体を通した五七五という形式に従って表現された、一代一回限りの表現だろうと思うのです。そして、あらためてその思いで高館に立ってみますと、あの藤原三代、清衡《きよひら》・基衡《もとひら》・秀衡《ひでひら》、そして義経《よしつね》一党、その亡霊が夏草の間からワーッと立ち上がってくる。

私はたまたまその前に鹿児島県の知覧《ちらん》へ行っていました。知覧も何回か行っていますが、特攻兵たちの記念館を見ました。七五人、八一編の文章がある『きけ　わだつみのこえ』の冒頭に、書簡さらには遺書が載る、象徴的人物である上原良司《うえはらりようじ》の実家が、私の家の近く、安曇野《あずみの》にあります。良司のおじいさんは上原三川《さんせん》、正岡子規《しき》が始めた『新俳句』の編纂をした人です。子規が「日本新聞」上で俳句を広めていて、その俳句のアンソロジーを初めて作ったのが三川こと上原良三郎です。良三郎さんは明治二〇年代に、一時上伊那の小学校の校長先生もしていますます。私は先生のことを調べていましたので、孫に当たる上原良司にも関心がありました。

上原家は三川の孫に当たる長男良春、次男龍男、三男良司、いずれも戦争で、兄さん二人は軍医、三番目の良司は、昭和二〇年五月一四日に知覧から飛び立った特攻隊の兵士として、沖縄嘉手納《かでな》湾へ突っ込んで亡くなっています。

良司の書き残した遺書には「必ずこの戦は連合軍が勝つ。日本は負ける。しかし勝った暁に、連合軍が勝った勝ったということで勝ち誇って、絶対主義的なものの考え方になった場合には、必ず滅びる」（要旨）ということを敗戦前に予測して書いています。その文章が素晴らしい文だということで『きけ　わだつみのこえ』の冒頭にあるのです。

ベトナム戦争をはじめとして今度のアフガン、

イラクなどの戦争まで含めて考えてみても、その勝者が絶対主義的な考え方に陥《おちい》っていくことを、亡くなる前、終戦前に予測して書いている。良司の仲間たちの写真を見たり、書いたものを読んだりしていましたので、私は高館に行き、藤原三代や義経一党だけではなく、その背後から、沖縄で突っ込んで亡くなった特攻隊たちの姿まで、ぼーっと夏草の間から立ち上がってきたのです。「きけ、わだつみの声」という映画もありました。鶴田真由さんも出ていて、よい映画だと思っていたので、夏草の間から特攻隊の若者たちがワーッと立ち上がってくる、そんな現代的な〈夏草〉の句の読み方をしました。

で、そのときに〈兵どもが夢のあと〉という芭蕉の句は、人間を問題にしている。人間の命を問題にしているのですね。まさに桑原武夫さんが言われたとおり、精神と形式とが本当に合致した、芭蕉の一代の名句だと思います。一句でも、その人の全人間が投入されているような名句を残すことは、並大抵なことではないなあと、〈夏草〉の句を通してしみじみ感じました。

芭蕉、一茶、井月

毎日毎日草を踏みながら、どこへ泊まったらよいか、泊まるあてもないような日々を三〇年近く、この伊那の地で暮らした井月という人を考えてみますと、芭蕉よりも実はもっともっと厳しい人生を送ったのではないかと思うのです。芭蕉は藤堂《とうどう》藩の最下級の武士。かつては伊賀上野《いがうえの》の藤堂良精《よしきよ》家の良忠に仕えた下級の武士です。武士であったという誇りを内に持ちながら、生涯旅に過ごした俳人というのは皆さんご存じのとおりです。同じように井月も、越後《えちご》長岡《ながおか》藩の下級武士であったと考えられます。その点が、小林一茶とは違うだろうと私は思うのです。

一茶には共感するところがあり、一茶の句の紹介や注釈をしています。金子兜太《とうた》さんとも矢《や》羽勝幸《ばかつゆき》さんとも違いますが、一茶に関心があります。けれども時代というものに向かって、時代に嚙みつくようにして、それをひそかに、自分の歴史に対するレジスタンスとして、お腹《なか》にためながら生きたのは、やはり芭蕉であり、井月であったのではないか。

一茶は五一歳で信濃の柏原《かしわばら》に来て、奥さんに一切の農作業を任せ、羽織貴族として自分の門人八〇人くらいの所を転々と歩きながら俳句を作って、最後には確かに野垂れ死にに近い死に方をしたかもしれませんが、それでも、焼け残った自分の土蔵の中で亡くなっている。自分の家で亡くなっている。井月とは違う。そういう点から比べると、芭蕉・井月の生き方は、時代というものに対する食らいつき方が、一茶とは随分違うという気がします。

一茶の素直な、ストレートな表現の仕方と、井月のそれとはやはり違うのではないか。私は、井月の持っている一つの屈折した表現が、何とも恐ろしくて近寄れないという思いで、長い間来ましたが、いつでも意識の中には井月がありました。

象潟とはどんな地か

二〇一四年、国民文化祭・あきた二〇一四「奥の細道全国俳句大会」が象潟《きさかた》をめぐり、秋田県にかほ市でありました。日本の大きな俳句団体が三つあり、現代俳句協会、俳人協会、日本伝統俳句協会ですが、毎年国民文化祭の講演を順々にやっています。昨年は私の所属する現代俳句協会が幹事でしたので、半年ほど象潟のことを考えていました。

象潟で「象潟の芭蕉」という話をするときに、どうも私がわからないことが一つありました。象潟というと〈象潟や雨に西施がねぶの花〉の句ですね。『おくのほそ道』に関しては何十回も話をしたり、いろいろ言ってきましたが、どうしてもよくわからない。何で象潟に〈西施《せいし》〉が出てくるのか。多分、多くの人もそれが分かってなかったのではないかという気がしていました。参考書で徹底的に調べましたが、誰もそのことを避けている。はっきりしないのです。

その俳句大会で初めて「なぜ象潟が西施なのか」がやっとわかりました。俳文学者が何人か来ていまして、先生方に聞いたら「それは新しい見解だ」と言われましたので、連載を持っていた角川の「俳句」二〇一六年一月号で触れました。なぜ〈象潟や雨に西施がねぶの花〉なのか。象潟の地が雨に煙りながら合歓《ねむ》の花を見ると、中国の「越王勾践《えつおうこうせん》・呉王夫差《ごおうふさ》」の故事で有名な西施の顔が浮かぶ。どうして西施が出てくるのか。

『おくのほそ道』をあらためて読み返すと、深川の芭蕉庵を出て初めて芭蕉が歩いたのが草加《そうか》です。その中に、象潟に関係するようなところが出てきます。有名な文章ですが、「ことし、元禄二とせにや、奥羽長途の行脚只かりそめに思ひたちて、呉天に白髪の恨みを重ぬといへ共、耳にふれていまだめに見ぬさかひ、若生て帰らばと」(「草加」)と本の冒頭に出てきます。

これから自分はみちのくの長い旅をするのだけれども、「呉天《ごてん》に白髪の恨みを重ぬといへ共」という文章が出てきます。「呉天」というのは長安の都から一番遠い所、遠い国のこと。遠い国をさまよって頭が真っ白になるような、そういうつらい目にあっても、聞いてはいても実際に足を踏み入れたことがない所を訪ねたいという思いがしきりにして訪ねるんだ、と。そこまでしても自分は行くんだ。そうすると、『おくのほそ道』で一番遠い所はどこか、象潟の地なのです。なるほどそういうことだったのか。

「呉天」といえば、呉王夫差の話ですね。越が呉との戦いに敗れて、越王の勾践は絶世の美女といわれた奥さんの西施を呉王夫差に差し出します。勾践は妻の西施に「これこれこういう訳で、よく呉王に尽くせ」と説きます。政略結婚ですね。まさにそのとおりになって、呉王が国をおろそかにし、越王がまた攻め込んで天下を取る、「越王勾践・呉王夫差」の中に西施が介在する。「呉天に白髪の恨みを重ぬといへ共」と、遠い所というイメージで、象徴的に西施を出した。西施が置かれている状況、西施の役割などをよく踏まえながら、芭蕉は〈象潟や雨に西施がねぶの花〉の句を出したのですね。

象潟の前に松島があります。二八八の島々がある松島湾で、芭蕉はお月見をしたいと思った。けれども出発が遅れてしまって、春のお月見ができなかった。まあ結局は月見をしたのですが、一句もできない。芭蕉は松島湾を眺めて、蘇東坡《そとうば》（蘇軾）の漢詩を踏まえながら西施のことを想っている。そのときに、太平洋に面した明るい松島はにっこりと西施が笑ったようなところ、反対に「象潟はうらむがごとし。寂しさに悲しびをくはえて、地勢魂をなやますに似たり」と書くわけです。にっこり笑ったような西施の面影を浮かべながら晴れの松島を書き、それと対照して、象潟へ雨にぬれた西施を出す。みちのく高館・松島の地は太平洋側で芭蕉が訪ねた一番北ですが、本当にみちのくでの最北は象潟ですね。それで松島と対比しながら、「呉天」のことを頭に描きながら〈象潟や雨に西施がねぶの花〉と詠んだ。

『おくのほそ道』を読むとわかりますが、曾良《そら》も含めて五つの俳句を並べている。なぜこんなことをしたのだろうかと考えると、この自分が訪ねた象潟こそは、これから俳人たちのメッカになるだろう。後から後から象潟を訪ねる俳人たちがあるかもしれないと芭蕉は考えたかもしれません。亡くなるほんの半年から一年くらい前に書き上げた『おくのほそ道』の中に、象潟をそういう完璧な形で描いている。

昨年、象潟へ行ってこんなことが初めてわかりました。初めに「元禄二とせにや、奥羽長途の行脚」と、『おくのほそ道』の全体の構図を描いておいて、そこにちゃんと「呉天に白髪の恨みを重ぬといへ共」と象潟を暗示するような文章を書いて、そして〈象潟や雨に西施がねぶの花〉と仲間の俳句を含めて並べてまとめている。完璧な形で、芭蕉が考えたメッカに当たるような一つの地の形を文章の上で作り出した。

ですから小林一茶は、何をおいてもそこへ行きたいと思い、芭蕉が亡くなってから百年めの寛政元（一七八九）年、二七歳の時に象潟を訪ねています。それまで「菊明」というペンネームを使っていましたが、象潟で俳句を作り、正式に「一茶」の号を使った。象潟がどういう地であるのかを意識しながら「一茶」を使い始める。二五歳の時に佐久の俳人新海米翁の米寿のお祝いに使ったという説もありますが、正式に使ったのは象潟を訪ねた二七歳の時からだと私は思います。

さらに後、旧派の俳人たちが大変力を入れた芭蕉二百回忌に当たる明治二六（一八九三）年、正岡子規は知り合いの宗匠たちから宿の心配などをしてもらいながら、象潟を訪ねています。子規の『はて知らずの記』に出てきます。子規も象潟がどういう所であるかを意識しながら訪ねています。以後、俳人たちがわれもわれもと訪ねる。象潟を訪ねた俳人たちを並べるだけで一冊の本ができるほどの名所になります。

井月も〈象潟や雨なはらしそ合歓の花〉と詠む。芭蕉を大変慕《した》っている井月です。象潟の雨、止んでくれるな。降っていておくれ。合歓の花が咲いている中の雨の日の象潟。それが何とも自分にも慕わしい。松島は晴れた日の松島、雨の日の象潟というのが、私が芭蕉を慕う一つのシンボリックな風景として大変慕わしい、と。

井月の俳句を読んでみると〈日和《ひより》〉という言葉が大変好きですね。お天気です。お天気の日に着る〈日和蓑《みの》〉とか〈筏《いかだ》日和〉とか、さまざまな〈日和〉が出てきます。正岡子規も〈日和〉が大変好きです。井月も好きです。井月の代表作の一つともいえる〈駒ケ根に日和定めて稲の花〉、子規は〈枯荻や日和定まる伊良古崎〉と詠んでいます。

ところが井月は象潟に対しては、日和ではなく、雨が欲しい。雨よ止んでくれるな、と。あえてこういう句を残したのは、自分が象潟を意識しながら、実際行ったかどうかはわかりませんが、象潟がどういう地か。俳人として後に草庵でも持ち宗匠にでもなるのなら、象潟の地を踏んでいなければその資格は得られないというような、ひそかな気持ちがあったものか、この句を残したのですね。俳人にとっての象潟は、いわばメッカに相当する地だと、芭蕉は『おくのほそ道』を通して演出した。その中に井月もちゃんと一枚加わっている。井月という人はなかなか考えた俳人だと、私はふっと思いました。

越後の地貌の言葉から

最近私は越後のわらべ歌に興味を持ちました。わらべ歌はいろいろとありますが、特に越後・佐渡《さど》などは日本でも一、二を争うくらいあります。わらべ歌や伝承、地域特有の言葉（地貌《ちぼう》語）、地貌季語が豊富です。それは、雪深い雪国であったことが背景にあるのだろうと思います。

長岡を中心にした越後の言葉に〈衣脱朔日《きんぬぎついたち》〉があり、わらべ歌にもある言葉です。冬から春の衣替えは旧暦四月の終わり、夏の初めに行い、袷《あわせ》になります。〈衣脱朔日〉は旧暦七月一日の衣替えで、袷から単衣《ひとえ》になるときに〈衣脱朔日〉といってお祝いをします。〈衣脱朔日〉の七月一日には、桑の木の下へ行ってはいけない。ちょうど蛇《へび》が脱皮をするころだから、桑の木の下に行ったら蛇に噛みつかれる。昔から人々は蛇というものに対して恐れをなしてきました。〈衣脱朔日〉の日には、そうした言い伝えがあるのです。

それを井月は〈ぬぎすてよ人の心の蛇の衣《きぬ》〉と詠んでいます。これは蛇の句ではありません。〈衣脱朔日〉、衣替えの句なのです。人間には、蛇のように執念深く陰険な気持ちがある。いまこの蛇が脱皮するように、衣替えの日なのだから、こういうもの〈人の心の蛇の衣〉を脱がなくてはいけない、という句ですね。井月の句の中でもよい句だなあと思いますね。ちょっと教訓的なにおいがある。正岡子規などの新派の俳句を見てきますと、教訓的なにおいというものに対して、かなり否定的な言い方をします。

私は少し前から、この新派と旧派（江戸時代以来の俳諧師）の句を考えていった場合に、少しくらい教訓的なにおいがないと、句は拡がらないと思うのです。多くの人たちは何かそこに、いかに生きるかという、ちょっと庶民的な知恵のようなものを求めるのではないか。子規はそれを「月並陳腐《つきなみちんぷ》」という言葉で言いました。子規が月並だと言ういくつかの条件を挙げた中に、気になるのは「陳腐」ということ。教訓的な知恵を含んだものは陳腐である。この井月の句も子規的な見方からすれば陳腐だと思うのです。

私はそうではなくて、〈ぬぎすてよ人の心の蛇の衣〉の句は、結構面白いのではないか。そこには人間の生き方というか、生きるという一つの考え方が表れている。究極的な考え方ではないが、ある種の生きていく上での知恵がある。

そんなことを思うと、この句は教訓的だと言っても、捨て難い句ではないか。むしろ陳腐だと言われたことから掬《すく》い上げて「こういうことが、一見陳腐に見えるんだけれども、残るんだ」と評価することが、新たな俳句の評価になってもよいのではないか、と思うのです。

いままであまりにも純粋培養的に、写生的・感覚的なものだけをよしとした、句に対する評価の基準、正岡子規が「陳腐だ」とひとことで言ったような基準を、もう少し陳腐でありながら、その陳腐の中でも人間味が面白い。人間の命の多面性を考えた場合には、評価すべきものは評価する。そうした評価軸が、実は一番大事なのではないか、と井月の句を読みながら私は感じます。

子規の先蹤者・井月

井月は子規の先蹤者《せんしょうしゃ》（先例、前例）であると私は考えています。子規に〈**枯荻や日和定まる伊良古崎**〉があります。ある本では〈枯萩〉とする説もありますが、私は〈枯荻〉がよいと思います。この句は明治二七（一八九四）年、子規が初めて自分が写生《しゃせい》ということを会得できたなと思って、作った句です。一方、〈**駒ケ根に日和定めて稲の花**〉は、井月が明治一〇年代に作った句だと思います。場所は愛知の伊良古崎《いらこざき》であり、一方は長野の駒ケ根《こまがね》です。井月と子規との交流はないですが、二人は句の上では一つ重なる、同じことを考えている、そういう句ですね。

〈枯荻や〉は子規が写生開眼かと喜び、「写生の妙味」がわかったというように言った句です。その後武蔵野の郊外を散歩しながら、自分は写生ということがわかってうれしいと言って挙げた句が〈**稲の花道灌山の日和かな**〉〈**掛稲の上に短し塔の先**〉〈**吾袖に来てはねかへる螽《いなご》かな**〉。

こういう、いわゆる見たままを詠んだ句です。

これはイタリアの画家フォンタネージュの考え方で、彼は美術学校の先生でしたから、絵描きの小山正太郎を介し、ご当地伊那の中村不折《ふせつ》とつながります。不折は子規が編集長をしていた新聞「小日本」に、子規と机を並べる挿絵画家として入ります。子規は「写生」という考え方を不折から知った。教わったのは「臨画（デッサン）の技法と同時に、対象をつかむには、こちら側の「見識」が必要である」ということです。ところが、「こちら側の「見識」が必要である」が疎《おろそ》かになるのですね。デッサンの技法ばかりが写生、写生と広まっていく。写生には、対象をつかむための、どこへどう着眼するかという見識が必要であると言っているわけですが、そこを子規は見落としている点があります。

初めは確かに名所旧跡を見つめよと教わっています。名所旧跡には整った景色が備わっているわけですから、確かに着眼としては手っ取り早い。けれども名所旧跡ばかりではなくて、ものをつかむには、こちら側の「見識」が必要だ。そうした点に関して、まだこの時期の子規はPoorだった。ですから〈稲の花…〉、〈掛稲の…〉、〈吾袖に…〉という句を読んでも面白くない。何を見るかという「見識」がない。これは私が面白くないと言うばかりではなく、子規自身が、写生の妙味を発見したと言いながら面白くないと思っています。

なぜそうかというと、明治二七年に子規は日清戦争に従軍したかった。ところが、しばらく前から子規は結核を患っていて、従軍できない。「日本新聞」の社長・陸羯南《くがかつなん》との間に何遍もやりとりがある。その中で鬱勃《うつぼつ》たる不平を抱えながら〈赤蜻蛉筑波に雲もなかりけり〉と詠んだ。赤とんぼが飛んでいる、ちょうど秋のころですね。筑波山を見ると一片の雲もなく晴れている。

——ああ、これで俺は写生の句ができた。これはよい句だとひそかに思った。けれども、心の奥底には不平不満があった。景色はよく描かれてはいるが、自分の中にある従軍したいのにできない不平不満、悶々《もんもん》たる思いは〈赤蜻蛉筑波に雲もなかりけり〉では全然出ていない。対象は確かに写生という形で一応できてはいて、世間の人はよいと言ってくれるが、自分はこの句に対して面白くないという気持ちがあった。

　私もこの句に風景の完璧さを褒《ほ》めながらも、なおかつ子規と同じように面白くない。人間が出ていない。奇麗ごとだ。もっと「従軍したい」という、どろどろした思いを表現したいとの葛藤があったら、こんな奇麗な句ができるわけがない。そうしたことを感じながら井月の句を見ると、私は井月の句の方が、この時代の子規の句よりは人間が出ている、命が懸かっていると感じます。気取った言葉はないけれども、おのずからそこに井月の命を詠っている。

　井月の代表句〈落栗の座を定めるや窪溜り〉。〈落栗〉や〈窪溜り〉のようなマイナス的な言葉を使い、句としては一見陳腐にも見えます。前出の〈ぬぎすてよ人の心の蛇の衣〉は、一片の陳腐な、少し教訓臭があると復本一郎先生が言われていることを、私も感じます。ですが、そこに案外魅力があるのではないか。落栗の句も落ちる、そして窪溜り、一見マイナスに詠まれている言葉を重ねて用いることで、その底にある井月の生き方、人生というものは、こうした表現でなければ、人には伝わらない。

　井月の句〈何処《どこ》やらに寉《たづ》の声きく霞かな〉。霞松《かしょう》さん（『余波《なごり》の水くき』の編者、越後出身）が井月の亡くなる二時間前に筆を執らせて書かせたという句。この〈何処やらに〉という、漠然とした言葉の中に魅力がある。人間の生き方は、そんなに決まるものではない。その中で〈寉の声きく霞《かすみ》かな〉。霞の中で、冬を越し春になって帰る鶴《つる》でしょうね。その帰る鶴の声を聞く。自分はこれからどこへ行くのか。若いころ作った句だとしても、自分の行きどころ、死んだ後はどこへ行くのかという思い、まして、朦朧《もうろう》としている中で〈雀の声きく霞かな〉と言う。自分がこれからどこへ行くのかわからないという心を暗示したこの句などを見ても、井月の句は大変命が懸かっていますね。

先ほど私は、写生を開眼した子規の句〈枯荻や〉を挙げて、つまらないと言いました。子規の句について、かなりの句を一〇年ぐらいかかって注釈書を書きました。子規の句が本当に面白くなるのは、病気になって体が動かせなくなってからです。動けなくなったから、机の上でできますので、芭蕉より蕪村の方へ進路を変える。そして最後の句は、〈糸瓜咲て痰のつまりし佛かな〉〈痰一斗糸瓜の水も間にあはず〉〈をととひのへちまの水も取らざりき〉と、単純明快であるけれど、命そのものを詠っている。はっきりと〈佛《ほとけ》かな〉と子規は言っています。

子規が亡くなったのは明治三五（一九〇二）年。井月の没年、明治二〇（一八八七）年と一五年の差がありますが、あえて比較すれば、井月の方が、何ともとりとめのない人間の実存に近いところを詠っているのではないかと感じます。

「軽み」――井月が芭蕉から学んだもの

井月が絶えず口にしていたという、甲州の俳人早川漫々《まんまん》の『俳諧雅俗伝《はいかいがぞくでん》』の中に、次のように出ています。「詞《ことば》は俗語を用ゆると雖《いえど》も心は詩歌にも劣るまじ、と常に風雅に心懸く可し。句の姿は水の流るるが如くすらく〳〵と安らかにあるべし」「俗なる題には風雅に作り、風雅なる題には俗意を添へをかしく作るは一つの工風《くふう》なり」と。これは一見わかりやすいことを言っていますね。ひとことで言うと、芭蕉の「軽み」ということを言っているのだろうと思います。芭蕉の「軽み」は、最終的な芭蕉の生き方だとよくいわれていますが、本当に最終的な生き方は少しニュアンスが違います。

富山県の井波《いなみ》に、瑞泉寺《ずいせんじ》という浄土真宗東本願寺派のお寺があります。その中興の祖といわれる浪化《ろうか》上人は、元禄七（一六九四）年五月に、去来《きょらい》を介して、弟子になりたいと芭蕉に言ってきた。芭蕉は浪化さんを最終的に弟子として許すのです。浪化さんの句を見ますと、〈水鳥の胸に分ゆく桜かな〉、花びらが散っている中で、水鳥がその水に浮かんだ花びらを分けながら進んでいく、と大変美しい句を作っている。一生懸命の勉強家の浪化さんに対して、芭蕉はこういうことを言っています。

最終的に芭蕉が考えついた「軽み」の考え方だと思うのですが、「俳諧あらび可申候事は言葉あらく、道具下品の物取出し申候事に無御座、ただ心も言葉もねばりなく、さらりとあらび仕候事に御座候。尤、あらき言葉、下品の器も用ひこなし候が、作者の得分にて御ざ候。嫌申にては無御ざ候」。

芭蕉は一〇月一二日に亡くなるので、その五ヶ月前、元禄七年五月一三日に、去来が書簡で芭蕉の言っていることを浪化さんに伝えます。俳諧はみんな「軽み」だ「軽み」だと言っている。「軽み」だけれども、背後に荒ぶる心という緊迫感がなければ「軽み」ではないんだよ、と言っている。大変大事な言葉ですね。

なぜ俳句で「軽み」ということが問題となるのか。それは俳句の形式そのものが「軽み」を必要とせざるを得ないからです。俳句は五七五七七の七七以下を切ります。下の句の七七を取り除き、五七五だけが独立するとはどういうことか。大変大事なことですね。

その大事なことをはっきり言ったのは山本健吉さんです。桑原武夫さんが昭和二一年一一月の「世界」で「第二芸術について」と言った翌月、雑誌「批評」で山本健吉さんが「純粋俳句」という大変な論文を書いている。彼は、ひとことで言えば「俳句の形式が七七がなくなったということは、時間性の抹殺である」と言っている。これはすごいことですね。

　我々は時間に従って生きています。時間というのは、つまり原因・結果。ものごとは原因から結果へと時間が生まれます。歌の場合には五七五で言ったことに七七を付けることで時間が生まれます。釈迢空《しやくちようくう》の歌〈**葛の花　踏みしだかれて、色あたらし。この山道を行きしひとあり**〉。葛の花が山道で踏まれて色が鮮やかだ。ああ、自分より先にこの山道を訪ねた人があるんだなあ、と。俳句で言うと〈葛の花踏みしだかれて色あたらし〉だけでいい。〈この山道を行きしひとあり〉はいらない。余分です。俳句はそういうものなのです。

　ところが〈この山道を行きしひとあり〉がないと歌にはならない。簡単に言いますが、歌は下の〈この山道を行きしひとあり〉で、上の句の〈葛の花踏みしだかれて色あたらし〉を反復しながら時間を創り出している。つまり五七五七七の歌は、確かに短詩形には違いないが、ほとんど散文と同じなのです。

　ところが俳句は、七七を取ったがために、散文とはまったく違う、世にも奇妙なものになってしまった。こんな奇妙なものは世界に俳句しかない。何が奇妙かと言ったら「述べる」ということが何もない。私はいま述べています。原因に当たることや結果に当たることを述べながら、なるべく論理的に、わかりやすいようにと考えています。ところがこれが俳句にはない。ただ、ものを提示するだけ。感じたり見たりしたことを提示するだけ。時間がない。ですから五七五は、時間を無視した形で、板に何かを刻み込むような表現形式なのです。いうならば、すべて現在なのです。わかりにくくなる、わかるはずがないのです。

その上、できるだけ難しいことを言っては駄目。坪内稔典さんは片言性、俳句はカタコトだと言っています。あっさり分かりやすいことを言わなければ駄目なのです。

俳諧の場合には、五七五という招かれた客人の発句《ほっく》に七七という脇句《わきく》を亭主が作る。五七五の座を開いてくれた亭主に対して、井月にはこういう句が多いですが、ご挨拶をします。「こんな気持ちのよい会を開いてくれてありがとね」。その挨拶に「いえいえ、どういたしまして」と亭主が脇を付ける。そういう形であった場合には、もう難しいことは言えませんね。相手がいますから。

相手がいなくなって一句独立した場合には、独立したことによって、俳句そのものが偏頗《へんぱ》な、一つの片言ではあるけれども誇りを持ちながら、なおかつ難しいことを言わない。そこで「挨拶・滑稽《こっけい》・即興」という性質が、七七を切って俳句の形式が成立した途端に、さらには俳諧連歌・俳諧の雅《みやび》がなくなって独立した途端に、「軽み」という気持ちが必要になる。易《やさ》しいことを軽々と、わかりやすく言わなければいけない。俳句の持っている宿命としての「軽み」が明らかになります。

時代による「軽み」の捉え方

ところがその「軽み」の捉《とら》え方も、短い形式であるがゆえに時代とともに推移します。たとえば戦後の時代、桑原武夫さんの第二芸術の影響もあったのでしょうが、五七五の中に何を詰めるか、と喧々囂々《けんけんごうごう》とした議論が行われました。

私は昭和二六（一九五一）年から俳句を始めましたが、一生懸命になったのは昭和三五年、六〇年安保のころでした。あのころは山口誓子《せいし》の根源《こんげん》俳句から始まって金子兜太の造型《ぞうけい》俳句まで、前衛俳句的な「何を俳句の中に詠むか」「何を俳句の中に突っ込むのか」といった議論が盛んになされました。一つの文学の詩形の中で「俳句とは何であるか」と常に詩形への問いが問題になるのは、俳句だけですね。小説や短歌や詩は「詩とは何であるか」「短歌とは何であるか」などとは問題にならない。俳句は半端な不完全な詩形だから、詩形への問いが絶えず問題になってくるのでしょうね。

しかし六〇年安保の後、いまと状況が似ていますが、安保条約締結の後、池田勇人内閣から佐藤栄作内閣にかけて、「安保」という政治闘争ではなくて、国民の関心を、いかに月給が上がるかという経済へ向けるのが一番いいんだと「所得倍増」を打ち出しました。それがバブルにつながってバブルが崩壊する。

経済の時代の招来とともに、俳句に何を詰め込むかという議論ではなく、俳句本来の俳句形式の持っている「軽み」が問題になってくる。侃々諤々《かんかんがくがく》の議論をしていた人たちが疲れてきた。池田、佐藤、田中角栄までの政治の時代。特に高齢化社会、昭和五三（一九七八）年、日本は世界一の高齢社会になりました。そのあたりから、俳句界は「老い」を中心としたテーマが注目され出します。高浜虚子《たかはまきよし》は昭和三四（一九五九）年、六〇年安保の前に亡くなっていますから、当時は富安風生《とみやすふうせい》、阿波野青畝《あわのせいほ》、山口青邨《せいそん》ら、みんな九〇歳代の俳人たちが中心になっていました。評論家の山本健吉は「そういう老人たちの老いが、大変美しく詠われる時代になった。軽みの時代になった」と、やや幇間《たいこもち》的に言う時代になりました。俳句の持っている「軽み」という地が出てきた時代、それがずーっと今日まで続いている。

いま、集団的自衛権をどうするか、多数を持っている政党が法案を通した後、国民の関心をどうするか。それには前例がある。所得倍増とはいかないけれど、経済の方へ関心を持っていけ、という政策を執りつつありますね。そういう中で「軽み」ということが問題になる。

芭蕉からつながる井月の句

昭和五三（一九七八）年あたりに言われた「軽み」から、たぶん今後さらに磨きがかかるであろう「軽み」議論の中で、芭蕉が言っている「軽み」とは先ほどお話しした浪化上人への手紙に表れています。

相手が東本願寺のナンバー2に当たるような浪化上人に、去来を通して言わせた言葉ですから、抑えに抑えながら言っている。けれどもこれが、一番最後の芭蕉の「軽み」論です。そのことを井月が知っていたかどうかはわかりませんが、井月が読んでいた『俳諧雅俗伝』をよく読んでみると「軽み」ということを「雅」と「俗」ということを通して言っています。井月は「荒《あら》ぶる」ということを身をもって体得していて、よくわかっていた俳人だと思いますね。

井月は、伊那谷に入ってきてから身をもって、あの芭蕉の持っていた苦労を毎日体得していた。子規が病気になってから考えついた、思い至った、その苦労に、井月は毎日向き合っている。井月が残した句は、まさに写生とは違いますが、ある面では旧派俳句の究極が詠まれていると思うのです（「旧派」「新派」という考え方自体を訂正しなければいけない時代に入ってきていますが）。

私は俳句の究極は、表現者の人間の総量が作品に込められているかどうかだと思うのです。そうすると井月の句には、まさに井月という人間の総量が籠められているのではないか。

　もし子規が井月の句を知っていたならば、びっくりしたと思いますよ。先掲の子規が作った〈枯荻や日和定まる伊良古崎〉というような句を、井月は七年以上前の明治一〇年代に〈駒ケ根に日和定めて稲の花〉と堂々とした句を作っています。稲が稔《みの》って花が咲き、百姓にとっては本当にうれしい。〈日和〉という愛用の言葉をちゃんと定めて、よい句を作っています。

　井月がしばしば書き残したという芭蕉の『幻《げん》住庵記《じゅうあんのき》』。『おくのほそ道』が終わって元禄三（一六九〇）年、大津の膳所《ぜぜ》で記し、中に芭蕉の思いが書かれている。私も宮脇昌三先生と同じように、井月の書いた『幻住庵記』が、『猿蓑《さるみの》』の『幻住庵記』と同じかどうか、一字一句確かめてみました。字は違う字を当てていますが、確かに間違いはない。

　その中に「倩《つらつら》年月の移こし拙き身の科《とが》をおもふに、ある時は仕官《しくわん》懸命の地をうらやみ、一たびは仏離《ぶつり》祖室《そしつ》の扉《とぼそ》に入らむとせしも、たどりなき風雲に身をせめ、花鳥に情を労して、暫く生涯のはかり事とさへなれば、終《つひ》に無能無才にして此一筋《このひとすぢ》につながる」とあります。まさにこれは芭蕉が『おくのほそ道』を経て、自分の半生を振り返ったもの。同じように井月も晩年、これをよく書いていたそうですが、『幻住庵記』を通して思いを託したのでしょう。

　最近明らかになったという『柳《やなぎ》の家《や》宿願稿《しゅくがんこう》』。これは明治九（一八七六）年、井月五五歳ですか、何か『幻住庵記』につながるような、井月の思いが表れていると読ませてもらいました。

　芭蕉が俳文の中で自分の身の上を語ったのは『幻住庵記』と、もう一つは亡くなる一年前の「閉關之説《へいかん》」ですね。これは芭蕉の死後に出た私記です。暮らしの面倒を見た杉山杉風のもとから見つかったもので、公表したものではありません。しかし芭蕉の赤裸々な告白が書かれています。自分の甥の桃印《とういん》が結核で亡くなる。芭蕉の若いころのお妾《めかけ》さん寿貞《じゅてい》と甥の桃印の二人が、一〇年ほど芭蕉のもとから居なくなって、帰って来たときには二人とも結核になっていた。そして亡くなる。それを芭蕉がつらつら人間の持っている欲というもの、特に性欲というものに対して痛烈な告白をしている。

「閉關之説」そして前に書かれた『幻住庵記』を読むと、何か芭蕉のリアルな姿が見える。井月が自分の思いを籠めて、ひそかにこれはと心を寄せて書いたという芭蕉の『幻住庵記』。その井月の気持ちが実によく私はわかります。

このように見てきますと、あの〈落栗の座を定めるや窪溜り〉〈何処やらに隺の声きく霞かな〉という句は、陳腐かもしれないけれども、ぎりぎりの生き方。西行だったらまさに〈願はくは花の下にて春死なむそのきさらぎの望月のころ〉。西行と同じ日（旧暦明治二〇年二月一六日）に亡くなっていますが、西行の歌に井月は自分を重ねたのでしょうね。〈何処やらに隺の声きく霞かな〉と。自分は西行さんほど幸せな来世観を持っていないということを重ねたのでしょうね。

そうした井月の人間性が、いろいろなところから出てきて、やっと私はいまになって思います。俳句で一番大切なことは、表現者としての人間の総量が籠められたような句を作ることであって、写生というのは、ほんのその入り口にすぎない断片なのです。人間の総量をいかにそこに打ち込むか、一茶から子規までの間の大事な表現者の一人が井月なのだと、やっと感じさせていただけるようなところまで来ました。

そんなことで何か私の、大変ご無沙汰している井月に対するお詫びかたがた、まずい話を聞いていただいたという気がいたします。

二十四節気一覧

四季	二十四節気名	気節	太陽黄経	現行暦による大略の日付	二十四節気の説明	東京の気候
初春	立春	正月節	三一五度	二月五日頃	はじめて春の気配が現れてくる日。	観梅　春寒　つばき咲く
	雨水	正月中	三三〇度	二月二十日頃	暖かさに、雪や氷が解けて蒸発し、雨水となって降りそそぐ日。	うぐいす鳴く　春一番吹く　ひばり鳴く
仲春	啓蟄	二月節	三四五度	三月六日頃	大地も暖まり、冬のあいだ地中にひそんでいた虫がはい出てくる日。	じんちょうげ咲く　こぶし咲く　もんしろちょう出現
	春分	二月中	〇度	三月二十一日頃	太陽が春分点に達して昼夜の時間が等分になる日。以降昼が長くなる。	ストーブ仕舞う　そめいよしの咲く　菜の花咲く
晩春	清明	三月節	一五度	四月五日頃	草木が芽吹き、草木の種類が明らかになってくる日。	水ぬるむ　春雨降る　つばめ渡来
	穀雨	三月中	三〇度	四月二十一日頃	春の暖かい雨が降って、穀類の芽が伸びてくる日。	新緑　あまがえる鳴く　天気ほぼ安定
初夏	立夏	四月節	四五度	五月五日頃	夏の気配が現れてくる日。夏の始め。	若葉薫る　ばら咲く　筍出る
	小満	四月中	六〇度	五月二十一日頃	万物が次第に成長して、一応の大きさに達してくる。	かっこう鳴く　卯の花咲く　ほたる出現
仲夏	芒種	五月節	七五度	六月六日頃	稲や麦など、芒（のぎ）のある穀物の種まきの時期。	入梅　あじさい咲く　菖蒲咲く
	夏至	五月中	九〇度	六月二十二日頃	太陽が最も高くなり、昼間が最も長い日。太陽が夏至点に達する。	あやめ咲く　ほととぎす鳴く　蚊出現
晩夏	小暑	六月節	一〇五度	七月七日頃	本格的な暑さが始まる日。	梅雨あける　はす咲く　あぶらぜみ鳴く
	大暑	六月中	一二〇度	七月二十三日頃	暑気が至り、最も暑い日。	さるすべり咲く　熱帯夜　入道雲現れる

四季	二十四節気名	気節	太陽黄経	現行暦による大略の日付	二十四節気の説明	東京の気候
初秋	立秋	七月節	一三五度	八月八日頃	はじめて秋の気配が現れてくる日。	ひぐらし鳴く　つくつくぼうし鳴く　こおろぎ鳴く
	処暑	七月中	一五〇度	八月二十三日頃	暑さが峠を越えて、後退しはじめるころ。	稲実る　台風去来　はぎ咲く
仲秋	白露	八月節	一六五度	九月八日頃	大気が冷えて、露ができはじめる。	もず鳴く　秋霖　すすき咲く
	秋分	八月中	一八〇度	九月二十三日頃	太陽が秋分点に達して昼夜の時間が等分になる日。以降夜が長くなる。	ひがんばな咲く　つばめ渡去　きんもくせい咲く
晩秋	寒露	九月節	一九五度	十月九日頃	朝露をふむと冷たく、そぞろ秋が深まってくるころ。	つるべ落とし　夜長　菊咲く
	霜降	九月中	二一〇度	十月二十四日頃	露が冷気によって霜となって降りはじめるころ。	柿実る　秋時雨　冬支度
初冬	立冬	十月節	二二五度	十一月八日頃	はじめて冬の気配が現れてくる日。	小春日和　さざんか咲く　ストーブ出す
	小雪	十月中	二四〇度	十一月二十三日頃	わずかながら雪が降りはじめるころ。	かえで紅葉　いちょう黄葉　落ち葉焚く
仲冬	大雪	十一月節	二五五度	十二月七日頃	北風が強くなり、雪がしばしば降りだすころ。	木枯らし吹く　コート着る　さけ帰る
	冬至	十一月中	二七〇度	十二月二十二日頃	太陽が一年中で最も南から射し、昼が最も短い日。	ゆず実る　初雪　吐く息白くなる
晩冬	小寒	十二月節	二八五度	一月五日頃	寒さが日増しに厳しくなるころ。	冬晴れ　福寿草　風花
	大寒	十二月中	三〇〇度	一月二十一日頃	寒さが最も厳しくなるころ。	水仙咲く　せり出回る　探梅

（『平凡社俳句歳時記』などによる）

おもな地貌季語［地域別］

北海道、東北、関東・東海、北陸・甲信越、近畿、中国、四国、九州、沖縄の九つの地域の、おもな地貌季語を、新年、春、夏、秋、冬の順に五十音順にならべた。本書の掲載句のことばには「＊」印を付した。

［北海道］【春】*アイヌ葱　*木の根明く　木蜜とり　クリオネ　幻氷／げんぴょう　笹起きる　*土恋し　*虎杖／どぐい　谷地坊主　雪解星　リラ冷え　【夏】姥百合　蝦夷梅雨　オショロコマ　*海霧／じり　霧笛　【秋】デントコーン　鳴き兎　ハスカップ　【冬】*枯虎杖　気嵐／けあらし　氷橋　ごっこ　ササラ電車　雪紐　雪まくり

［東北］【新年】おしら遊び　花の内　【春】馬づくらい　山椒漬　しおで　杉種子蒔く　田打桜　出熊猟　猫柳／べんべろ　ほんな　*道乾く　八皿酒　焼肥／やっこえ　雪消し　【夏】丑湯治　お日市　樺剝ぎ　*早苗饗／さなぶり　だんぶり　*恙虫　手柴　*泥鰌笯　泥負虫　風穴　ぼった蒔　抹香作り　みず　【秋】鰯煮る　柿の葉人形　きりたんぽ　賢治祭　ごまざい　酒桶干す　鹿踊／ししおどり　白穂／しらっぽ　だだちゃ豆　灯籠木　泣き相撲　庭仕舞　*墓獅子　磐梯初雪　稗島　もってのほか　*雪迎へ　夜念仏　藁買　【冬】雨返し　いぶりがっこ　オデシコ　掛魚祭／かけよまつり　がっくら漬　泥炭／さるけ　*凍大根　*霜荒れ　双子編み／すごあみ　*松明あかし　岳神楽　だだみ　漬柿　松藻　耳あけ　山叺／やまかます　*山の神

［関東・東海］【新年】蒟蒻閻魔　春節　ヂンガラ餅神事　辻切り　箱根大学駅伝　ひよんどり　【春】送り大師　暗闇祭　国府祭／こうのまち　逆さ寒　しもつかれ　凧揚祭　たまっけ　つるし雛　薹菜摘み　苗尺　ながらみ　半僧坊祭　ビキニデー　【夏】アイスクリームの日　青味返り　海鵜獲る　お馬流し　おかんじゃけ　傘焼き祭　蟇祭　三束雨／さんぞくあめ　千貫神輿　筑波かみなり　撞舞／つくまい　道寸祭　白鱚とぶ　初山　花の撓／はなのとう　浜降り祭　はまぼうの花　蛇撚り　焙炉上げ　ぼた　みやこたなご　六月朔日／むけついたち　*山あげ祭　ゆりの木の花　【秋】鵜供養　遠州大念仏　お櫃納　帯祭　木場の角乗り　鬼来迎／きらいごう　蛤塚忌／こうちょうき　古書市　十月桜　正造忌　すすき念仏会　吹っかけ雨　へちま加持　面掛行列　【冬】荒粉干す　ガサ市　参候祭／さんぞろまつり　*シガ　凍み蒟蒻　どぶ汁　のくとばっこ　一つ火　ビル颪　風除／ふけ　包丁式　朴葉陰干し　虫供養　草鞋酒

［北陸・甲信越］【新年】飴市　*あまめはぎ　お松引き　蟹の年取　蛙狩神事　*御印文頂戴　福梅　福俵　紅鯛／べんだい　婿投げ　雪海苔　八日堂縁日　*萬物作　【春】赤雪／あかいき　*赤魚　あぶらちゃん　糸魚／いとよ　*うはばう　*湖

明け　*御頭祭　*家難祓　桑台据う　ことえぶし　*事八日　*桜
隠し　地獄入り　*凍渡り　常念坊　杉起す　すんずら　そめ
ぐり　田祭　*ちゃんまいろ　土曳き　*堂押祭　*道祖神祭　苗
箱　*庭乾く　初堰／はつせんげ　ぴいぴいな　雛飯　水田
みなみけ　芽出し肥　やしょうま　*雪ねぶり　*林檎摘花　*藁
馬曳き　【夏】　雨やしこ　あんどん　石の戸　御柱祭　*行者
蒜　衣脱／きんぬぎ　車田植　里曳き　*猪独活　縞枯　*岳の
幟　*つけば　つぶろさし　梅雨穂草　白雲木の花　蔓荊／は
まごう　氷室饅頭　百万石祭　藤切会式　*朴葉巻　*朴葉飯
*朴葉餅　*御輿まくり　幽霊茸　*林檎摘果　【秋】　青田刈　*青
山様　*稲滓火　*えご寄せ　*沖の女郎　おけさ柿　尾花子　*面
輪板　風祭／かざまつり　鯉上げ　扱箸上げ／こばしあげ
五平餅　*榊祭　鮭供養　*十五夜祭奉納相撲　*螺贏追ひ／すが
れおい　*竹節虫　福来魚／ふくらぎ　鰡待櫓　*ぼんぼん　*継
子の尻拭　御射山祭　麦屋祭　*林檎玉廻し　*林檎葉摘み
【冬】　*明けの海　新霊／あらみたま　*一里一尺　上崩雪／い
わぼう　沖汁　かいにょ　柿稲架　*鹿食免　かんずり　*幻魚
御満座荒れ　*ざざ虫取　*霜折れ　*霜月祭　杉落葉　木花／
なご　野沢菜　ばたばた茶　間垣　山の口開く　雪地獄　雪
池／ゆきだな

［近畿］【春】　鵜殿の蘆焼　【夏】　河内一寸　肝だめし　日
の辻　【秋】　黄金萱／こがねがや　獅子神事　【冬】　墨造
大根配り　茶筅竹干し　*藪養生

［中国］【新年】　吉兆さん　【春】　雛荒し　おもっつぁん
【夏】　お夏だこ　*土瓶割り　広島忌　【秋】　狐花　数方庭祭
よずく稲架　【冬】　だるま菊　ぼてぼて茶

［四国］【新年】　懸けの魚　粥釣　【春】　潮ばかり　*鷹戻る
闘犬　どろめ祭　のれそれ　【夏】　絵金まつり　鰹節製す
鱰／しいら　八色鳥　【秋】　卯夏　汐木拾う　鈴虫草　津
蟹汁　銀魚／にろぎ　【冬】　白子鰻　巳正月

［九州］【春】　阿蘇野焼　枇杷の袋掛　【夏】　鱭／えつ　蜘
蛛合戦　ひとつばたご　【秋】　おくんち　軽羹／かるかん
ケベス祭　千人灯籠踊　長崎忌　みあれ祭　【冬】　千切大根

［沖縄］【春】　*うりずん　*うりずん南風　清明祭／シーミー
田芋植う　二月風廻り／にんがちかじまーい　浜下り／は
まうり　椰子の花　【夏】　*沖縄忌　*南十字星／サザンクロス
蠍座　*立ち雲　夏ぐれ　ハーリー　鳳凰木の花　椰子蟹
*若夏／わかなち　【秋】　*海神祭／ウンジャミ　*風車祭／カジ
マヤー　*節祭／シツィ　*鷹の雨　てんさぐの花　泥神祭／ぱ
あんとう　八月踊　盆綱引き　妖怪日／よーかびー　【冬】
稲搗波／いなつきなむ　*落鷹／ウティダカ　寒緋桜　*甘蔗時
雨　甘蔗の花　*黒糖煮る　小夏日和　旦柑種子取祭／タント
ウイ　鬼餅／むーちー

人名索引

作者名・人名を50音順にならべた。作者名の後ろの書名・紙誌名等は作品の出典等を表し、本書の初出順とした。本文中の引用作品については出典を略した場合がある。

◆き◆

季語・事項索引

本書に掲載した季語・事項を抽出し50音順にならべた。季語項目は、本書の鑑賞句・引用句の俳句作品の季節のことばのほか、本文・鑑賞文中の語句もあげ、新年、春、夏、秋、冬を（ ）内に付した。鑑賞句・引用句の季語は頁番号を太字とした。適宜、『平凡社俳句歳時記 新年』（大野林火編）等を参照した。事項項目は、俳句作品に詠まれたことば、俳句・作者にまつわることばや用語、時候、地名、書名などをあげた。矢印（→）は本索引中の参照項目を示す。①は『俳句必携 1000句を楽しむ』、②は『俳句鑑賞 1200句を楽しむ』掲載の季節のことばを示す。

編著者紹介

宮坂静生（みやさか しずお）

1937年、長野県松本市生まれ。俳人、俳文学者。14歳から作句を開始。

富安風生・加倉井秋を・藤田湘子・藤岡筑邨に師事。

1978年、松本市にて月刊俳句誌「岳」を創刊、主宰。信州大学名誉教授。

現代俳句協会会長を退き現在、特別顧問。日本文藝家協会会員、俳文学会会員。

句集に、『青胡桃』『雹』『山開』『樹下』『春の鹿』『花神 俳句館 宮坂静生』『火に椿』『山の牧』『鳥』『宙』『全景 宮坂静生』『雛土蔵』『草泊』『噴井』『草魂』（詩歌文学館賞）など。

俳句評論集に、『夢の像——俳人論』『俳句の出発』『正岡子規と上原三川——日本派俳句運動の伝播の状況』『虚子以後』『俳句第一歩』『虚子の小諸』『俳句原始感覚』『子規秀句考——鑑賞と批評』『小林一茶』『俳句からだ感覚』（山本健吉文学賞）、『正岡子規——死生観を見据えて』『俳句地貌論』『雪 そして虚空へ』『語りかける季語 ゆるやかな日本』（讀賣文学賞）、『ゆたかなる季語 こまやかな日本』『季語の誕生』『NHK俳句 昭和を詠う』『拝啓 静生百句』（小林貴子と共著）、『季語体系の背景——地貌季語探訪』『沈黙から立ち上がったことば——句集歴程』『俳句必携 1000句を楽しむ』『俳句鑑賞 1200句を楽しむ』など。現代俳句協会賞、俳句四季大賞、信毎賞、みなづき賞、現代俳句大賞などを受賞。

編集協力（順不同、敬称略）
岳俳句会　小林貴子　日本放送協会　NHK出版　信濃毎日新聞　朝日新聞出版
岩波書店　公益財団法人日本自然保護協会　公益財団法人角川文化振興財団
壺俳句会　本阿弥書店　公益財団法人八十二文化財団　上伊那郷土研究会

俳句《はいく》表現《ひょうげん》 作者《さくしゃ》と風土《ふうど》・地貌《ちぼう》を楽《たの》しむ

発行日　2024年5月24日　初版第1刷

編著者　宮坂静生
発行者　下中順平
発行所　株式会社平凡社
〒101-0051　東京都千代田区神田神保町3-29
電話　03-3230-6573（営業）
ホームページ　https://www.heibonsha.co.jp/

装幀　稲田雅之
組版　寺本敏子
印刷所　株式会社東京印書館
製本所　大口製本印刷株式会社

ISBN978-4-582-30525-8